KB123333

시 연구 방법과 시 교육론

‖노 철‖

시를 감상하는 것과 연구하는 것 사이에는 늘 틈이 있다. 본래 시는 지극
히 개인적인 사유와 감성의 세계로 하나의 체계로 설명하기 힘들기 때문이
다. 이 다양하고 광범위한 시 세계를 탐구하기 위해서는 시인마다 탐구 방
법을 달리 해야 할 지 모른다. 따라서 현대시를 탐구하기 위해 고민하지 않
을 수 없다. 1부는 이러한 고민의 소산으로 여러 담론을 현대시에 적용한 試
論들이다. 프로이트를 읽으면서 정신분석학을 이성복의 시에 적용해 보았으
며, 마르크스와 루카치를 읽으면서 박노해의 시에 리얼리즘을 적용해 보았
으며, 데리다를 읽으면서 해체주의를 김수영의 시에 적용해 보았다. 또, 아
도르노를 읽으면서 김기림과 김수영의 시의 모더니즘적 성격을 살펴보았으
며, 데리다를 읽으면서 김춘수의 포스트모더니즘적 성격을 살펴보았다. 물론
이러한 방법들이 현대시를 이해하는 왕도는 아닐지라도 이러한 고민들은 시
를 읽고 연구하는 데 하나의 예시가 될 수 있을 것이다.

이렇듯 여러 담론을 시에 적용하는 것은 근본적으로 개별 시들 간에 유사
점과 차이점을 발견하는 작업이다. 지식은 여러 개별적인 것의 유사와 차이
를 발견하고 구성하는 가운데 형성되는 시야가 아닌가. 기존의 권위 있는
지식도 이러한 과정에서 탄생한 것이다. 그런데 오늘날 정보화 사회에서는
전통적인 지식의 권위가 대중화 되고 있다. 실제로 시 교육의 현장에서 학

생들의 감상문을 모아보면 여러 지식의 흔적을 발견할 수 있다. 이런 점에서 시의 교사는 학습자가 자신들의 감상을 서로 비교하여 유사와 차이를 발견하는 작업을 돕는 일이라 생각된다.

따라서 2부에서는 시 교육에서도 수용자의 창의성을 돕는 방법에 대한 고민을 담았다. 지난해에 시 교육에 대한 고민을 정리하면서, 학교 교육에서 시 교육의 문제를 느꼈었다. 그런데 지난 겨울에『새교육』에서 학교 문학 교육에 대한 논의를 청탁 받으면서 학교 시 교육에 대한 여러 문제를 더욱 실감하게 되었다. 여기에 실린 글들은 이러한 실감을 토대로 현 고등학교 시 교육 과정의 현실과 문제를 살피고 좌표를 설정해 본 것이다. 그러나 아쉽게도 '창작 교육'에 대한 글을 싣지 못했다. 아직까지 창작교육에 대한 연구 보고서의 자료가 미비하였으며, 가설적인 생각을 실제로 교육현장에 적용해 보는 검증 과정이 필요하다고 생각되었기 때문이다. 따라서 가설을 현장에 꼼꼼하게 적용하는 검증 과정을 거쳐 추후에 다른 지면을 통해 '창작 교육'에 관한 글을 적기로 하면서 부족하나마 이 책을 마무리하였다.

끝으로 이 책이 나오기까지 수업 현장에서 여러 아이디어를 떠올리게 한 학생들, 미진한 이 책을 세상에 나오게 해주신 보고사에 진심으로 감사드린다.

2003년 여름

시 연구 방법과 시 교육론

‖ 제1부 ‖
현대시 연구 방법

Ⅰ. 정신분석학과 현대시

: 이성복에 적용한 試論

   지금까지 한국 현대시에서 프로이트의 정신분석학적 방법론의 수용은 프로이트가 발견한 인간의 무의식을 승인하거나 성적 에너지를 모든 정신적 경향의 근저로 설정하는 경우가 주를 이루고 있다. 반면에 프로이트의 정신분석학적 방법 그 자체를 시의 분석 방법으로 활용한 예를 찾아보기가 힘들다. 그러므로 이 논문은 지금까지 프로이트 이론의 체계보다는 그 이론 체계가 구성되어 가는 과정을 주목하여, 그 과정에 사용된 방법론을 한국 현대시에 적용하고자 한다.

   물론 프로이트의 모든 방법론이 한국 현대시를 이해하는 방법론으로 타당할 수는 없을 것이다. 프로이트의 방법론이 한국 현대시의 분석 방법으로 어느 정도 타당한가를 가늠하는 것은 매우 어려운 과제다. 그럼에도 이러한 시론적 연구를 진행하는 것은 프로이트의 방법론을 자의적으로 활용하여 학문의 체계를 혼란스럽게 하는 현 연구 풍토에 대한 반성과 한국 현대시 연구의 학문적 체계에 작은 보탬이 될 수 있다는 믿음 때문이다.

   이 논문은 첫째, 프로이트의 방법론에 대한 간략한 검토를 전제로 하여 기존의 정신분석학적 방법적 연구를 비판적으로 검토하고자 한다. 둘째, 한국 현대시의 몇 작품을 선정하여 프로이트적인 정신분석학적 방법을 적용하는 실제 분석을 시도하고자 한다. 셋째, 앞의 분석을 토대로 한국 현대시의 프로이트의 방법론 적용의 가능성과 그 한계를 살펴 한국 현대시에서 정신분석학적 연구 방법의 적용이 가능한 범주를 정립하고자 한다.

1. 프로이트의 정신 분석학과 현대시 연구 방법론

프로이트가 발견한 새로운 영역이 무의식이라는 사실은 누구나 알고 있는 일이다. 그러나 무의식과 의식의 관계나 무의식의 속성과 관련하여 한국 현대시를 분석한 연구는 진지하게 진행되었다고 볼 수 없다. 프로이트의 무의식은 서로 반대되고 모순되는 것들이 공존한다. 무의식은 기존의 사유 체계에 얽매이지 않는다. 우리의 의식이 세계를 인식할 때 전제하는 시간과 공간의 관념이 없다. 무의식은 진행되는 에너지의 흐름만이 있을 뿐이다. 프로이트는 이 에너지의 흐름을 리비도라 부른다. 이 리비도는 늘 만족을 추구할 뿐이다. 이것을 쾌락의 원칙이라 부른다. 그런데 현실의 원리는 늘 리비도를 억압하므로 리비도는 의식에 밀려 감추어지지만 항상 우리 신체 속에 거주하면서 기회가 있을 때마다 분출된다.

이러한 리비도의 분출은 개인의 정신 발달 과정에 따라 다양한 형태로 나타난다. 인간은 유아시절부터 신체의 발달과 함께 여러 경험을 축적하면서 정신적 발달을 이루는데, 인간의 정신은 이 연속적인 발달 단계가 모두 공존하고 있기 때문이다. 인간이 어처구니없는 실수를 하거나 평상시의 모습에서 예측하기 어려운 행동을 하는 것도 이러한 정신적 구조와 관련된다. 프로이트는 이러한 정신적 구조를 언어를 통해서 분석하고 있다. 한 인간의 언어 표현의 틈에서 무의식의 세계를 발견하고 있는 것이다.

이런 점에서 바슐라르나 질베르트 뒤랑이 이미지를 중심으로 상상력의 체계를 구성하는 것과는 변별된다. 바슐라르나 뒤랑이 이미지와 의미를 일대일 대응 관계로 해석하는데 반해서 프로이트는 표상의 바탕에 감추어진 무의식을 탐구한다. 프로이트는 무의식의 작용이 의식의 검열을 받으면서 왜곡되는 이미지를 포착하여 그 이미지의 출처를 밝히는 데 주목한다. 프로이트가 내세운 대표적인 이미지 변형 방법은 전위(轉位)와 압축이다.

> 분자적 요소들이 전위됨으로써 처음에는 힘이 약했던 분자가 그것보다 강한 에너지를 가진 분자를 받아들이기 위하여 그것 자체의 강도를 증가시키고 끝내는 의식 안으로 들어갈 수 있을만한 힘을 가지게 되며, 분자적 요소들이 압축됨으로써 숨겨진 꿈의 요소들 중에서 어느 한 부분이 탈락되어, 나타난 꿈으로 옮겨지거나 어떤 공통점을 지닌 잠재 요소들이 나타난 꿈에서 하나로 뭉쳐진다.[1]

전위와 압축은 무의식이 의식의 억압에 대응하는 방식으로 인간이 사회적 자아를 형성하는 과정이라 할 수 있다. 특히 이 과정은 언어를 통해 이루어진다. 언어는 리비도가 추구하는 욕망을 억압하는 체계라는 것이다. 그러므로 프로이트의 정신분석학은 사회가 개인을 억압하면서도 그 억압을 은폐하는 사회의 언어를 대상으로 하고 있다고 볼

---

1) 김인환, "文學과 精神分析", 『人文論集』 39호, 고려대학교 문과대학, 1994. 12, 4쪽.

수 있다. 바꾸어 말하면 언어의 표상에 숨겨진 무의식의 실체를 탐구하는 일이라 할 수 있다. 이런 점에서 그 동안 현대시의 정신분석학적 연구 방법을 반성적으로 검토할 필요가 있다.

정신분석학적 방법의 대상으로 가장 주목받았던 것이 이상(李箱)의 시다. 그러나 이상의 시에 대한 연구는 직접적인 표상의 체계에 집중한 것이지 표상에 은폐된 무의식의 실체를 탐구하는 방법론으로까지 나아가지는 못한 경우가 많았다. 이상 시의 연구는 크게 세 가지로 분류할 수 있다. 첫째, 주체의 분열, 자의식, 주체의 욕망체계 등에 주목하여 「烏瞰圖」나 「거울」의 표상과 선이나 숫자의 유희의 체계를 정신적 구조와 대응시키는 연구 방법을 들 수 있으며, 둘째, 이상의 전기적 사실과 작품의 표상을 연결시키는 연구방법을 들 수 있고, 셋째, '시간 연구', '공간 연구', '반어적 아이러니' 등의 제목으로 정신의 구조 가운데 특수한 영역을 탐구하는 연구를 들 수 있다. 이 세 연구는 모두 직접적인 언표(言表)의 체계를 주목한 연구다. 언표의 출처인 무의식의 흐름을 밝혀내는 정신분석학적 연구 방법이라 하기에는 미흡해 보인다. 물론 이상 시의 표상들은 정신분석학적 분석의 대상으로서 흥미롭다는 것을 부정하는 것은 아니다.

그러나 이 논문은 이상의 시를 연구 대상에서 배제하고자 한다. 이상의 시적 실험 자체가 정신분석학적 방법을 직접적으로 표출하고 있기 때문이다. 현대시의 정신분석학적 방법은 정신분석학적 방법이 전면에 부각되지 않은 작품에 정신분석학적 방법을 적용할 때 그 방법론이 더욱 선명하게 드러날 수 있을 것이다. 또, 프로이트의 정신분석학은 억압이 은폐된 자본주의 사회의 텍스트에 적합한 방식이라는 점에서, 1930년대보다 자본주의의 억압이 일상에까지 깊숙이 침투하기 시작한 1970·80년대 시에서부터 정신분석학적 방법을 적용하는 것이

한국 현대시의 정신분석학적 방법의 적용 가능성을 살피는 데 훨씬
선명해 보인다. 따라서 이 논문은 1970·80년대 이성복의 시집 『뒹구
는 돌은 언제 잠 깨는가』를 연구 대상으로 삼고자 한다. 끝으로 이 시
집을 다루는 구체적인 방법은 무의식이 에너지의 양이라는 점을 전제
로 하여 이 에너지의 흐름이 억압에 어떻게 대응하며 여러 이미지들
을 형성해 가는 가를 살필 것이다.

2. 억압에 대응하는 정신적 퇴행의 리비도

이성복의 『뒹구는 돌은 언제 잠 깨는가』(1980, 문학과지성사)는 주로
1970년대에 썼던 시들이다. 1970년대 세계자본이 산업구조를 조정을
하는 한 방편으로 남한에 중화학공업을 이전하면서 자본주의가 우리
들의 일상적인 삶까지 본격적으로 지배하기 시작한다. 자급자족 경제
에 기반을 둔 전통적인 공동체가 붕괴되면서 삶의 방식이 자본주의로
빠르게 편입된 것이다. 시골 인심이 사나워지는 것도 이와 관련된다.
이제는 낯선 여행자에게 호박전을 부쳐주던 시골아주머니는 찾기 힘
들어졌다. 호박은 팔기 위한 상품이 되었으므로 무료로 줄 수 없기 때
문이다. 우리들의 생활방식과 정신적 환경은 이제 자본주의의 지배 속
에 놓여 있는 것이다. 이러한 변화는 1970년대 시인들에게는 정신적
부담으로 작용하고 있다. 전통적인 공동체적 사유와 자본주의의 압력
사이에서 겪는 정신적 상처가 1970년대 시의 주류를 이룰 정도다.
이러한 정신적 상처를 이성복은 「루우트의 기호 속에서」로 표출하
고 있다. 루우트는 무리수를 표현하는 수학적 기호다. 유리수가 사물
을 측량하는 숫자로 세계를 인식하는 주요한 사유체계인 반면에 무리

수는 현실에서 인식할 수 없는 숫자이다. 그러면서도 무리수는 우리의
현실 속에 존재한다. 다시 말해서 무리수는 은폐된 현실 세계인 것이
다. 제목에서 보듯이 이 작품은 바로 이러한 은폐된 세계를 그리려는
시도라 할 수 있다.

> 바퀴벌레들이 동요하고 있어 꿈이 떠내려가고 있어
> 가라앉은 山, 길이 벌떡 일어섰어 구름은 땅 밑에서
> 빨리 흐르고 어릴 때 돌로 쳐죽인 뱀이 나를
> 감고 있어 깨벌레가 뜯어 먹는 뺨, 썩은 나무를
> 감는 덩굴손, 죽음은 꼬리를 흔들며 반기고 있어
> 《닭아, 이틀만 나를 다시 품에 안아 줘
> 《아들아, 이틀만 나를 데리고 놀아 줘
> 《가슴아, 이틀만 뛰지 말아 줘
> 밥상 위, 튀긴 물고기가 퍼덕인다 밥상 위, 미나리와
> 쑥갓이 꽃핀다 전에 훔쳐 먹은 노란 사과 하나
> 몸 속을 굴러다닌다 불을 끄고 숨을 멈춰도 달아날 데가 없어
> 《엄마, 배불리 먹고 나니 눈물이 눈을 몰아내네
> 《엄마, 내 가려운 몸을 구워 줘, 두려워
> 《엄마, 낙오(落伍)된 엄마, 내 발자국을 지워 줘
> 얼마나 걸었을까 엄마의 입술이 은행나무 가지에
> 걸려 있었어 겁 많은 江이 거슬러 올라가다
> 불길이 되었어 時計가 깨어지고 말갈족과 흉노족들이
> 횃불로 몸 지지며 춤추고 있었어 性器 끝에서
> 번개가 빠져나가고 떨어진 어둠은 엄청나게 무거웠어
>   「루우트의 기호 속에서」 전문

  문장을 쓸 때 문법적 체계를 구성하는 것은 사회적 훈련의 결과이
지만 주어나 서술어의 자리에 어떤 낱말을 놓느냐는 전적으로 정신적

인 작용이다. '바퀴벌레가 동요하고 있어 꿈이 떠내려가고 있어'에서
주어인 바퀴벌레와 꿈의 병치는 합리적인 인과 관계가 성립되지 않는
다. 우연한 관계의 병치다. 그러나 술어인 동요하는 것과 떠내려가는
것은 불안을 표현하는 언어로서 동질적인 이미지다. 그 불안은 산과
길과 구름이 전도(顚倒)된 풍경으로 나타나게 한다. 가라앉고 벌떡 일
어서고 빨리 흐르는 것은 동요하고 떠내려가는 모습의 세부적인 형태
라 할 수 있다. 화자의 심리에 따라 풍경이 전도된 것이다. 이어서 불
안은 공포로 심화된다. 기억 속에 잠재되어 있던 동·식물이 화자를
감고, 뜯어먹고, 감는다. 이것은 답답하고 무서워 어쩔 줄 모르는 심리
를 보여준다. 현실과 상관없이 기억 속의 존재인 뱀, 깨벌레, 썩은 나
무의 덩굴손이 화자를 억압하고 있다. 이것은 이성복이 유년에 체험한
농경문화와 관련이 있다고 할 수 있다. 불안과 두려움이 정신의 심층
에까지 미쳐 망각되었던 불안과 두려움의 표상까지 되살아나고 있는
것이다.

다음 순간 이 두려움의 압력에 대항하여 '《 '의 언어를 발성(發聲)
한다. 닭의 품에 안기고 싶고, 아들처럼 놀고 싶고, 가슴을 정지하고
싶어한다. 이것은 불안과 공포를 벗어나고 싶은 심리적 에너지의 흐름
이다. 품에 안아주기, 데리고 놀기는 유년의 시절로의 정신적 퇴행이
며 가슴이 뛰지 않기는 죽음으로의 퇴행이다.[2] 억압된 에너지의 양을
해소하는 데는 언제나 정신적 퇴행의 과정을 거쳐서 극복되는 것이나
퇴행이 늘 성공하는 것은 아니다. 퇴행된 에너지의 양이 억압의 양만
큼 강화되지 못하면 실패하게 된다.

---

2) "정신 발달의 복원성은 특수한 퇴화―퇴행―능력이라고 부를 수 있다. 그러나
초기 단계는 항상 복구될 수 있다. 원초적 정신은 모든 의미에서 불멸적이다."
(프로이트, 『문명속의 불만』, 열린책들, 1997. 53쪽.)

밥상 위의 튀긴 물고기가 퍼덕이고, 미나리와 쑥갓이 꽃을 피는 풍경은 전도된 풍경의 지속을 보여준다. 앞의 전도된 풍경을 해소할 만큼 유년으로의 정신적 퇴행이 강화되지 못한 상태를 말해주는 것이다. '불을 끄고 숨을 멈춰도 훔쳐 먹은 노란 사과가 몸 속을 굴러다닌다.'는 구절은 유년으로 정신적 퇴행이 실패한 이유를 보여준다. 화자의 원초적인 죄의식이 유년으로 퇴행을 방해하고 있다. '훔쳐 먹은 노란 사과'는 실제로 훔쳐 먹은 사과라기 보다는 이성복의 시에서 보여주는 종교적 상징과 관련을 맺고 있다. 이성복은 이 시집에서 하나님의 가르침이 주는 억압과 거부를 도처에 드러내고 있다.[3] 훔쳐먹은 노란 사과는 성경의 아담과 이브의 신화가 무의식 속에서 분출된 이미지인 것이다.

죄의식의 정체는 다음의 '《 '구절에 암시되어 있다. 엄마에 대한 태도가 그것이다. 엄마는 먹는 것, 가려운 것, 걷는 것을 제공하는 존재이다. 인간의 원초적인 욕구를 충족시켜주는 존재인 것이다. 그런데 그 엄마는 이제 낙오(落伍)되어 있다. 어디에서 낙오된 것인지는 말하지 않는다. 그러나 다음 구절에 '엄마의 입술이 은행나무 가지에 걸려 있어'라는 구절에서 어머니가 해체되고 전도되는 사태를 볼 수 있다. 가장 원초적인 자궁으로의 퇴행이 막힌 사태를 대변하고 있는 것이다. 이성복은 이 지점에서 유년의 퇴행을 중단하고 역사적인 세계로 에너지를 전위(轉位)한다.[4] 에너지가 강(江)과 불길로 상징되는 국토로 전위

3) "엘리, 엘리 죽지 말고 내 목마른 裸身에 못박혀요"(「정든 유곽에서」 부분), "나는 퀭한 地下道에서 뜬눈을 새우다가/ 헛소리를 하며 찾아오는 東方博士들을/ 죽일까봐 겁이 난다"(「出埃及」), "부르며 사방에서 걸어리라 나의 代父 하늘이여"(「소풍」), "우리의 저주는 십자가보다 날카롭게 하늘을 찌른다"(「다시 정든 유곽에서」) 등에서 성경의 모티프는 지속적 사용되고 있다.

4) "잠자는 동안 祖國의 신체를 지키는 者는 누구인가"(「정든 유곽에서」), "빨리

되고, 국토에 전위된 에너지의 양이 강화되면서 '현재'의 상징인 시계
(時計)를 깨뜨린다. 이 지점에서 에너지의 승화가 일어난 것이라 할 수
있다. '말갈족과 흉노족이 횃불로 몸을 지지며 춤추'는 것은 가려운 것,
답답한 것, 불안한 것, 두려운 것을 넘어서는 원시적인 해방의 축제다.
그러나 그 해방의 에너지는 지속되지 못한다. 현실적인 억압의 양이
다시 신체에 고착되는 에너지로 전화된다. 성기(性器) 끝에서 번개가 빠
져나가는 것은 흥분된 양의 에너지가 고갈되는 순간으로 그 뒤에 밀
려오는 어둠 즉, 답답하고 불안한 심리는 발산되지 못하고 신체의 고
통으로 무겁게 자리잡고 있다. 그 현실적인 억압의 정체는 직접 드러
나지 않았지만 억압의 양과 강도가 한 개인의 정신적 고통으로 신체
속에 내재화되는 과정을 보여주고 있는 것이다. 이런 점에서 이 작품
은 1970년대 유신 체제의 정치적 억압과 고통을 정면으로 다루지는 않
았지만 당시 지식인의 은폐된 정신적 풍경을 억압과 투쟁의 심리적 드
라마로 보여주고 있다 하겠다.

3. 억압에 대응하는 집단심리의 리비도

억압에 대한 이성복의 또 다른 대응은 속죄양 의식이다. 정신적 고
통의 에너지를 신체의 고통으로 고착시킬 때 인간은 정신병에 시달리
게 된다. 시인은 이러한 정신병의 징후를 언어 예술로 승화시키는 힘
을 지니고 있다. 이성복의 죄의식은 역사에 대한 부채의식과 그 부채
를 벗어나려는 정신적 고투를 예술로 승화한다.

오너라 後金의 아내여 와서"(「또 비가 오고」), "地圖가 감춘 나라여 덧없음의
없음이여"(「口話」), "外蒙古 군사들은 우리를 번호로 불렀다"(「移動」) 등에서
지속적으로 나타난다.

1

누이가 듣는 音樂 속으로 늦게 들어오는
男子가 보였다 나는 그게 싫었다 내 音樂은
죽음 이상으로 침침해서 발이 빠져 나가지
못하도록 雜草 돋아나는데, 그 男子는
누구일까 누이의 戀愛는 아름다워도 될까
의심하는 가운데 잠이 들었다

牧丹이 시드는 가운데 地下의 잠, 韓半島가
소심한 물살에 시달리다가 흘러들었다 伐木
당한 女子의 반복되는 臨終, 病을 돌보던
靑春이 그때마다 나를 흔들어 깨워도 가난한
몸은 고결하였고 그래서 죽은 체했다
잠자는 동안 내 祖國의 신체를 지키는 者는 누구인가
日本인가 日蝕인가 나의 헤픈 입에서
욕이 나왔다 누이의 戀愛는 아름다워도 될까
파리가 잉잉거리는 하숙집의 아침에

2

엘리, 엘리 죽지말고 내 목마른 裸身에 못박혀요
얼마든지 죽을 수 있어요 몸은 하나지만
참한 죽음 하나 당신이 가꾸어 꽃을
보여 주세요 엘리, 엘리 당신이 昇天하면
나는 죽음으로 越境할 뿐 더럽힌 몸으로 죽어도
시집 가는 당신의 딸, 당신의 어머니

「정든 유곽에서」 부분

「정든 유곽에서」라는 제목은 이성복의 시대의식을 보여준다. 이 나
라는 몸을 파는 유곽이지만 그 유곽에 정이 들어서 그곳을 운명으로

받아들이고 있는 시대의 풍경이다. 70년대는 포크 송과 비틀즈의 리듬이 이어지던 시대다. 특히 포크 송의 오빠부대가 음악의 주류를 형성하고 있었다. 곱게 꾸민 목소리로 나직하게 연애 감정을 노래하던 포크송 속에는 다감하고 낭만적인 남자가 전형적인 주인공이다. 반면에 화자의 음악 속 남자는 침침하고 우울한 주인공으로 화자 자신의 모습이라 할 수 있다. 화자도 누이의 음악 속의 남자를 아름답다고 생각하지만 화자는 아름다운 것을 싫어하는 이중적 태도를 보이고 있다. 그것은 침침하고 우울한 의식이 아름다운 것을 갈망하는 에너지를 억압하는 사태다. 그러나 자꾸 아름다운 것의 에너지가 우울한 의식을 위태롭게 하고 있다. '누이의 연애가 아름다워도 되는가를 의심하는 가운데 잠이'드는 모습은 침침하고 우울한 에너지가 아름다운 에너지를 끝내 거부하지 못하고, 그 불안정한 심리에 지쳐버린 모습이다.

더구나 잠은 의식을 더욱 느슨하게 한다. 그 느슨한 틈으로 잠재되어 있던 표상이 떠오른 것이다. 잠 속으로 흘러든 한반도가 그것이다. 그러나 이러한 진술을 곧이곧대로 받아들일 수는 없다. 꿈은 기록하는 자가 변형하기 때문이다. 여기서 꿈에 대한 기록은 '한반도'와 '伐木당한 女子의 반복되는 臨終'이다. 伐木과 女子의 臨終은 당혹스러운 결합이다. 검열을 피하기 위한 전위와 압축이 행해진 것이다. 아름다운 女子들이 누이의 음악 속의 男子들과 결합하는 것에 대한 두려움이 근저에 깔려 있다. 伐木과 臨終은 그 두려움을 표현하는 언어들이다. 그러나 이런 두려움뿐만 아니라 또 다른 두려움이 섞여 있다. '病을 돌보는 靑春'은 화자의 신체가 겪는 고통을 나타낸다. 성적 에너지의 억제가 수컷의 에너지를 퇴화시킨다는 두려움을 암시하고 있다. 성적 에너지는 단순히 생식의 문제가 아니다.[5] 수컷의 에너지는 사회적인 활동을 이끄는 힘인 것이다. 이런 점에서 화자는 욕망의 제어를 지나치게 행하고 있다고 할 수 있다. '가난한 몸은 고결하였고 그래서 죽은 체했다'는 것은 죽은 체하는 것이 고결할 수 있다는 믿음이라기보다는 침묵이 고결한 것이냐는 반어적 물음이라 할 수 있다.

그가 고결함을 지키려는 이유는 다음에 나타난다. 조국에 대한 부채의식이다. 조국의 신체를 지키는 일이 자신의 몫이므로 성적 욕망인 연애를 거부하고 있는 것이다. '日本인가 日蝕인가'의 말재롱은 부채의식을 줄이려는 또 다른 방편이다. 일반적으로 농담과 욕설이 억압된 에너지를 분출시키는 방식인 것과 같다. 그러나 농담과 욕설로 그 부채의식이 소산되지 못한다.

그는 끝내 조국에 대한 부채의식을 죽음의 본능으로 전이시킨다. 자신이 나신에 못 박음으로써 죄의식을 소산하고자 하는 것이다. 이 도덕적인 죽음을 통해 죄를 사하고자 한다. 거기에 여자들을 구원하는 길이라는 명분까지 덧붙이고 있다. 이렇듯 과격한 에너지 해소 방식은 그만큼 억압의 양이 강하다는 것의 반증으로 시인의 정신적 상처를 그대로 노출시키고 있다.

정신적 상처의 중요한 요소는 조국과 관련되어 있다. 조국이 무엇인지 모르지만, 조국은 집단심리로서 다른 나라 사람과는 구별 지으면서 같은 구성원끼리 동일시하는 리비도적 결속을 수행한다. '日本인가 日蝕인가'에서 일본과 조국을 구별 짓는 심리적 고착이나 '내 목마른 裸身에 못 박혀요'에서 같은 구성원끼리 결속을 위해 목숨을 던지겠다는 광기가 그 예라 할 수 있다. 집단에 고착되어 개인을 포기하고 죽음까지 마다하지 않는 광기는 나르시즘과도 관련된다. 자신의 삶이 위

---

5) 프로이트가 성적 에너지에 주목하는 것은 먹고 싸는 것은 혼자서 할 수 있지만 성적 결합은 사회적 활동이라는 점에 주목하고 있는데, 그동안 지나치게 프로이트를 성욕주의자로만 해석하여 왔다.

태로울 때 그 위험을 극복하려는 자기보존 본능, 즉 자기애가 작용한 것이다. 자기가 거주하는 조국이 흔들리므로 그 조국을 지키기 위해 자기애의 양만큼 조국에 자기의 리비도를 투여한 것이다. 이것은 역설적으로 조국의 권위가 공황상태라는 것도 말해준다. 조국이 받들고 따를 지도이념을 수행하지 못하고 있는 현실에 대한 불안과 두려움이 이상적인 조국에 대한 집착을 낳고 있는 것이다. 이런 점에서 「정든 유곽에서」는 유신체제의 파시즘에 몸을 파는 1970년대 지식인의 심리적 공황과 민주사회에 대한 소망을 담고 있다고 할 수 있다. 여기서 우리는 정신분석학적 연구방법의 한 범주를 설정해 볼 수 있을 것이다. 한 개인의 정신적 상처가 집단심리와 관련될 때 정신분석학적 연구는 개인의 리비도에서 사회적 병리현상의 흔적을 찾아낼 수 있는 것이다.

4. 표상에 은폐된 리비도의 흐름

프로이트의 정신분석학적 방법이 현대시의 어느 범주에서 적용 가능한가를 살피기 위해서 우선 적용이 불가능한 범주부터 살펴보고자 한다. 본래 적용 범주를 설정하는 일이 완전할 수는 없지만 범주를 설정하기 위해 몇 가지 기본 전제 조건을 설정하기 위해 배제되는 범주를 살필 필요가 있기 때문이다.

> 그는 아버지의 다리를 잡고 개새끼 건방진 자식하며
> 비틀거리며 아버지의 샤쓰를 찢어발기고 아버지는 주먹을
> 휘둘러 그의 얼굴을 내리쳤지만 나는 보고만 있었다
> 그는 또 눈알을 부라리며 이 씨발놈아 비겁한 놈아 하며

아버지의 팔을 꺽었고 아버지는 겨우 그의 모가지를
문밖으로 밀쳐냈다 나는 보고만 있었다 그는 신발을 신은 채
마루로 다시 기어 올라 술병을 치켜들고 아버지를 내리
찍으려 할 때 어머니와 큰 누나의 비명,
나는 앞으로 걸어 나갔다 그의 땀 냄새와 술 냄새를 맡으며
그를 똑 바로 쳐다보면서 소리 질렀다 죽여 벌릴 테야
별은 안 보이고 가웃이 열린 문 틈으로 사람들의 얼굴이
라일락꽃처럼 반짝였다 나는 또 한 번 소리 질렀다
이 동네는 法도 없는 동네냐 法도 없어 法도 그러나
나의 팔은 罪를 짓기 싫어 가볍게 떨었다 근처 市場에서
바람이 비린내를 몰아왔다 門 열어 두어라 되돌아올
때까지 톡, 톡 물 듣든 소리를 지우며 아버지는 말했다
「어떤 싸움의 記錄」 전문

　이 작품은 서사적 구조를 지니고 있다. 현실적인 사실을 시간적 순서에 따라 배열하고 있다. 의식에 포착된 사건을 기록하고 있는 것이다. 물론 이 사건 역시 기억의 산물이기는 하지만 시적 진술의 틈에서 무의식의 영역을 찾아내려는 시도는 무의미해 보인다. 이 작품은 시간과 공간 구조 속에 놓여 있는 행위들로 이루어져 있으므로 무의식의 영역과는 동떨어져 있다. 무의식은 시간과 공간의 제약을 벗어난 자유로운 에너지의 흐름으로 그 자체가 '하나의 관념으로 극화된다'.6) 희미하게나마 아들과 아버지의 싸움 속에서 아들이 아버지의 권위에 도전하면서 사회화되어 가는 전형적인 프로그램을 읽을 수 있을지 모르지만 그것은 인식할 수 있으나 명징한 논리로 설명이 불가능한 영역인 타자(the Other)의 세계를 거느리고 있다. 이 작품에서는 '라일락꽃처

6) 슈피타, "인간 정신의 수면 상태와 꿈 상태," 『꿈의 해석(상)』, 프로이트, 열린
　책들, 1997. 87쪽에서 재참조.

럼 반짝인 것', '바람의 비린내', '톡, 톡 물 듣는 소리'가 정신분석학
적 적용이 가능한 타자의 영역으로 보인다. 사람들의 얼굴은 화자에게
위안과 용기를 주는 것으로 보인다. 라일락꽃이 반짝인다는 것은 봄철
라일락꽃이 담장 너머로 활짝 핀 모습으로 긴장을 풀어주는 힘을 지
니고 있다. 이러한 비유는 형의 행동에 억압되었던 감정에 극단적으로
대응하던 화자의 감정이 그 억압을 적절하게 조정하는 상태를 보여준
다. 바람의 비린내는 앞에 형의 땀 냄새와 술 냄새가 비린내로 변하는
형국이다. 땀 냄새와 술 냄새의 억압이 일시적으로 해소되면서 비린내
를 맡게 된다. 그것은 자신의 공격적인 에너지가 누그러지면서 형의
억압 에너지와 자신의 공격적 에너지가 중화되는 상태와 그 에너지들
이 잠재의식 속으로 각인 되는 모습이다. 톡, 톡 물 듣는 소리는 억압
에 대응하던 공격적 에너지가 이제는 평정 상태를 찾으면서 일상으로
회귀하는 모습을 보여준다. 아버지와 형과 나의 가족 관계가 다시 원
상태를 복구한 것이다.

　이상에서 살폈듯이 정신분석학적 대상은 사실의 진술이 아니라 표
상에 숨겨진 무의식의 흐름을 찾아내는 새로운 텍스트를 구성하는 것
이라 할 수 있다. 사건의 행위가 아니라 그 행위의 바탕에서 움직이는
에너지의 흐름이 텍스트인 것이다. 그런데 이러한 아버지와 아들의 갈
등이 발생하게 된 원인은 다른 시에서 발견된다.

　　1
　집에 敵이 들어올 것 같았다
　(집은 地下室, 집은 개구멍)
　흰피톨 같은 아이들이 소리 없이 모였다
　귀를 쫑긋 세우고 아버지는 문틈을 내다보았다

밥이 타고 있었다
敵은 집이었다

「금촌가는 길」 부분

집은 가족이 기거하는 세계다. 그 세계가 지하실이이라는 것은 가족의 심리가 어둡고 침침하며, 개구멍이라는 것은 가족의 심리가 무엇인가를 두려워하고 있다는 것을 보여준다. 아이들은 그 분위기를 감지하고 무의식적으로 그 불안에 대응하고 있다. 흰피톨이 바이러스와 싸우기 위해 모여들 듯이 아이들은 그 불안을 중심으로 모여든 것이다. 그 불안의 중심에는 아버지가 있다. 귀를 쫑긋 세우고 문틈을 바라보며 불안해하는 아버지는 아이들의 불안의 근원인 셈이다. '敵이 집이었다'는 발언은 바로 아버지가 흔들리는 가족의 불안한 심리를 말하고 있는 것이다. 더구나 '밥이 타고 있었다'는 것은 정상적인 가족의 식사가 무너진 사태다. 불안의 에너지가 배고픈 욕구를 앞지르고 있어 그 불안이 얼마나 치명적인가를 말해주고 있다.

여기서 「어떤 싸움의 기록은」을 아버지의 불안에 흔들리던 자식이 성장하면서 아버지를 거부하는 행위로 읽을 수 있는 근거가 마련된다. 아버지는 유년의 아들이 사회화하는 과정에 중요한 역할을 한다. 아버지의 권위를 두려워하면서 그 권위를 제거하고 싶은 욕망 속에서 아이는 성장한다. 이때 아들은 아버지의 권위에 복종하면서 아버지를 제거하고 싶은 욕망을 심층 심리 속에 숨긴다. 아들은 아버지를 능가하는 행위가 금지된 상태만 있는 것이 아니라 현실적으로 아버지를 능가할 힘이 부족하기 때문이다.

2

地主는 나이가 어렸다
다투어 사람들이 땅을 나누었다
아버지는 땅을 고르고 물을 뿌렸다
아버지는 신발을 벗어 부쳤다
아버지의 발목이 흙에 묻혔다 다시 떠올랐다
깨꽃이 웃고 개가 짖었다
아버지의 발목이 깊이 묻혔다
아버지의 얼굴이 푸른 잎사귀처럼 흔들렸다
……어떤 꽃을 보여 주시겠어요, 아버지

「금촌 가는 길」 부분

아버지는 사회 속에서 아들의 안위와 희망을 만드는 존재다. 유년의 아들은 스스로 아버지가 행하는 사회적 노동을 수행할 힘이 부족하므로 아버지를 인정하고 그에 의존한다. 아버지의 사회적 노동은 아들을 편안하게 하고 아들에게 새로운 가능성을 제시하여 준다. '깨꽃이 웃고 개가 짖는' 모습은 평온한 한 농가의 모습으로 아들에게 기쁨을 주고 있다. '아버지의 얼굴이 푸른 잎사귀처럼 흔들렸다'는 것은 아버지의 권위에 대한 믿음을 보여주고 있다. 이성복의 시에서 '푸른 잎사귀'는 '시든 꽃', '벌레 먹은 잎사귀' 등과 대조되는 이미지로 이상적인 관념인 '꽃'을 피우기 위한 과정을 상징한다. 아버지에게 어떤 꽃을 보여주겠느냐고 반문하는 것은 이러한 기대의 표명이다. 그런데 이 시는 그러한 기대가 충족되는 만족감보다는 아버지가 부재하므로 빚어지는 불안한 심정이 바탕에 깔려 있다. 그것은 성인이 된 화자가 유년을 회상하면서 현재 자신의 심정을 중첩시키고 있기 때문이다.

5

어떻게 깨어나야 푸른 잎사귀가 될 수 있을까
기어이 흔들리려고 나는 全身이 아팠다

어디서 깨어나야 그대 내 잎사귀를 흔들어 줄까
그대 손 잡으면 그대 얼굴 지워지고

가슴으로 걷는 길
얼음짱 밑 환한 집들

「금촌 가는 길」 부분

푸른 잎사귀가 되고 싶고 그 잎사귀를 타인이 흔들어 주기를 바라고 있다. 이 때 '푸른 잎사귀가 흔들리는 것'은 이상적 세계의 상징으로, 이성복의 이러한 관념은 아버지와 관련된다. 고향을 떠난 아버지를 찾아갔지만 만날 수 없었던 일(「꽃 피는 아버지」), 농사를 지을 때는 아버지가 곁에 있었던 일(「꽃피는 아버지」)에서 보듯이 아버지가 든든한 존재로 있을 때는 늘 푸른 잎사귀를 기르고 있다. 사회적 노동을 충실히 수행하면서 아들의 희망을 기르는 아버지의 모습은 '푸른 잎사귀의 흔들림'으로 각인 되어 있는 것이다. 그것은 미래에 꽃이 핀다는 심리적 연쇄를 이어가고 있다. 성인이 된 화자가 스스로 지금 푸른 잎사귀가 되고 싶어 하는 것은 스스로 사회적 노동을 통해 지위를 얻고 있지 못한다는 불안이 그 바탕에 깔려 있다. 화자는 '그대'를 통해서 자신의 불안을 해소하고 싶어 한다.

이 때 '그대'는 타인이 아니라 '나' 속에 있는 '타자(the Other)'로 보인다. 의식 속에서 붙잡으려 하지만 알 수 없는 정체로 붙잡기 힘든 '나' 속의 무의식의 에너지가 '그대'인 셈이다. 그리하여 화자는 무의식의 에너지의 흐름에 맡길 때 '얼음짱' 같은 불안하고 힘겨운 의식의 밑에서 분출하는 '환한 집'을 만나고 있다. 그러므로 '기어이 흔들리려고 全身이 아팠다'는 것은 현재 불안하고 어두운 의식의 세계를 전복하고 새롭게 분출되는 무의식의 흐름을 따라가려는 화자의 심리적 고통을 표현하고 있다 할 수 있다. 따라서 이성복은 「금촌 가는 길은」에서 현재 고통스러운 의식의 세계에 대응해 유년으로 퇴행을 통해 그 고통을 극복하고 무의식의 에너지를 따라 가려는 정신적 흐름을 보여준다 하겠다.

이 장에서 논의를 정리해보면 프로이트의 정신분석학을 한국의 현대시에 적용할 수 있는 범주는 다음과 같다. 첫째, 시의 텍스트가 시간과 공간의 제약을 벗어난 이미지의 병치가 이루어져야 한다는 것이다. 시간과 공간의 제약 속에 사실을 서사적으로 기록한 시에서는 무의식의 영역을 추출하기가 힘들어 프로이트 이론을 적용하기에는 무리가 따른다. 무의식은 시간과 공간의 제약 없는 에너지의 흐름으로 우연적 관계로 병치를 이루고 있기 때문이다. 둘째, 프로이트의 정신분석학은 시 한 편보다는 시집 전체나 작가론에 유용하다는 것이다. 한 시인의 작품은 개별 작품마다 차이를 지니고 있지만 시집이나 전체 작품 속에서는 무의식적으로 반복되는 에너지의 흐름이 숨겨져 있기 때문이다. 무의식의 탐구는 겉에 드러나는 진술의 틈에서 분출되는 타자의 세계를 탐구하는 것이기 때문에 여러 텍스트 속에 반복되는 틈을 주목해야 하기 때문이다.

5. 맺음말

프로이트의 정신분석학을 한국 현대시에 적용하기 위한 시론적(試論的) 검토를 정리하면 다음과 같다. 첫째, 프로이트의 정신분석학은 일상적인 억압이 은폐된 자본주의 사회의 텍스트에 적합하다. 자본주의 사회는 늘 불안한 체계로 그 불안이 동요와 폭발을 반복적으로 행하고 있기 때문이다. 현대시의 언어의 체계도 불안정하여 낱말과 낱말의 결합에는 어떤 에너지가 작용하고 있다. 억압과 그에 대응하는 에너지의 충돌과 전이가 내재되어 있는 것이다. 둘째, 프로이트의 정신분석학은 시의 핵심인 정서의 양과 흐름을 측량하는 데 유용한 방법이었다. 시적 긴장은 늘 일정한 정서를 생산해내는데, 그 곳에는 서로 다른 에너지의 충돌과 화해의 흐름이 개진되어 있으며, 정서적 승화가 이루어지는 대목에는 한 에너지가 다른 에너지로 전위되는 에너르기의 변환을 목격할 수가 있다. 따라서 에너지의 흐름과 그 변환 정도에서 정서의 양과 강도를 측정할 수 있다. 셋째, 정신분석학적 방법의 대상이 될 수 있는 시는 시간과 공간의 제약 속에 기술된 사실이 아니라 그 제약을 넘어서는 언어의 우연적 결합을 보여준다는 것이다. 무의식 자체가 시간과 공간의 제약을 넘어서 있기 때문이다. 정신적 발달의 여러 단계가 동시에 존재하므로 억압의 강도가 크면 대개 정신의 퇴행을 통해 억압의 시공간을 초월해 억압의 에너지를 해소하거나, 억압에 맞서 새로운 에너지를 강화하는 데, 이러한 정신적 퇴행과 강화 과정은 합리적인 체계와 무관하게 우연적인 방식을 취하기 때문이다. 넷째, 프로이트의 정신분석학은 한 개인의 정신적 상처가 집단 심리와 관련될 때 개인의 심리에서 사회적 병리현상을 읽어낼 수가 있다. 집단 심리는 개인의 생존을 위해 개인적인 리비도를 집단에 전

이시키는 데서 발생하기 때문이다. 다섯째, 프로이트의 정신분석학적
방법은 작가론에 유용해 보인다. 한 시인의 작품에는 여러 작품에 걸
쳐서 반복되는 요소가 있기 마련이고, 이 반복되는 요소가 여러 방식
으로 전위 혹은 압축되어 다양한 형태를 형성하기 때문이다. 다시 말
해서 전체 텍스트 속에서 무의식적으로 반복되는 에너지의 흐름을 포
착할 때, 한 시인의 시가 보여주는 심미적 경향을 조망할 수 있다는
것이다.

Ⅱ. 해체주의와 현대시

: 김수영에 적용한 試論

김수영에 대한 평가는 모더니스트라는 점에 합의를 이루고 있는 것으로 보인다. 그러나 시의 분석 방법으로 역사주의적 방법, 신비평적 방법이 사용되었을 뿐 정작 모더니티를 증명하는 데는 소홀해왔다고 할 수 있다. 뿐만 아니라 '모더니티'에 대한 규정 자체가 너무도 다양해서 혼란을 야기하기도 하였으며 한편으로는 모더니티를 너무도 협소한 개념으로 가두어 놓았기에 1950년대 한 시인의 시를 이해하는 데 선험적인 사유가 존재해 왔음을 부정할 수가 없다.

본고는 이러한 선험적 압력을 벗어나고자 작품 분석을 통해 김수영의 시의 지평을 살피고자 하였다. 특히 지금까지 논의에 비해 개별 작품에 대한 정치한 분석이 이루어진 작품이 몇 편이 되지 않기에 그의 시의식과 시 세계의 발생을 살피는 전형이 될만한 작품을 새롭게 추출하여 세밀한 분석을 하고자 한다. 나아가 이 분석을 토대로 그의 시의 발생과정을 초기 시에서 후기 시까지 따져 보고자 한다.

그렇다면 그의 시를 어떻게 탐구해 들어 갈 것인가? 김수영의 시역시 서정시라 할 때, "自我가 世界를 어떻게 受容하여 同化시키느냐 하는 敍情詩의 同一性(identity)"[7] 법칙으로부터 자유롭지 못할 것이다.

이러한 법칙에서 벗어난 시는 미래의 가능성 속에 있을 뿐 아직은 발견되지 않는다. 오늘날 언어로 표상(representation)된 시는 모두가 자아의 세계 해석과 세계와의 투쟁 그리고 자아의 탐구가 담겨져 있는 것이다. 그것은 자아가 세계를 동일화하는 사유 방식에 기인하지만 시는 이러한 동일화에 벗어난 영역이 들어 있다. "인간의 천성은 항상 잠재성으로서, 가능성으로만 존재하며, 문화적으로 특수하게 활성화됨으로써 표현을 얻기"[8] 때문이다.

따라서 본고는 의도된 표상(representation)과 숨겨진 힘(force)을 동시에 살피면서 표상과 잠재적인 힘의 화합과 이탈 현상을 관찰하여 그 현상의 의미를 살피고자 하였다. 그것은 김수영 시의 세계와 시 의식을 이해하는 데 새로운 시각을 제시할 수 있을 것이라는 믿는다.

1. 존재의 파라독스

김수영의 자아와 세계가 만나는 형태를 가장 직접적 언술로 보여주는 시가 「孔子의 生活難(1945)」이다. 김수영은 자신의 시 의식에 비추어 이 시를 인정하고 싶지 않다고 했지만 그의 의도와 상관없이 그의 시를 이해하는 데 길잡이가 되고 있다.

꽃이 열매의 上部에 피었을 때
너는 줄넘기 作亂을 한다

---

7) 이기서, 『韓國現代詩意識研究』, 고려대학교 민족문화연구소, 1984. 5쪽.
8) 진형준, 『상상적인 것의 인간학-질베르 뒤랑의 신화 방법론 연구』, 문학과 지성사, 1992.

나는 發散한 形象을 求하였으나
그것은 作戰같은 것이기에 어려웁다

국수—伊太利語로는 마카로니라고
먹기 쉬운 것은 나의 叛亂性일까

동무여 이제 나는 바로 보마
事物과 事物의 生理와
事物의 數量과 限度와
事物의 愚昧와 事物의 明淅性을

그리고 나는 죽을 것이다

「孔子의 生活難」 전문

  '꽃'과 '열매'는 상대적인 사물이다. 꽃은 현실적인 생활 경제에 전혀 도움이 되지 않는다. 생명을 유지하기 위한 도구가 아니라 미적 쾌감을 발생시키는 사물이다. 반면에 열매는 생명을 유지하는 경제에 도움을 주는 사물이다. 그리고 꽃이 열매의 '上部'에 핀다는 것은 사유 방식에서의 공간적 은유(metaphor)다. 삶의 경제 보다 미적 쾌감이 더 지배적인 상태가 되었을 때를 가리키는 것이다.

  다음으로 '너'는 '나'의 상대어다. 그러나 현실적인 타인이 아니다. '나—너'는 생각하는 의식과 의식 밖에서 밀려오는 육체의 느낌이다. 의식 밖의 존재는 이성적 사유로 내가 통제할 수 없는 힘으로서 극단적으로 말해서 광기다. 그 힘의 세계는 삶의 경제에 대한 책임이 없기 때문에 자유롭다. '줄넘기 作亂'은 줄을 넘으면서 뜀뛰는 놀이로서 유희 그 자체일 뿐, 그것이 없으면 생명이 위태로워지는 일이 아니다. 이성적 사유의 통제 밖에서 일어나는 존재의 놀이인 것이다.

'나'는 形象을 求한다. 형상은 자아가 인식할 수 있는 형태다. 그런데 문제는 '發散한 형태'다. 형태 이전에 무엇이 있는 것이다. 그 무엇이 형태로 발생하여 여러 형태로 흩어져 있는 것이다. 그 형태를 단순히 감각적으로 지각하는 것이 아니라 求하고 있다. '求'한다는 것은 의식적으로 찾는 행위다. 形象은 단순한 사물의 감각적 형태가 아니라 이성적 사유를 통해 찾아가는 사물의 본질적 모습인 것이다. 그것은 사유를 통해 나아가기 때문에 논리적이다. 계획과 예측을 통해 사물에 접근하는 '作戰'인 것이다. 그러나 작전은 늘 성공할 수가 없다. 사물은 고정되어 있는 것이 아니라 늘 구체적 상황 속에서 달라지는 운동성을 갖고 있다. 사물의 형상은 불확정적인 운동 상태에 있는 것이다.

'국수'가 '마카로니'인 것은 그 불확정성을 단적으로 보여주는 예이다. 언어적인 측면에서는 언어의 기표(signifier)와 기의(signified)의 일대일 대응 관계가 무너진 사태인 것이다. 그러므로 이 구절은 언어를 통해 사고하는 이성적 사유의 한계가 드러낸 것이라 할 수 있다. 그러나 자아는 국수를 먹는다. 형상을 구하려는 노력의 좌절에도 몸은 먹고 있는 것이다. 몸은 의식의 의지를 벗어나 행동하고 있는 것이다. 이것이 자아의 '반란성'으로, 이성을 전복시키는 반란이라 할 수 있다.

여기서 '나(이성의 사유)'는 '너(이성의 통제를 벗어난 존재의 힘)'를 인정하지 않을 수 없게 된다. '동무'라고 부르며 화해를 청하고 있는 것이다. 그러면서도 이성은 강력하게 자신의 논리를 다시 실천하려고 든다. '본다'는 것은 앞에 놓고 관찰한다는 것으로 사물을 이성적으로 인식하는 행위의 메타포다.

다음으로는 언어의 사용을 주의할 필요가 있다. 事物, 生理, 數量, 限度 등을 한자로 씀으로써 '과', '의' 등의 조사도 한자처럼 각기 다른 상형문자와 같이 독립된 역할을 하고 있다. '-과-의'(①) 생리, '-의 -과'(②) 한도의 언어 구조는 이 계사들을 의미와 의미를 연결하는 기능을 하고 있다. 바꾸어 말하면 논리적 관계를 형성시키는 역할로서 이성적 사유의 언어라고 할 수 있는 것이다. ①은 두 사물의 관계를 나타내며, ②는 사물들의 속성을 나타내고 있다. 이 두 언술은 'A는 B다'는 동일률의 논리적 사유 방식인 것이다.[9]

'事物의 愚昧'란 이러한 논리의 영역 밖으로 '내'가 드러낼 수 없는 영역이다. 그곳은 흐리멍텅한 세계로서 고정되어 있지 않은 곳이기 때문이다. 일반적으로 인간은 이성적 사유로 증명하여 드러낼 수 없는 것은 우매한 것이고, 이성적으로 증명하고 드러낼 수 있는 세계를 '事物의 명석성'으로 간주한다. '나'는 이 두 세계를 바로 '보마'라고 말하면서 '너'에게 양해를 구하고 있는 것이다. 왜냐하면 '나'는 '내'가 모든 것을 이해하고 통제한다고 생각하는 순간에 알 수 없는 힘이 '나'의 명징한 사유를 전복시켜 버리는 사태를 보고 있기 때문이다. 그러나 이성적 사유의 죽음을 알고 있는 이성은 그래도 자신의 힘을 실천할 수밖에 없는 운명을 가지고 있는 것이다. 이것이 존재의 숙명적인 조건이다. 이성과 감성이 조화롭다는 '孔子'도 벗어날 수 없는 인간 존재의 파라독스인 것이다.

---

9) 논리적 사유는 A와 B가 같다 혹은 다르다는 유사와 차이에 의해서 출발한다. 논리학적으로 말해서 동일률과 모순율의 법칙인 A=B, A≠Ā라 할 수 있다.

2. 의미를 넘어선 기호의 놀이

'나'는 이제 인간과 사물의 파라독스한 사태를 언어를 통해 구상화
시킨다. '사물의 명석성' 뿐만 아니라 사물의 우매는 언어라는 기호
속에서 그 모습을 드러내기 때문이다. 그러나 언어의 세계는 불안정하
다. 감각에 포착된 사물은 자아의 의식에 단단히 묶이지 못하고 시시
각각으로 새로운 관계를 이루어 나가기 때문이다. 이 유동적인 사물에
대해서 다른 사람에게 물어 보는 것은 아무런 의미가 없다. 이 유동적
인 사태는 언어 밖의 사태로서 언어 기호 속에 고정된 자리를 잡고
있는 것이 아니라 끝없이 언어 밖의 힘에 의해 언어 기호를 새롭게
직조(織造)한다.

　　　　九羅重花

　　　——어느 소녀에게 물어보니
　　　　　너의 이름은 글라지오라스라고

　　　저것이야말로 꽃이 아닐 것이다
　　　저것이야말로 물도 아닐 것이다

　　　눈에 걸리는 마지막 물건이 무엇이냐고 물어보는 듯
　　　영롱한 꽃송이는 나의 마지막 忍耐를 부숴버리려고 한다

　　　나의 마음을 딛고 가는 거룩한 발자국 소리를 들으면서
　　　지금 나는 마지막 붓을 든다

　　　누가 무엇이라 하든 나의 붓은 이 時代를 眞摯하게 걸어가는 사
　람에게는 恥辱

　물소리 빗소리 바람소리 하나 들리지 않는 곳에
　나란히 옆으로 가로 세로 위로 아래로 놓여있는 무수한 꽃송이와
그 그림자 그것을 그리려고 하는 나의 붓은 말할수없이 깊은 恥辱

　이것은 누구에게도 보이지 않을 글이기에
　(아아 그러한 時代가 온다면 얼마나 좋은 일이냐)
　나의 動搖없는 마음으로
　너를 다시한번 치어다보고 혹은 내려다보면서 無量의 歡喜에 젖
는다

　꽃 꽃 꽃
　부끄러움을 모르는 꽃들
　누구의 것도 아닌 꽃들
　너는 늬가 먹고 사는 물의것도 아니며
　나의 것도 아니고 누구의 것도 아니기에
　지금 마음놓고 고즈너기 날개를 펴라
　마음대로 뛰놀 수 있는 마당은 아닐지나
　(그것은 골고다의 언덕이 아닌
　現代의 가시철망 옆에 피어있는 꽃이기에)
　물도 아니며 꽃도 아닌 꽃일지나
　너의 숨어있는 忍耐와 勇氣를 다하여 날개를 펴라

　물이 아닌 꽃
　물같이 엷은 날개를 펴며
　너의 무게를 안고 날아가려는 듯

　늬가 끊을 수 있는 것은 오직 生死의 線條뿐
　그러나 그 悲哀에 찬 線條도 하나가 아니기에
　너는 다시 부끄러움과 躊躇를 품고 숨가빠하는가

결합된 색깔은 모두 엷은 것이지만
설움이 힘찬 미소와 더불어 寬容과 慈悲로 통하는 곳에서
네가 사는 엷은 世界는 自由로운 것이기에
生氣와 愼重을 한몸에 지니고

사실은 벌써 滅하여있을 너의 꽃잎 우에
二重의 봉오리를 맺고 날개를 펴고
죽음 우에 죽음 우에 죽음을 거듭하리
九羅重花

「九羅重花」 전문

　이름을 모르는 사물의 이름을 타인에게 묻는 것은 사물의 본질과 아무런 상관이 없다. 도식화된 기호를 묻는 것이지 본질적인 의문을 던지는 것이 아니다. 본질이라는 것도 "물질처럼 사물(텍스트:필자가 용어를 바꾼 것임) 속에 숨겨져 있는 것이 아니기 때문에 읽기의 경험 속에서" 드러난다.[10] 타인의 언어에 나는 만족하지 못한다. '저것'에 대한 의문이 계속되는 것이다. 그러나 나도 기존의 언어를 벗어나 표현하는 것이 힘겹다. '저것은 꽃도 물도 아닐 것이다'는 '저것'을 '꽃'이나 '물'이라는 언어로 고정시키려는 시도의 실패를 보여준다. 상형된 글자에 고정될 수 없는 느낌의 힘이 감지되기 때문이다.

　'꽃'은 앞에서도 지적했듯이 삶의 경제 밖의 미적 쾌감이고 '물'은 온갖 사물의 생명을 이루는 에테르다. 그러나 미적 쾌감이란 비결정적인 상태 그 자체이며, 물은 어떤 것과 결합하느냐에 따라 무궁무진한 변화를 일으킨다. 물은 소용돌이나 심연(深淵)이 되기도 하고, 부드러운 여성적인 것이 되기도 하고, 불사조 같은 재생의 힘이 되기도 하고

---

10) Jacques Derrida, *Acts of Literature*, New York: Routlege, 1992. 47쪽.

죽음의 경계가 되기도 한다.[11] '내'가 '저것'을 읽는 경험은 꽃이나 물
처럼 시시각각으로 변하는 느낌인 것이다. 아무리 그 유동성을 추적하
면서 이성적 사유는 끝까지 밀고 간다 해도, 사유가 극점에 이르러
'마지막 물건'처럼 고정 되었다고 생각하는 순간 그 명징한 언어는 부
서져버린다. 이성으로는 도저히 '무엇'인지 알 수 없는 어떤 힘이 자
꾸 자아의 "신비한 공책(Mystic writing Pad)"[12]에 기록되는 것이다. 이성
적 사유가 세계와 사물을 명징하게 인식하기 위해 끝없는 고통을 인
내했지만 '나의 의식'은 '영롱한 꽃송이'라는 언어 이상으로 나아갈 수
가 없다.

　의식이 극에 달하면 자기도 모르는 하나의 목소리(voice)로 들을 수
있을 뿐이다. 이것이야 말로 의식이 사태를 표현할 수 있는 마지막 작
업이다. 여기서 화자도 이성을 초월한 존재의 '거룩한' 사태를 마지막
으로 그려내려 하고 있다. '붓'은 손의 노동에 의해 이루어진다. 그것
은 실제적인 글쓰기라기보다는 하나의 메타포다. 하이데거 식으로 말
하자면 손은 정신이다. 생산을 하는 노동은 미리 결과를 예측하는 사
고 작용의 산물이다. 노동이란 이러한 인간의 이성적 사유에 기반 하
여 발전하여 왔으며 오늘날도 이성의 힘에 지배를 받고 있는 것이다.

　그러나 '나'는 이성의 비관적인 사태에서도 이성의 힘을 포기하지
않는다. 이성의 힘이 종말에 이른 오늘날의 사태를 알지 못한 것처럼
이성의 힘을 신봉하며 흔들리고 있다. 이런 '나'를 누가 비웃는 것은

---

11) 아지자, 올리베르, 스크트릭 공저, 『문학의 상징, 주제 사전』, 청하, 1989. 147
　　~158쪽.

12) Jacques Derrida, *Writing and Difference*, The University of Chicago, 1978. 223~224
　　쪽. 프로이트가 인간의 의식과 무의식 그리고 잠재의식을 설명할 때 모든 경험
　　이 기록되고 그 기록은 지워진 것 같지만 흔적이 남아 다시 재생하기도 한다
　　는 메타포다.

'나'에게는 치욕이다. 그러나 더 근본적인 것은 이성 종말의 시대일지라도 새로운 시작을 꿈꾸는 '진지한' 사람으로서 세계를 바로 보지 못하고 반쯤만 바라보며, 그것을 '붓'으로 쓰는 일이 그 자체로 치욕이 되기 때문이다.

'−소리', '−소리', '−소리'는 이성을 넘어선 언어다. 물, 바람 등과 같이 존재하는 것이 아니라 '이것'에도 '저것'에도 속하지 못하는 소음(騷音)에 지나지 않는다. 그런데 지금의 '나'는 존재를 數量과 限度로 명석하게 측정하려하면서 그 척도에 벗어난 '소음'과 '그림자'를 구하고 있다. 이제 글쓰기는 우매하기 그지없는 일이된 것이다. 그런데도 '나'는 이 모든 사태를 타인에게 전하고 싶지만 소통이 불가능하다. '내'가 본 사물의 생리, 수량, 한도, 우매, 명석성을 타인13)에게 인정받지 못하고는 살아갈 수밖에 없는 비극적 사태가 있을 뿐이다. '나'는 이러한 세상의 법칙에서 벗어나는 시대를 바란다. 그러나 그 시대는 현실 속에서 괄호가 되어 끊임없이 미래로 연기되고 만다.

그러므로 '나'는 이성의 시대에서 잠시 괄호 속의 미래의 시대로 외출을 한다. 자기 인정을 바라는 피투성이 투쟁이 사라져 마음의 '動搖'가 소멸된 상태에서 '저것'을 만난다. 그곳은 치어다보거나 내려다보는 위계질서가 사라져있기에 만나는 방식은 문제가 되지 않는다. 만남 자체가 측정할 수 없는 '歡喜'를 가져오는 것이다.

'저것'의 존재를 만나는 지극한 황홀경 속에서 꽃은 꽃이 된다. '꽃 꽃 꽃'의 외침은 사물의 꽃이 소리의 꽃을 거쳐 존재 그 자체인 꽃이 되는 깨달음의 과정이다. 존재 그 자체는 모든 인과의 사슬로부터 자

---

13) '타자'와 '타인'은 다른 개념이다. 타인은 일반적으로 남을 가리키지만 '타자'는 내 속에서 있는 것으로 스스로도 자꾸 인식하지 못하고 놓쳐버리지만 자아를 형성하는 중요한 다른 축이 되는 시선이나 세계를 일컫는다.

유롭다. 이성의 비난과 지배의 폭력으로부터 자유로운 상태이기에 부
끄러움도 아니요 누구의 것도 아니요 물의 것도 아니다. '저것'은 우
발적인 사태 그 자체로 존재할 뿐이다.

　그러나 나는 미래의 외출에서 현실로 돌아온다. '現代의 가시철망'
의 울타리 속에서 존재의 자유로움을 꿈꾸고 있을 뿐이다. 그 존재의
꽃은 사물도 아니고 언어도 아니고 하나의 흔적으로 작용한다. 물도
아니고 꽃도 아닌 흔적(trace)의 운동이 바로 '날개 짓'이다. 이성의 언
어가 부여한 모든 의미로부터 벗어난 '꽃'은 가벼워서 흔적처럼 마음
대로 날아다닐 수 있는 것이다. 그런데 그 흔적의 유희를 바라보는 나,
그것은 이성적 자아다. 꽃의 흔적마저 죽음의 숙명을 넘어서지 못한다
는 판단을 내린다. 죽음은 아무도 경험하지 못한 절대적으로 알 수 없
는 것으로, 꽃은 그 죽음의 조건 때문에 비애를 벗어날 수 없다고 믿
는다.

　이 지점에서 의식의 파라독스가 심각한 지경에 이른다. 이성의 시대
의 종말에서 비롯되는 '설움'과 의미를 벗어버린 흔적의 자유롭고 즐
거운 '웃음'의 세계가 이성적 판단으로 환원되고 있는 것이다. '사실
벌써 滅하여있을' 꽃잎이 '봉오리를 맺고' 있으며, 그 봉오리는 또 멸
하여 죽고 있다. 이성적 사유에 포착되자마자 꽃의 존재는 죽어버린
다. 그 죽음 우에 흔적의 꽃이 피지만 이것을 이성적으로 인식하자마
자 또 그 흔적은 죽는다. 사유와 흔적은 二重으로 겹쳐 있으면서도 함
께 포착되지 않는다. 끝없는 중첩 속에서 九羅重花로 출렁거리고 있
는 것이다.

3. 움직이는 구조

김수영은 일견 모호해 보이기까지 하는 이 파라독스의 사태를 바로 보려는 노력을 게을리 하지 않았으며, 그 방법을 후에 '힘으로서의 詩의 存在'라는 부제를 단 산문에서 직접 밝히고 있다.

> 나의 모호성은 詩作을 위한 나의 정신구조의 上部 중에서도 가장 첨단의 분분을 차지하고 있는 것이고, 이것이 없이는 무한대의 혼돈에 접근을 위한 유리한 도구를 상실하는 것이 되기 때문이다. 가령 교회당의 뾰죽탑을 생각해 볼 때, 시의 探針은 그 끝에 달린 십자가의 십자의 상반부의 창끝이고, 십자가의 하반부에서부터 까마득한 주춧돌 밑까지의 건축의 실체의 부분이 우리들의 의식에서 아무리 정연하게 정비되어있다 하더라도, 詩作上으로 그러한 明晳의 개진은 아무런 보탬이 못되고, 오히려 방해가 되는 것이다.[14]

「구름의 파수병(1956)」은 그의 이러한 시 의식을 직접적으로 드러내고 있다.

> 만약에 나라는 사람을 유심히 들여다본다고 하자
> 그러면 나는 내가 詩와 反逆된 생활을 하고 있다는 것을 알 것이
> 다
>
> 먼 山頂에 서있는 마음으로
> 나의 자식과 나의 아내와
> 그 주위에 놓인 잡스런 물건들을 본다.

---

14) 김수영, "시여, 침을 뱉어라", 『金洙暎 全集 2』, 민음사, 1981. 249쪽.

그리고
나는 이미 정하여진 물체만을 보기로 결심하고 있는데
만약에 또 어느 나의 친구가 와서 나의 꿈을 깨워주고
나의 그릇됨을 꾸짖어주어도 좋다

함부로 흘리는 피가 싫어서
이다지 낡아빠진 생활을 하는 것은 아니리라
먼지 낀 잡초 우에
잠자는 구름이여
고생도 마음대로 할 수 없는 세상에서는
철늦은 거미같이 존재없이 살기도 어려운 일

방 두간과 마루 한간과 말쑥한 부엌과 애처러운 妻를 거느리고
   외양만이라도 남과같이 살아간다는 것이 이다지도 쑥스러울 수가
있을까

詩를 배반하고 사는 마음이여
   자기의 裸體를 더듬어보고 살펴볼 수 없는 詩人처럼 비참한 사람
이 또 어디 있을까
   거리에 나와서 집을 보고
   집에 앉아서 거리를 그리던 어리석음도 이제는 모두 사라졌나보다
   날아간 제비와같이

날아간 제비와같이 자죽도 꿈도 없이
어디로인지 알 수 없으나
어디로이든 가야 할 反逆의 정신

나는 지금 산정에 있다——
시를 반역한 죄로

　　이 메마른 산정에서 오랫동안
　　꿈도 없이 바라보아야 할 구름
　　그리고 그 구름의 파수병인 나.

「구름의 파수병」 전문

　현실적인 삶에서 자아는 시의 지향성과 어긋난 삶을 살고 있다. 생활을 반역하는 정신, 그 정신의 상부인 '먼 山頂'에 서 있다. 삶의 질서 속에서 가장 소중한 '아내'와 '자식'도 여러 '사물' 가운데 하나로 바라보고 있는 것이다. 그러나 그러한 행위는 애초부터 불가능했다. 이성의 질서를 따르는 시각으로 사물을 바라보고자 해도 의식 밖에서 밀려오는 힘의 작용을 거부할 수 없는 것이다. 나는 "이성의 잠"15)을 누군가 깨워 주기를 바란다.

　그것은 이성적 사유를 초과해 힘의 세계를 찾아가는 작업이 자기 인정의 피투성이 투쟁이기 때문이 아니다. 아무도 자신이 '이성의 잠'을 자고 있다는 사실을 알지 못하기 때문에 그러한 '고생을 마음대로 할 수 없는 세상'이다. 이 '궁핍한 시대(drüftigen Zeit)'16)에 시인 역시 존재하는 '잡초'와 끝없이 변화하는 구름의 유희를 언어로 그리지 못하고 있다. '철늦은 거미'가 자신의 생명을 소진시키면서 그 뱃속에 수많은 새로운 새끼를 기르듯 이성의 종말 속에 새로운 존재의 힘을 간직하기가 힘겨운 것이다.17)

---

15) Jacques Derrida, 앞의 책. 252쪽. '이성의 잠'이란 이성 자체가 잠의 형태를 갖고 있다는 말로서 이성적 사유의 오류를 벗어나 이성으로 증명될 수 없는 무의식의 힘의 세계를 받아들이는 것을 가리킨다.

16) Martin Heidegger, *Holz Wege*, Vittorio KlosterMann Frankfurt am Main, 1950. 248쪽. 이성적 사유가 디오니소스적인 감성의 세계를 배제하고 있어 존재와 세계를 측정할 척도가 없는 데도 이 사태조차 알지 못하는 이성중심의 시대를 가리키고 있다.

이성의 종말을 알고 있으면서도 겉으로 남과 같이 살아간다는 것은 서투른 삶이다. 일상적 삶의 껍데기를 벗은 존재를 살피지 못하는 비참한 시인이며 경제적으로 불성실한 가장이다. 이제 일상적 삶의 경제의 끈인 집을 벗어나 자유로울 것 같은 거리를 나온다. 그러나 그 거리는 구름의 유희처럼 자유롭지도 않고 자유로운 존재를 찾다가 지친 의식이 쉬어갈 곳도 없으며, 설움만 가득 차 있다.[18] 이성적 사유의 질서가 지배하는 세상에서 그것을 초과하려는 어리석음을 알게 된 것이다.

그러나 나는 이성을 반역하는 광기를 완전히 통제할 길은 없다. 광기의 힘에 끌려 일상으로부터 멀리 떨어진 정신의 꼭대기에 서게 된다. 그곳은 이성적 사유가 갈 수 있는 극점이다. 이성을 초과한 존재의 구름처럼 자유로운 운동을 살피는 파수병으로 서 있는 것이다. 앞으로 詩人은 이성의 극점에서 모든 증명될 수 있는 세상의 사태와 자유로운 존재의 유희를 그려갈 수밖에 없을 것이다. 김수영의 이후 시들은 이러한 좌표 속에서 증명되는 의미와 유희인 무의미가 균형을 이루는 시를 지향한다.

작품형성의 과정에서 볼 때는 '의미'를 이루려는 충동과 '의미'를

---

17) 김수영은 「거미(1954.10.5)」에서도 동일한 이미지를 사용하고 있다.
　내가 으스러지게 설움에 몸을 태우는 것은 내가 바라는 것이 있기 때문이다.// 그러나 나는 으스러진 설움의 풍경마저 싫어진다.// 나는 너무나 자주 설움과 입을 맞추었기 때문에/ 가을바람에 늙어가는 거미처럼 몸이 까맣게 타버렸다.
(「거미」 전문)

18) 김수영은 「거리(一)(1955.3.10)」과 「거리(二)(1955.9.3)」의 시에서 그 이미지를 구체화하고 있다.
　구름도 필요 없고/ 항구가 없어도 아쉽지 않은/ 내가 바로 바라다보는/ 저 허연 석회천정(「거리(一)」 5연 부분)
　無數한 웃음과 벅찬 感激이여/ 蘇生하여라/ 거리에 굴러다니는 보잘것없는 설움이여//(「거리(二)」 3연 부분)

이루지 않으려는 충동이 서로 강렬하게 충돌하면 충돌할수록 힘 있는
작품이 나온다고 생각된다. 이런 변증법적 과정이 어떤 先入主 때문
에 충분한 충돌을 하기 전에 어느 한쪽이 약화될 때 그것은 작품의
감응의 강도에 영향을 줄 뿐만 아니라 작품의 성패를 좌우하는 치명
상을 입히는 수도 있다.[19]

　　의미와 무의미의 충돌이 이성 밖의 힘을 표현하는 방법이라는 것이
다. 그것은 기존의 언어 기호를 사용하지만 새로운 방식이 되지 않으
면 불가능하다. 충돌하는 힘의 유동성과 함께 움직이는 언어일 수밖에
없다. 이 유동적 언어를 찾아간 극점이 「눈(1966.1.29)」이다.

　　　눈이 온 뒤에도 또 내린다

　　　생각하고 난 뒤에도 또 내린다

　　　응아 하고 운 뒤에도 또 내릴까

　　　한꺼번에 생각하고 또 내린다

　　　한줄 건너 두줄 건너 또 내릴까

　　　廢墟에 廢墟에 눈이 내릴까
　　　　　　　　　　　　　　　　　「눈(1966.1.29)」 전문

　　이 시는 김수영 시의 극점을 보여주고 있다. '눈'은 고정된 어떤 의
미를 가지고 있지 않다. 시가 전개 되어 가면서 그 의미는 자꾸 변한

---

19) 김수영, "변한 것과 변하지 않은 것", 『김수영 전집 2』, 민음사, 1981. 245쪽.

다. 처음 지각에 포착된 '눈'은 이미 내리는 동작이 끝났고 그 뒤에 또 '눈'이 내린다. 그런데 또 내린 눈은 앞에 내린 '눈이 내리는' 흔적과 겹쳐서 지각되는 눈이다. '생각하고 난 뒤에도 또 내린다'는 것은 '눈이 내린다'는 언어적 사고가 스쳐간 순간 또 내린 눈이다. 이 눈은 지각과 흔적과 사고와 사물이 접목되어 있는 눈이다.

'응아'하는 울음을 듣는 순간 지각에 의해 주의력이 눈으로부터 벗어나 '응아 하고 운다'는 생각에 아이를 떠올리는 유추적 사고가 진행되었다. 바로 그 사고 뒤에 의식은 앞의 눈의 흔적이 지워져 버리고 새롭게 눈이 내리는 것을 보게 될 것인가 하고 묻는다. 그러나 이러한 상상과 사고는 너무나 짧은 순간으로 한꺼번에 일어난 것으로, '응아' 이전의 흔적과 함께 또 눈이 내린다.

이 눈이 내리는 사태를 주체는 머릿속에서 시로 쓰고 있다. 한 줄, 두 줄. 시를 쓰는 순간 그는 '내리는 눈'이 언어 속에 고정되어 버리지는 않았을까 두려워한다. 그러나 시를 쓰는 순간에도 앞의 흔적이 겹쳐진 눈이 내리고 있다. 주체는 그 순간 흔적의 끝없는 연쇄적 사슬을 언어로 옮기는 자기 이성이 눈의 존재를 가두려는 어리석은 사유를 하고 있음을 깨닫는다. 그것은 이성적 언어의 종말로서 자기의식이 폐허다. 언어의 폐허를 깨닫는 순간 그는 이성적 언어를 초과한다. 폐허를 廢墟로 상형한 것은 언어의 의미로부터 벗어난 사태를 나타낸다. 의미로부터 자유로워진 기호인 것이다. 그 의미를 벗어난 기호인 '廢墟'에 또 다른 기호인 '눈'이 접목될까 하고 그의 의식은 또 이성적 사유를 시작한다. 그러나 그 사유는 또 초과될 것이다. 廢墟와 눈의 접목이 끝없이 이어질 것이다. 김수영이 추구한 의미하려는 충동과 의미를 이루지 않으려는 충동이 강렬하게 충돌을 계속하고 있는 것이다.

「눈」이란 시는 이러한 충돌을 나타내기 위해서 반복과 비약을 되풀

이하는 구조를 취하고 있다. 그것은 이성적 언어밖에 갖추지 못한 詩
人이 할 수 있는 최고의 경지일 것이다. 그는 이러한 시작의 감동을
다음과 같이 말하였다.

> 만세! 만세! 나는 언어에 밀착했다. 언어와 한치의 틈사리도 없다.
> <廢墟에 廢墟에 눈이 내릴까>로 충분히 <廢墟에 눈이 내린다>의
> 宿望을 達했다. 낡은 型의 詩이다. 그러나 낡은 것이라도 좋다. 混
> 用되어도 좋다는 용기를 얻었다.[20]

이성의 언어를 사용하면서도 언어에 의미를 고정시키지 않고 사물
의 흔적들이 자유롭게 접목되어가는 힘을 묘사한 것이다. 이것이 김수
영이 최후까지 밀고 간 지점으로 의미와 무의미가 이루는 움직이는
구조라 할 수 있을 것이다.

4. 맺는 말

김수영은 이성적 언어와 그 언어 밖에 존재하는 힘까지 시 속에 담
아내려고 노력한 시인이다. 그것은 모든 것에 명징한 의미를 부여하던
모더니티의 작업과 흡사하다. 그러나 그가 최후에 가서 고정된 의미를
무너뜨리고 비결정적인 존재의 힘을 표현하고 있는 지점은 그의 시가
모더니티를 넘어서고 있는 지점이다. 이성적 언어로 모든 것을 설명할
수 있다고 믿는 합리적 계몽 이성의 극치였던 모더니티의 종말을 고
하고 새로운 시작을 알리고 있는 것이다.

---

20) 김수영, "詩作 노우트", 『김수영 전집 2(散文)』, 민음사, 1981. 303쪽.

그것은 이성의 원근법이 만들어 왔던 존재의 지도에서 배제된 무수한 힘(force)을 이성의 언어로 표현하는 파라독스다. 김수영은 이 파라독스를 언어를 통해 무화 시키고자 노력했으며, 그 과정에서 무의미한 흔적의 세계를 발견했고 나아가 그 흔적의 유동성을 유동적 언어 기호로 표현하였으며, 그 언어 기호가 밀고 간 최후의 지점에서 움직이는 구조를 발생시켰다. 김수영은 전미래 시제의 시[21]를 향해 나아가고 있었던 것이 아닐까.

---

21) '전미래 시제의 시'란 데리다식 표현으로 이성중심주의, 로고스적 언어중심주의가 해체되고 감성적 세계의 시적 황홀경이 도래한 시대의 시를 가리킨다. 그는 그것을 기존의 언어를 초과한 미래의 가능성으로 존재하는 시라고 말하고 있다.

Ⅲ. 리얼리즘과 현대시

: 박노해에 적용한 試論

1. 노동문학과 리얼리즘 시

1984년에 발간된 박노해의 시집 『노동의 새벽』은 문학인뿐만 아니라 지식인에게 큰 파장을 일으켰다. 『노동의 새벽』은 기층민중이 자신의 체험을 바탕으로 민중해방의 미래적 전망을 제시한 문학[22]이었기 때문이다. 이러한 파장을 문학사 속에 수용하기 위해 박노해의 시를 진보적 시문학의 자기진화[23]의 계보 속에 놓기도 하였다. 그러나 진보라 틀로 박노해 시의 특성을 해명하기에는 새로운 특성이 두드러져 보인다. 언뜻 보기에 박노해의 시는 일제강점기의 계급문학과 흡사해 보이지만 커다란 차이를 내포하고 있다.

---

22) 채광석, "노동현장의 눈동자", 『노동의 새벽』, 풀빛, 1984.
    ───, "민족문학과 민중문학", 『민족, 민중 그리고 문학』, 김병걸 · 채광석 편, 지양사, 1985.
23) 근대이후 우리의 진보적 시문학은 조선시대의 서사한시, 사설시조→애국계몽기의 진보적 시가→신경향파시와 프로시→1930년대 후반의 진보적 시문학→해방 직후의 조선문학가동맹 계열의 시→1950 · 60년대의 이른바 '참여시'→1970년대의 이른바 '민중적 서정시'→1980년대의 '노동시'와 '농민시' 등으로 전개되는 다채로운 자기진화의 형상을 갖는다. (유성호, "최근 진보적 진영 시의 변모에 관한 비판적 검토", 『오늘의 문예비평』, 2000년 여름호. 67쪽.)

박노해의 시는 지식인이 '노동자를 계몽하는 일제강점기의 계급문학'과 달리 '노동자가 주체가 된 노동문학'[24]이었다. 이러한 주체의 변화는 민중을 계몽적 차원에서 바라보던 당시 지식인에게 커다란 충격을 주었다. 지식인 문학가는 노동자에 대해 우월하다고 믿고 있었다. 사회적 제도 역시 이러한 신념에 따라 서열화 되어 있었다. 문학 등단 제도는 특히 서열을 보장하는 제도였다. 그런데 박노해의 출현은 이러한 제도를 단숨에 파괴하였기에 지식인 문인은 기득권의 위기를 느꼈다.[25]

이러한 충격은 지식인 스스로 지식인 문학의 위기와 새로운 민중문학의 가능성을 모색[26]하게 하였으며, 노동자가 주체가 되는 민중문학이 민족문학을 주도할 것이라는 원근법에 따라 노동계급의식인 당파성이 주도한 민중문학의 필연성을 이론적으로 정립하고자 하였다. 실제로 박노해는 이후에 노동자 주도의 민중운동과 문학을 주장하는 조직운동가로 변모하여 조직의 강령에 따랐다.[27] 이 시기를 전후로 발표된 박노해의 시는 『노동의 새벽』의 시와 커다란 차이를 보인다. 시급한 정치투쟁을 다룬 이 시들은 대담, 신문기사, 도표, 구호, 그림, 뱀장사의 사설 등을 광범위하게 활용하면서 극적 성격이 강화되고 있다. 박노해는 스스로 이런 시를 <시사시>[28]라 불렀다.

---

24) "박노해의 최초의 고백: 이땅의 자식으로 태어나서", 『신동아』 1990. 12.

25) 정효구, "박노해論: 블록화와 소외를 넘어서", 『현대시학』 1991. 2.

26) 김명인, "지식인 문학의 위기와 새로운 민족문학 구상", 『전환기의 민족문학』, 풀빛, 1987.

27) "최후진술"(박노해 석방대책위원회, 1991)에서 보듯이 박노해는 사회주의 운동의 조직인 '사노맹'의 중앙위원으로 활동하였다.

28) 박노해 시인의 시사시 13편의 제목을 보면 그 의도를 알 수 있을 것이다. 이 시에 대한 구체적인 논의는 본론에서 전개할 것이다. 「「교원노조」 타도하고 「성자조합」 결성하자」, 「「친미카드」를 이용하세요」, 「인신매매범의 화끈한 TV 신상

당시 박노해 시의 변모는 진보적인 문학 진영에서 『노동의 새벽』으로부터 후퇴냐 발전이냐는 논쟁을 불러 일으켰다. 첫째로, 당시 <시사시>가 리얼리즘의 적극적 구현이라는 입장을 들 수 있다. 시집 『노동의 새벽』이 노동자의 일상과 노동 현장을 통해 노동자의 운명과 미래를 읽어내는 노동계급의식을 제시하였다면 <시사시>는 정치투쟁을 통해 노동자의 민중 주도성을 제시하고 있다는 것이다. 둘째로, <시사시>가 시로서 완결성이 미흡하다는 입장을 들 수 있다. 이러한 관점의 차이는 사실상 시에서 리얼리즘에 관한 논쟁이라 할 수 있다.

리얼리즘 시 논쟁은 현실 반영이 중요한 문제였다. 이 때 '현실'은 단순한 체험을 넘어 현실 변혁 의지와 그 실천의 문제를 내포한다. 그러므로 현실 변혁의지와 실천의 문제는 다시 자본주의 사회에서 어느 계급이 정당성을 확보하고 주도적인 역할을 수행할 것인가 하는 문제와도 결부되게 된다. 이에 대한 답변은 1970년대 노동문학에 대한 논의에서 이미 시작되었다.[29] 당시 논자는 객관적인 현실이 이제 노동자

발언」, 「익사라고 우겨뿔자!」, 「나도 '야한 여자'가 좋다」, 「대우조선 「강철 노동자」의 외침」, 「'공작금을 받겠다'는 내 아내를 고발합니다」, 「하루 일곱 마리의 '산재 보신탕'」, 「'히로뽕 당' 결성하여 민중에게 기쁨을!」, 「쿠바 '혁명영웅'의 준엄한 눈물」, 「'평민연」의 도마뱀 대가리 자르기」, 「행복은 성적순이얏」, 「노동자 후보」가 나가신다.(『노동해방문학』 1989년 4월호)

29) 1970년대 이미 노동계급의 주도성 문제가 논의되기 시작했다. 당시는 노동자가 자신의 생활 체험을 보여주는 르뽀나 수기는 현장의 보고에 집중되었다. 이러한 현상을 이론적으로 해명한 대표적인 논의 중 하나가 임헌영이다. 그는 "노동자 문학은 이제 관념적인 계몽의 단계를 지나 현장성을 찾는 작업에 더 한층 주력해야 되며, 이 사실은 르뽀 문학의 필요성을 절감하게 한다."는 견해와 더불어 "그들의 정서와 감정을 바탕으로 한 인생관·세계관·정치관을 파헤쳐 제시해야 되며, 마치 우리 사회에서 전혀 별세계의 일인 양 느껴지는 것을 정치의식화로까지 승화시켜야 할 것이다."는 미래적 방향을 제시하고 있다. 즉, 70년대 노동자의 보고문학이 정치의식으로까지 승화되지 못한 것을 지적하고 있다.(임헌영, "轉換期의 文學: 勞動者文學의 地坪", 『창작과 비평』 1978년 겨울호.)

가 노동 현장으로부터 자기 계급의식을 획득하고 노동계급의식으로
세계를 전유하는 정치의식을 획득의 필연성을 선취하고 있었다. 그러
므로 1980년대 박노해는 이러한 현실을 증명하는 모델로 받아들여졌
다. 『노동의 새벽』이 노동자의 일상과 노동현장의 체험을 이야기풍과
만가풍으로 생생하게 표현하면서 노동계급의 정치의식을 표현하였기
때문이다.

　박노해의 이러한 자극은 진보적 지식인 작가에게는 매우 부담스러
운 일이었다. 지식인 작가들은 노동 현장의 체험을 생생하게 간직하지
못하였으므로 노동계급의식을 몸으로 체험할 수 없었기 때문이다. 이
에 따라 자신의 진보적인 사상과 정서를 표현하는 데 적절한 방식을
찾는 데 고심하게 된다. 지식인 작가의 고민은 시의 리얼리즘 논쟁에
그대로 반영된다. 루카치와 엥겔스가 제시한 소설의 리얼리즘론을 시
에 적용하고자 하는 시도를 하게 된다. 그 하나가 시에 소설의 서사양
식을 부분적으로 수용한 이야기시론이다. 이야기시론은 시에 '서사적
요소'와 '세부적 디테일'을 수용한다.[30] 그러나 이야기시론은 서정시가
갖는 주체의 열정적 감성을 약화시킨다. 이에 대해 서정적 주체의 진
술과 정서가 현실을 반영하는 전형성을 확보할 수 있다는 견해가 제
시되기도 한다.[31] 그러나 이 논의는 리얼리즘과 다른 시를 구별할 수
있는 기준을 제공하지 못하였다. 더욱 문제가 되는 것은 두 논의 모두
리얼리즘 시를 형식적인 문제로 치환하고 만 것이다.

　이에 대해 "현실주의를 사고할 때 중요한 것은 왜 특정한 시기에

---

30) 최두석, "리얼리즘 시론", 『시와 리얼리즘』, 이은봉 엮음, 공동체, 1993.
　　윤여탁, "시의 서술구조와 시적 화자의 기능", 『시와 리얼리즘』, 이은봉 엮음,
　　공동체, 1993.
31) 오성호, "시에 있어서의 리얼리즘 문제에 관한 시론", 『시와 리얼리즘』, 이은
　　봉 엮음, 공동체, 1993.

현실을 현실로서 생생하게 전유하고자 하는 특정한 방법이 나타날 수
밖에 없으며, 그러한 방법의 원리가 무엇인가를 따져보는 일"[32]이라는
문제제기와 '창작방법의 논쟁보다는 사상과 객관적 세계 사이에서 발
생하는 서정의 중요함을 강조하며 리얼리즘 시의 다양한 형식의 가능
성' [33]을 제기한다. 그 결과 시에서 리얼리즘은 노동계급의 변혁의지
에 따른 실천으로서 당면 과제를 해결하는 데 적절한 방식을 찾아내
는 것이라는 중요한 원칙을 세울 수 있게 된다. 따라서 이 글은 80년
대 박노해의 시의 특성과 변모에서 드러나는 시의 리얼리즘적 특성을
살피고 그것의 현재적 의의를 살피고자 한다.

2. 『노동의 새벽』에 나타난 노동계급의식의 대서사

박노해 시의 리얼리즘을 논의하기 위해서는 시집 『노동의 새벽』을
하나의 서사로 읽을 필요가 있다.[34] 이 시집은 노동자가 소박한 꿈과
비애로부터 노동계급의식을 획득하는 과정이 서사적인 구조로 펼치고

---

32) 황정산, "'시와 현실주의' 논의의 진전을 위하여", 『시와 리얼리즘』, 이은봉 엮
    음, 공동체, 1993. 194쪽.
33) 김형수, "서정시의 운명을 밝히는 사실주의", 『시와 리얼리즘』, 이은봉 엮음,
    공동체, 1993.
34) 채광석의 "노동현장의 살아 움직이는 모습을 전체적 틀 속에 뭉뚱그려 넣으려
    는 잘 짜여진 의식적 구도에 따라 설정된 것으로 보일 만큼 이 시집은 앞서 말
    했듯 개개의 시들이 흩어지면 제각금 독립체가 되고 모아지면 하나의 서사적
    장시를 이루고 있다."(채광석, "노동현장의 눈동자", 『노동의 새벽』, 풀빛, 1984.),
    166쪽)과 오성호가 『노동의 새벽』을 '저주받은 운명에의 자각과 영웅주의적 열
    정'으로 파악하는 것도 이러한 맥락과 상당히 닮아 있다. 오성호는 저주받은 운
    명의 아이러니를 인식하고 자기와 끊임없는 싸움을 통해 실천 속에서 스스로를
    지양해가는 과정으로 보고 있다.(오성호, "『노동의 새벽』의 비극적 성격", 『畿甸
    語文學』 10・11호, 1996.)

있다. 이 때 노동계급의식은 지식으로서 아는 것을 의미하지 않는다.
시집에 나타나는 노동자의 현실 인식은 체계적인 지식의 습득이 아니
라 생활의 체험 속에서 현실의 모순을 인식하는 것이라 할 수 있다.
이 시집에 대해 '현장의 구체성'이 있다거나 '새로운 감성의 탄생을
예감'하게 한다는 당시 평자의 지적은 이런 특성을 염두에 둔 말이다.

　우선 시집의 첫머리에 시린 「하늘」35)은 독자의 내부에 잠재된 동력
을 자극하고 감염시키는 힘을 가지고 있다. 1980년대는 국가 독점의
자본주의가 견고해 국가권력의 대량학살과 일상적으로 자행되는 폭력
에 대한 울분은 노동자, 농민, 진보적 지식인 모두에게 폭넓게 일정한
공감대를 형성하고 있었다. '서로가 서로를 받쳐주고 서로가 서로의
푸른 하늘이 되는 세상'에 대한 소망이 강렬했던 것이다.

　그러나 보다 주목되는 작품은 「시다의 꿈」36)이다. 이 시는 인간답게
살고 싶은 소망을 노동자의 구체적인 체험을 통해 절실하게 표현하고
있다. 이러한 시는 기존 문인도 문학성을 인정하는 접점에 놓여있다.

---

35) 높은 사람, 힘 있는 사람, 돈 많은 사람은/ 모두 하늘처럼 뵌다/ 아니, 우리의
　생을 관장하는/ 검은 하늘이시다// 나는 어디에서/ 누구에게 하늘이 되나/ 代代
　로 바닥으로만 살아온 힘없는 내가/ 그 사람에게만은/ 이제 막 아장걸음마 시
　작하는/ 미치게 예쁜 우리 아가에게만은/ 흔들리는 작은 하늘이것지// 아 우리
　도 하늘이 되고 싶다/ 짓누르는 먹구름이 하늘이 아닌/ 서로 받쳐 주는/ 우리
　모두 서로가 서로에게 푸른 하늘이 되는/ 그런 세상이고 싶다(「하늘」 부분)
36) 긴 공장의 밤/ 시린 어깨 위로/ 피로가 한파처럼 몰려온다// 드르륵 득득/ 미
　싱을 타고, 꿈결 같은 미싱을 타고/ 두 알의 타이밍으로 철야를 버티는/ 시다의
　언 손으로/ 장밋빛 꿈을 잘라/ 이룰 수 없는 헛된 꿈을 싹뚝 잘라/ 피 흐르는
　가죽본을 미싱대에 올린다/ 끝도 없이 올린다// 아직은 시다/ 미싱대에 오르고
　싶다/ 미싱을 타고/ 장군처럼 당당한 얼굴로 미싱을 타고/ 언 몸뚱아리 감싸 줄
　/ 따스한 옷을 만들고 싶다/ 찢겨진 살림을 깁고 싶다// 떨려 오는 온몸을 소름
　치며/ 가위질 망치질로 다짐질 하는/ 아직은 시다,/ 미싱을 타고 미싱을 타고
　갈라진 세상 모오든 것들을/ 하나로 연결하고 싶은/ 시다의 꿈으로/ 찬 바람 치
　는 공단 거리를/ 허청이며 내달리는/ 왜소한 시다의 몸짓/ 파리한 이마 위로 새
　벽별 빛나다(「시다의 꿈」 전문)

삶의 고통과 비애를 넘어선 분노와 울분을 안으로 삼키며 인간다운 삶을 누리고자 한 인간상이 기존의 문인과 독자에게 호소력을 지녔던 것이다. 그러나 이 시는 노동자가 분노를 언제까지나 안으로 삼킬 수 없는 지경이라는 사실 또한 생생하게 보여주고 있다. 자신의 장밋빛 꿈을 싹뚝 자른다. 몸뚱아리를 감싸줄 따뜻한 옷도 찢겨진 살림도 기울 수 없다는 것을 알고 있기 때문이다. 그런데도 이 시의 여성 노동자는 모두가 평화롭게 함께 사는 세상에 대한 꿈을 꾸는 도덕적인 풍모를 잃지 않고 있다. 이것이 "열악한 노동현실을 극복하고 인간다운 삶의 세계를 이룩하고자 노력한 고통의 결실"[37]이란 평가를 받게 하는 근거이다. 이 시는 80년대 노동자의 의식이 인간의 도덕성을 구현하고 있어 민중적인 감화력을 높이고 있어 민중성을 시사하고 있었던 것이다.

『노동의 새벽』에는 「시다의 꿈」과 같이 열악한 노동자의 삶을 다룬 작품들이 주를 이룬다. 첫째, 노동현장에서 끝없이 발생하는 비극적인 사건을 다룬 작품을 들 수 있다. 노동으로 인해 지문이 없어져 주민등록증을 만들 수 없는 노동자의 비애(「지문을 부른다」), 산재로 잃은 동료의 손 무덤을 만들며 권력과 자본의 착취에 대해 느끼는 분노(「손무덤」)들은 노동 현장의 비극성을 증폭시키고 있다. 둘째, 노동자의 고단한 일상을 다룬 작품을 들 수 있다. 휴일인데도 어디 갈 곳이 없는 처지(「어디로 갈꺼나」), 시장을 구경만 하다가 돌아와야 하는 허탈한 귀가길(「가리봉 시장」), 구직의 어려움(「바겐세일」), 휴일에도 아이와 함께 있지 못하는 아픔(「휴일 특근」)들은 노동자의 일상적 운명을 보여주고 있다. 위의 두 작품군은 노동자가 얼상과 현장에서 느끼는 절망과 비애

---

37) 채광석, "노동현장의 눈동자", 『노동의 새벽』, 풀빛, 1984. 157쪽.

를 생생하게 반영하고 있는 것이다.

　이러한 체험의 축적은 결국 노동자 삶의 불안하고 비극적인 운명을 극복하려는 의지를 체득하게 한다. 「평온한 저녁을 위하여」, 「노동의 새벽」, 「진짜 노동자」 등에서 운명 극복 의지가 노동자의 계급의식으로 직접적으로 드러난다. 이런 시들은 시상 전개가 이야기에 의존하기보다는 직접적인 진술이 우세해진다. 특히 체험한 현실에 대한 분노와 자기 운명의 변화를 다짐하는 만가풍은 의식화와 밀접한 관련이 있어 보인다. 즉자적 노동자가 자신의 체험을 이야기로 전하던 방식과 달리 노동계급 투쟁을 비장하게 다짐하는 만가(輓歌)풍의 시가 그것이다.

　　어야디야
　　상여 같은 가슴 메고
　　나는 떠나네

　　하얀 꽃송이 촘촘한 백상여 속에
　　설움이 얼마, 잘린 손가락의 비명이 얼마
　　좀먹은 폐, 핏자국 마르지 않은 영혼들 무거워
　　허청허청 어야디야
　　나는 떠나네

　　허한 눈망울로 매어달리는 벗들아
　　떠난다 우지 마소
　　우리가 만난 곳은
　　기름먼지 자욱한 작업장 구석
　　빗방울처럼 괴로워 나뒹구는
　　절망의 땅이어도
　　우리가 만나야 할 곳은

이곳이 아니라네

우리가 나눈 것은
담배 몇 대, 철야시간 버티는 깡소주잔의 울분이어도
우리가 나눠야 할 것은 그런 것만이 아니네

늘어진 몸으로
쓴 담배연기 날릴 때
허공을 나는 새가 부러웠지

나는 한 마리 새처럼
아늑한 보금자리 찾아가는 것이 아니네

죽음의 연기 뿜어내는
저 거대한 굴뚝 속을
폭탄을 품고 추락하는 새라네
어야디야
상여 같은 가슴 메고 나는 떠나네

어야디야
우리 다시 만나세
사랑 가득한
높낮이 없는 새 땅을 위하여
짓눌러진 육신,
갈라선 것들이 하나로 제 모습 찾는 싸움 속에서 다시 만나세

하얀 꽃송이 촘촘한
백상여 무거워
허청허청 울며 절며

나는 떠나네
어야디이야

「떠나가는 노래」 전문

이 시는 '설움, 잘린 손가락의 비명, 좀먹은 폐, 핏자국 마르지 않은 영혼'으로 압축된 열악하고 고통스러운 노동 현실을 장사지내는 만가다. 이것은 열악한 현실에 묶인 채 불안에 떨던 자신을 묻어버리는 비극적 서사의 마지막 자락을 보여주고 있는 것이다. 그런데 비극적 서사의 종말은 곧 새로운 운명의 시작이라고도 할 수 있다. 이 만가는 비참한 운명에 종말을 고하고 새로운 세계로 자신을 투신하는 비약이 있다. 이 시는 스스로 주인이 되어 온갖 운명과 싸워 이기려는 영웅적인 투쟁의 시작을 알리는 행진곡이기도 한 것이다. 이러한 행진곡은 「어머니」에서 "오! 어머니/ 당신 속엔 우리의 적이 있습니다"는 외침을 통해 온갖 굴종과 이기주의를 넘어서려는 결연한 의지로, 「아름다운 고백」에서 신세조진 것이 아니라 우리들의 웃음, 기쁨, 희망을 위해 투쟁하는 것이라는 외침으로 나타난다.

이렇듯 『노동의 새벽』은 공장 노동자가 노동현장과 일상의 비극적 체험을 통해 자신의 운명을 깨닫고 그 운명을 깨치고 일어서는 영웅적 서사의 과정이라 할 수 있다. 다시 말해서 미자각 노동자가 점점 자신의 체험으로부터 노동계급의식을 각성하고 일어서는 '노동계급의식의 서사'를 보여주고 있는 것이다. 이런 점에서 시집 『노동의 새벽』을 리얼리즘의 시로 인정할 수 있다. 하지만 일부 개별 작품에서 드러나는 결말의 도식성을 비판하지 않을 수는 없다.

물론 개개의 시들 중에는 감상이나 고발의 차원에 머문 것도 더러 있고 현장성과 운동성 간의 통합이 제대로 이루어지지 않아 생경하고 도식적인 시들도 간혹 발견된다. 전자는 감상적인 자기 위안으로, 후자는 관념적 자기 위안으로 떨어지기 쉽다고 할 때 그것은 분명이 시인이 극복해야 할 중요한 과제이다. 특히 후자의 경우 구체적 현장성으로부터 실천적 운동성으로 나아가지 못하고 실천적 운동성을 너무 앞세운 나머지 거기에다 구체적 현장성을 성급하고 도식적으로 짜맞춤으로써 '살아가는 이야기'로서의 민중해방의 정서와 의지가 아니라 관념적 과격성으로 흐른 감이 있다. 그 즉각적이고 선명한 충격적 선언성은 충분히 인정하지만 결국은 절절한 구체적 현장성을 도식의 그물에 가두어 감동의 강도를 낮추는 것 같기 때문이다.[38]

이러한 지적은 현실 반영으로서 형상화의 문제뿐만 아니라 독자와 소통의 문제를 두고 한 말이다. 채광석은 이어서 "그런 시들은 노동문제에 관심이 큰 지식인들이나 노동운동 당사자들을 향한 것이지 미자각 근로대중의 가슴에 스며들어 지속적으로 작용하는 침투적 감동을 낳는 성질의 것이 아니라는 느낌이 드는 것이다."[39]고 지적하고 있다. 「평온한 저녁을 위하여」같은 작품이 그 대표적인 예라 할 수 있다.

상쾌한 아침을 맞아
즐겁게 땀흘려 노동하고
뉘엿한 서양녘

---

38) 채광석, 앞의 글. 165쪽; 김형수도 이와 유사한 지적으로 "미래 전망의 제시가 필연성의 무게를 좀 헐하게 가졌다는 점, 그러다 보니 결말이 다소 기계적이고 단순해서 가슴을 격동치게 하는 힘이 좀 약했다는 점"(김형수, "찬사와 조언: 나는 박노해의 시를 이렇게 본다", 『사상문예운동』 1989년 겨울호. 204쪽)을 지적한다.

39) 위의 글. 165~166쪽.

동료들과 웃음 터뜨리며 공장문을 나서
조촐한 밥상을 마주하는
평온한 저녁을 가질 수는 없는가

떳떳하게 노동하며
평온한 저녁을 갖고 싶은 우리의 꿈을
그 누가 짓밟는가
그 무엇이 우리를 불안케 하는가
불안 속에 살아온 지난 30년을
이제는,
평온한 저녁을 위하여
평온한 미래를 위하여
결코 평온할 수 없는
노동자의 大道를 따라
불안의 한가운데로 휘저으며
당당하게 당당하게
나아가리라

「평온한 저녁을 위하여」 부분

이 시에서 '노동자의 大道'는 무엇이며, 이 길을 가는 것이 불안을
해소하게 하고 왜 평온한 저녁과 미래를 갖게 하는 길인지 알 길이
없다. 관념적으로 노동계급운동을 강조하고 있는 것이다.[40] 리얼리즘
의 측면에서 보면 이 시는 현실 반영이 미흡한 도식적인 작품이라 할

---

40) 시 뿐만 아니라 소설에서도 같은 현상이 빚어졌다. 「마침내 전선에 서다」등과
   같은 1980년대 많은 노동소설은 보통의 독자가 읽을 수 없을 정도로 어려웠다.
   노동문제에 큰 관심을 가진 지식인이나 전위적인 노동운동가를 제외하면 낱말
   해독조차 불가능했다. 심지어 작가조차 이해하지 못한 어휘들이 생경한 관념으
   로 쏟아져 있었다.

수 있다. 노동운동을 강조하면서 노동 현장에 있는 노동자의 마음을
감동시킬 구체적인 디테일이 떨어지기 때문이다.

　그러나『노동의 새벽』의 도식성이 경제주의적 경향41) 때문이라는 비
판은 재고할 필요가 있다. 1980년대 초반 한국 노동운동의 현실은 일
부 선진적인 노동자의 헌신적인 운동이 있었지만 아직 노동자의 조직
화에서 초기 단계에 있었다고 할 수 있다.42) 시집이 출간된 해가 1984
년인 것을 고려하면 이 시집은 다시 노동운동이 소그룹활동을 통해 단
위노조를 건설하던 실천적 과제를 반영하고 있다고 볼 수 있다.43) 경
제주의적 경향에 대한 비판은『노동의 새벽』이 농민적 기억의 부재로
인한 노농동맹의 실현에 대한 우려를 보여준다고 지적하기도 한다.44)
그러나 이러한 지적은 새롭게 탄생한 노동자 시인에게 민중운동의 모
든 것을 요구하는 것이나 다름없다. 당시 노동운동이 아직 조직으로

---

41) 최원식 등의 견해인데, 박노해도 이후에 스스로『노동의 새벽』을 경제주의적
　　한계에 갇혀있었다고 자아비판을 하고 있다.
42) 1984년은 노동조합 결성이 활성화 되던 시기였으며, 1985년 상반기는 민주노
　　조가 최초로 연대한 '구로민주노조연대투쟁'이 있었지만 절반정도가 임금인상
　　투쟁이었다. 아직은 소그룹 중심의 노동운동으로 단위 사업장 중심의 노조결성
　　을 벗어나지 못했던 시기였다. (김장환 외 지음,『80년대 한국노동운동사』, 조
　　국, 1989. 57~108쪽.)『노동의 새벽』이 1984년에 출간된 것을 고려하면 박노해
　　의 시는 소그룹운동에서 단위노조 결성에 집중되던 실천적 활동의 반영으로
　　보아야 할 것이다. 이후 박노해 스스로『노동의 새벽』을 경제주의와 조합주의
　　로 비판한 것도 이러한 경험적 한계에 대한 자기비판으로 볼 수 있다.
43) 이러한 지적은 윤지관에 의해서 지적된 바 있다. "첫째,『노동의 새벽』에서
　　묘사된 경제투쟁은 당대 노동현실과 노동운동의 수준을 반영하는 측면이 있고,
　　둘째, 경제투쟁의 형상화 자체가 시적 성취의 무슨 한계가 될 수 없으며, 오히
　　려 그 같은 투쟁을 얼마나 리얼하게 그렸는가가 중요한 문제이겠기 때문이다.
　　다시 말해『노동의 새벽』이 시적 작업인 한 그것이 비록 협소한 조합운동을
　　소재로 할지라도 그 속에 내재되어 있기 마련인 노동해방, 나아가 인간해방에
　　의 지향이 시 속에 살아 있게 된다는 것이다."(윤지관, "80년대 노동시와 리얼
　　리즘: 박노해와 백무산을 중심으로",『현대시 세계』1990년 봄호. 138쪽.)
44) 최원식, "노동자와 농민",『실천문학』1985년 봄.

강건하게 세워지지도 못한 상태였으며, 새롭게 각성해가는 노동자가 민중의 제세력 간의 연대를 통한 조직적 전망을 가지기에는 무리가 따르는 시기였다. 노농동맹 의식의 요구는 노동현장에서 의식을 각성하면서 노동계급의식을 획득하는 노동자 시인에게 '노동계급의식은 노동자가 민중과 함께 새로운 세계를 건설해가는 것'이라는 지식을 계몽하려는 것이나 다름없다. 『노동의 새벽』은 노동운동을 통해 한 노동자가 노동계급의 세계관을 형성하면서 그 세계관을 통해 변혁의 주체로 막 성장하고 있던 현실을 충실하게 반영하고 있을 뿐이다.

이런 점에서 앞서 살폈던 황정산의 "현실주의를 사고할 때 중요한 것은 왜 특정한 시기에 현실을 현실로서 생생하게 전유하고자 하는 특정한 방법이 나타날 수밖에 없으며, 그러한 방법의 원리가 무엇인가를 따져보는 일"[45] 이라는 관점은 시사하는 바가 크다. 앞에서 살폈듯이 1984년 이전에 쓰여 진 『노동의 새벽』은 당시 노동운동의 과제와 관련되어 있다. 미각성 노동자와 함께 현실을 전유하기 위해서는 이야기풍의 시가 적합한 방식이었으며, 새로운 노동운동의 필요성을 형상화하는 데는 만가풍의 시가 유용한 방식이었던 것이다. 특히 노동자의 현장 체험을 이야기를 통해 전하는 방식, 직접적으로 각성된 의식을 표현하는 방식, 만가풍을 통해 각성된 의식을 표현하는 방식 등은 노동계급의식이 형성되는 서사적 과정을 반영하고 있다고 할 수 있다. 남한 노동자가 노동계급의식을 획득하는 과정을 가감 없이 반영하고 있었던 것이다.

그러나 박노해가 시에 대한 투철한 인식이 미흡했던 점도 함께 지적되어야 한다. 채광석의 지적처럼 이야기 방식에서 고발에 머무르거

---

45) 황정산, 앞의 글.

나 직접적 진술에서 현장성을 이탈하는 관념성의 노출은 박노해가 당면 과제를 해결하는 데 '적합한 시적 형식'을 찾아내는 힘이 부쳤던 것을 보여준다. 당면 과제를 해결하기에 세계관이 현실에 깊숙이 뿌리내리지 못함으로써 당시 미자각 노동자와 소통하는 적절한 방법에 대한 탐구가 미진했던 것이다. 그러나 이것이 박노해의 『노동의 새벽』이 남한에서 노동계급의 리얼리즘 시로서 최초의 전범이라는 사실을 무화시킬 수는 없을 것이다.

3. 〈시사시〉와 리얼리즘 시형식의 확장

『노동의 새벽』 이후 1988년 백무산의 『만국의 노동자여』라는 시집이 생산된다. 백무산의 시는 "절망과 비애가 아닌 희망과 풍자를 담아냈고, 무엇보다도 어떤 기존 문화에 주눅들지 않는 건강한 시각과 지성의 깊이를 보여주었다."[46] 이것은 1987년 노동자 대투쟁으로 인한 노동계급의 성장과 무관하지 않을 것이다. 뿐만 아니라 백무산은 박노해와 달리 대규모 공장노동자로서 강렬한 힘의 체험에서 비롯된 것으로 보인다. 그 동안 박노해의 시는 더 이상 찾아볼 수가 없었다. 그리고 마침내 1988년 『노동문학』[47]과 『노동해방문학』을 통해 시를 발표한다. 특히 『노동해방문학』 1989년 8월호에는 〈시사시〉라는 명칭으로 13편

---

46) 윤지관, "80년대 노동시와 리얼리즘: 박노해와 백무산을 중심으로", 『현대시세계』 1990년 봄호. 145쪽.
47) 박노해는 이 잡지에서 제 1회 노동문학상을 수상하며, 「허재비」, 「마지막 부부싸움」, 「소를 찌른다」, 「불살라라 살라라—고 박종만동지 추도시」, 「천만개의 불꽃으로 타올라라—노동투사 박영진동지 추모시」, 「방 구하러 가는 길」, 「천만 노동자의 가슴 속에 너를 묻는다—고 이석규 동지 추모시」, 「씨받이 타령—파업농성장의 한마당」을 발표한다.

의 시를 발표한다.

이 때부터 박노해의 시는 『노동의 새벽』과 확연히 구분된다. 『노동의 새벽』에서 노동자의 일상적인 삶과 고달픈 노동이 현장성을 담지(擔持)했다면 『노동문학』에 발표된 시부터는 정치투쟁이 현장성을 담지하고 있다. 박노해가 당시 정치조직인 CA[48]에 관계하면서 변화된 모습이다. 이러한 정치투쟁은 당연히 각 계급과 계층이 함께하는 투쟁하는 장을 당면과제로 설정하고 있다. 이러한 정치적 목적을 달성하기위해 박노해는 주로 현장 낭독을 염두에 둔 시를 쓴다. 이야기조로 노동자, 농민의 삶을 진술하다가, 순간 극적인 상황으로 고양시킨다. 시를 따라가다 보면 청자가 감정으로 울부짖다가 마침내 분노하며 격정적으로 일어서도록 하기 위한 구성이라 할 수 있다. 이렇듯 극적인 요소가 강하게 개입된 첫 작품인 「씨받이 타령」은 파업농성장의 연설을통해 사회의 구조적 모순을 역설하고 투쟁의 정당성을 피력하고 있다.이 때 연설은 사회의 제반 문제를 노동자의 시각에서 바라보고 이야기하는 방식을 취하고 있다. 이에 대해 이시영은 "내용과 형식의 행복한 일치에 이른 작품"[49]으로 평가한다. 이 시를 노동자계급의식이 노동자를 비롯한 대중들과 소통하는 적합한 방식으로 바라보고 있는 것이다.

이처럼 노동자의 계급의식을 통해 제반 사회 문제를 이야기하고 투쟁의 정당성을 피력하는 방식은 <시사시>에서 훨씬 적극적이고 다양한 형식으로 나타난다. <시사시>는 짤막한 단만극 형식, 만담 형식,

---

48) CA는 1987년 7, 8월경에 발행된 팜플렛을 통해 한국사회를 신식민지국가독점 자본주의로 규정하고 민주혁명과 사회주의 혁명을 연속적으로 수행하는 운동을 펼칠 것을 주장하였다.(『팜플렛 정치노선』, 편집부, 일송정, 1988. 80~171쪽.)

49) 이시영, "편집 후기", 박노해, 『참된 시작』, 창작과 비평사, 1993. 250쪽.

노래극 형식 등을 활용하고 있으며, 등장하는 목소리도 훨씬 다양해진다. 매판자본가의 목소리, 관료의 목소리를 풍자, 야유를 하면서 노동계급의식의 정당성을 피력하기 때문이다. 이러한 변화를 정남영은 "짧은 서정시나 정치시의 틀을 넘어 현실을 보다 총체적으로 그릴 수 있는 대형 장르의 세계로 나아가고 있음을 시사[50]"한 것으로 평가한다. 특히 조정환은 시사시가 단순한 슬로건주의가 아니라 남한 자본주의의 특수성을 인식이 심화되면서 변화된 중심적 전형인 선진노동자를 형상화한 리얼리즘으로 평가한다.[51] 이시영, 정남영, 조정환 등은 <시사시>를 노동계급의 당파성을 토대로 전개한 새로운 노동시의 지평으로 평가하고 있는 것이다.

반면에 오성호는 <시사시>를 "그것은 폭로와 야유와 풍자와 패러디가 뒤섞여 있는, 그래서 부분적으로는 전술적으로 성공을 거둘 수 있었지만, 결과적으로 새로운 형식의 가능성을 보여준 창조적 실험으로서는 그다지 성공적인 결과를 낳지 못했다.[52]" 평가한다. 그는 이러한 판단의 근거로 형상성이나 형식적 완결성의 미흡을 들고 있으며, 이후 실험을 지속하지 못하고 실패에 머문 것은 이념적 교의가 현실과의 직접적인 교류를 제한했기 때문인 것으로 보고 있다. 김형수도 박노해 식의 양식의 해체나 실험시는 대중의 요구에 부응하지 못하면 현재성의 의의를 상실한 채 복고의 길로 가게 될 수 있다는 경고를 한다.[53]

---

50) 정남영, "박노해의 시세계", 『사상문예운동』 1991년 여름호. 26쪽.

51) 조정환, "『노동의 새벽』과 박노해 시의 '변모'를 둘러싼 쟁점 비판", 『노동해 방문학』 1989년 9월호. 120~133쪽.

52) 오성호, 앞의 논문. 633쪽.

53) 김형수, "찬사와 조언: 나는 박노해의 시를 이렇게 본다", 『사상문예운동』 1989년 겨울호. 220쪽.

이 두 논자의 비판은 각기 다른 입장에서 행해지고 있다. 오성호의 주장은 시의 형식적 형상성과 완결성을 염두에 둔 말인데, 그 형상성과 완결성이 무엇인지 나타나 있지 않다. 다만 현실과의 교류가 없는 관념적인 측면이 형상성과 완결성의 실패와 관련된다는 것을 알 수 있다. 그러나 오성호의 현실과의 교류는 리얼리즘의 원론이기는 하나 <시사시>를 해명하거나 비판하는 데는 효과가 없어 보인다. 반면에 김형수의 '대중 요구에 부응하지 못할 때 현재성을 상실하고 복고적인 것'이 될 수 있다는 말이 설득력이 있다. 아지프로 선전 선동은 시기적으로 급선무를 해결하는 일이지만 아지프로 시는 그 때 그 때 필요에 따라 양식의 해체나 형식적 실험이 중요하다고 인식하는 것에 대한 위험을 지적하고 있다. 서정시가 지닌 장르적 특성에 대한 깊은 성찰과 당면 과제에 대한 이해를 바탕이 될 때 민중과 지속적으로 소통하는 것이 가능하다는 것이다. 실제로 실험에 의존하다 보면, 시가 자칫 형식에만 치우칠 위험이 따른다.

이어서 김형수는 「'친미카드'를 이용하세요」, 「행복은 성적 순이앗」을 실패한 대표적 사례로서 기형적인 것으로 규정하고, 「씨받이 타령」, 「'히로뽕당' 결성하여 민중에게 기쁨을」, 「나도 '야한여자'가 좋다」, 「인신매매범의 화끈한 신상발언」 등을 민족적인 형식인 담시의 특성을 살린 것으로 평가한다. 여기에는 전자를 서구모더니즘적인 것으로 바라보는 시선이 깔려 있다. 「'친미카드'를 이용하세요」, 「행복은 성적 순이앗」은 매국관료 말투 흉내내기, 유행어를 통한 풍자, 청문회, 민중의 재담 등의 민족적인 것과 달리 미국 팝송이나 영어식의 문투가 나온 것에 대한 반응으로 보인다. 김형수의 이러한 평가는 주체문예이론의 영향을 받은 개인의 선호도라는 혐의를 지우기 어렵다. 민족적 형식은 대중과 안정적으로 소통되지만 서구적인 새로운 것은 쉽게 소통되지

않는다는 생각이라면 지극히 우려가 된다. 박노해의 시는 남한의 사회
적 환경에서 이해하여야 한다. "민중들에게 말하고자 할 때에는 민중
들에게 이해되어야 한다. 그러나 이 또한 단순히 형식적인 문제가 아
니다. 민중이 낡은 형식들만을 이해하지는 않는다."[54]는 사실을 상기
할 필요가 있다.

> 친애하는 코리언 국민 여러분
> 우리 주한 미국 대사관은 여러분에게 '자몽자몽'한 사과말씀을 드
> 립니다. 자몽에 발암물질인 알라가 함유되어 있고 수입식료품에도
> 인체에 극히 유해한 농약성분이 들어 있다는 보도에 얼마나 놀라셨
> 습니까?
> 수입개방을 막강파워로 밀어 부치고, 자몽에도 농약 안 쳤다고
> 미밀어 부칠려고 했는데 잘 안되는 군요. 오우! 갈수록 어려워요.
>
> (중략)

---

54) Betrolt Brecht, "루카치에 대한 반론", 『문제는 리얼리즘이다』, 실천문학사,
    1985. 113쪽.

(중략)

그래서 우리는 생각다 못해 다음과 같은 법적 제도적 정책적 조치를 마련하였습니다(정말이지 우리에게 우호적인 남한 상류층 여러분은 오래오래 건강하게 사시고, 만수무강으로 지배하셔야 합니다. 글로리 글로리 할렐루야!). 우리 주한미국 대사관에서는 이런 분들에게 「친미카드」를 발급하기로 하였습니다. 이 카드를 소지하신 분은 다음과 같은 특전을 받게 됩니다.

(중략)

▲다섯째; 이판사판 핵무기를 터트릴 때 미리 카드 가지신 분들께 알려드리고, 태평양 건너 상대적 안전지대로 대피할 수 있게 해 드립니다.

오우 예에! 「친미카드」, 「친미카드」, 「친미카드」를 이용하세요!

[주한 미국대사관]

_____ 훗날 들리는 풍문에 의하면, 이 「친미카드」를 소지하신 분들은 '보트피플'이 되었다드라 - - - - -

「'친미카드'를 이용하세요」 부분

이 시는 담화 발표와 광고기법을 활용하여 미국을 풍자하고 있다. 이 방식은 민중이 이해하기에 불편이 없다. 문제가 된다면 이 시에서 보여주는 형상화 능력일지 모른다. '수입개방을 막강파워로 미일어 부치고, 자몽에도 농약 안 쳤다고 미일어 부칠려고 했는데 잘 안되는 군요 오우! 갈수록 어려워요.' 같은 구절은 풍자가 효과적인가 의문이 든다. 오히려 미국 관료의 목소리와 시각을 현실감 있게 제시했다면 제시되었다면 풍자의 효과가 더 강할 것으로 보인다. 그러나 이 시의 모더니즘 기법에 가까운 형식도 리얼리즘 시라는 것을 보여주고 있는 사실을 간과할 수는 없다.[55] 그렇다고 최원식의 '리얼리즘과 모더니즘의 회통'56)과 같은 논리로 이해해서는 곤란하다.

　그가 제시한 김수영의 현실적 참여와 표현 방식으로서 모더니즘과 리얼리즘의 통합 가능성은 노동계급성과는 다른 차원의 이야기다. 김수영의 시는 비속한 것과 신성한 것을 동등하게 혹은 역전시킴으로써 현실의 허위를 고발하려는 정직성과 언어의 통사적 규칙을 활용해 시의 형식과 내용의 일치를 확보하려는 모더니즘적인 실험이었다. 김수영의 시를 리얼리즘이라 하려면 새로운 리얼리즘 개념이 요구된다.57)

　또, 아직까지 한국의 모더니즘 시는 대부분이 난해하여 소수 엘리트 독자가 읽기에도 어려운 경우가 많다. 뿐만 아니라 민족, 민중문학으로서 리얼리즘을 원형에 대한 낭만적 갈구로서 야만으로 회귀라는 논자58)나 민족이나 계급이 허위의식이라는 모더니즘 옹호자59)와 현실적으로 회통은 불가능하다. 리얼리즘론은 논쟁을 통한 담론의 형성보다는 그 동안 성취된 리얼리즘의 성과를 검토하고 반성할 실천적 경험에서 출발하여야 할 것 같다.

　이런 점에서 박노해의 <시사시>의 성과에 대한 평가가 중단되고, 그 성과를 계승할 만한 작업이 이루어지지 못하고 있다고 할 수 있다. 박노해의 시가 실패했다면 그 원인이 무엇이었는가를 밝히고, 새로운 가능성을 보여주었다면 이 가능성을 밀고갈 수 있는 장을 마련할 필요가 있다. 왜냐하면 앞에서 살폈듯이 시의 리얼리즘적 형식은 세계관

---

55) 황지우는 『새들도 세상을 뜨는구나』라는 시집에서 신문 삽화, 기사, 만화 등의 활용이나 극(劇)의 기법 등을 활용하고 있다.
56) 최원식, "리얼리즘과 모더니즘의 회통", 『현대 한국문학 100년』, 민음사, 1999.
57) 최근에는 고은의 선시풍의 시와 리얼리즘의 회통이라는 주장까지 일고 있다. 이러한 주장은 지식인 시인들이 자신들의 선시풍의 시를 합리화하기 위해 무원칙하게 '리얼리즘'을 사용한 경우라 할 수 있다.
58) 김철, "민족－민중 문학과 파시즘", 『현대 한국문학 100년』, 민음사, 1999.
59) 황종연, "모더니즘의 오해에 맞서서", 『창작과 비평』 2002년 여름호.

과 세계가 만나 빚어내는 실천적 의식을 제 현실 속으로 확장하기 위해 그에 적합한 방식을 찾아내는 일이라 할 수 있기 때문이다. 이런 점에서 보면 박노해의 <시사시>는 실천적 의식을 세계로 확장하며 그에 따른 적합한 방식 찾기를 수행했다고 할 수 있다. 리얼리즘 시에서 어떤 형식은 안 된다는 원칙은 없는 것이다.

4. 리얼리즘 시의 현재적 의의

오늘날 리얼리즘 시에 대한 논의는 거의 없다. 심지어 리얼리즘 시를 썼던 당사자조차 리얼리즘 시를 쓰지 않거나 심지어 반성이라 이름 아래 리얼리즘 시를 비판하기도 한다. 박노해 역시 이런 범주로부터 자유롭지 못하다. 노동자가 주체로 등장한 노동계급의식의 서사를 보여주었던 박노해의 『노동의 새벽』은 이후 백무산에 의해서 더욱 발전하였고, 박노해의 <시사시>에 의해 새로운 가능성을 시사했지만, 지금의 문학에 미치는 영향은 미미해 지고 있다.

이것은 현 시대의 특성을 반영한다. 우리 현실에서 자본의 조직적이고 적극적인 지원 속에 도시의 디지털 문화가 물적 토대를 확보하고 있는 반면에 아직까지 노동자 조직의 당이 힘에 부친 것을 감안하면 리얼리즘 시의 물적 토대가 약한 것이 사실이다. 이런 점에서 박노해가 자기 계급의 현장 체험을 바탕으로 모순에 대한 저항과 풍자로서 다양한 형식을 실험한 리얼리즘 시의 물적 토대가 1980년대 노동운동의 실천이란 것을 확인할 수 있다. 박노해의 시는 세계관과 세계가 만나 빚어내는 실천적 의식을 제 현실 속으로 확장하기 위해 그에 적합한 방식을 찾아내려 노력한 리얼리즘 시라 할 수 있는 것이다.

그렇다면 오늘날 리얼리즘 시의 생명은 끝난 것인가. 1980년대 **노동자**, 지식인이 함께 민주화를 위해 투쟁하던 현장이 이제는 **시대적으로** 낡은 패러다임이 되었는가. 1980년대 노동자의 운명은 개선되었으며, 노동계급의 당파성이나 이를 추구하는 세력은 소멸된 것인가. 이런 질문은 너무도 상투적이다. 이런 질문보다는 오늘날 시가 한 사회 속에서 고통 받는 인간이 사회적인 도덕을 획득하던 감동을 담아내지 못하는 이유에 대해 생각해 보는 것이 훨씬 유용해 보인다.

계급과 계층을 떠나 새로운 집단을 이루고, 그 집단만의 문화를 형성하는 이 시대는 다양한 가치를 창출하고 있다. 거대한 질서에 억눌려 있던 여러 욕망이 분출되는 이 시대는 아이러니하게 사회적 모순에 고통 받는 운명을 은폐하고 있다. 실제로 오늘날 많은 시는 실체보다는 그 실체를 포장하는 이미지에 열중하고 있다. 이러한 이미지 포장의 대표적인 방법이 은유다. 이미지를 만들면 의미보다는 이미지 그 자체가 매력적인 것으로 보이기 때문이다. 이러한 은유는 실체를 과장하거나 왜곡하기 쉽다.

이렇듯 이미지의 실체 왜곡에 대항하는 시 쓰기로 리얼리즘 시는 가치를 지니는 것이 아닐까. 오늘날도 체험한 진실을 바탕으로 우리의 운명을 담아내는 시가 요구되는 것이다. 물론 여기에는 1980년대 박노해의 시가 보여준 현장성과 실천적 노력은 하나의 참고가 될 것이다. 허깨비에 대항하고 주체를 형성하는 노력이 더욱 힘겨운 시대에 현실을 진실하게 반영하기 위해서는 체험과 실천을 담아내는 현장성과 이를 담아낼 다양한 형식을 창조하려는 노력이 필요한 것이다. 리얼리즘은 고정된 것이 아니라 움직이는 전선에 따라 변화하는 것이기 때문이다.

Ⅳ. 모더니즘과 현대시

: 김기림과 김수영에 적용한 試論

한국의 모더니즘을 이해하기 위해서는 하나의 전제가 필요하다. 한국의 근대사와 한국의 모더니즘사의 함수 관계다. 근대사에 이르러 한국의 문화는 서구의 영향을 받아 새로운 변화를 거듭하고 있다. 그 변화 방향은 가치평가 이전에 객관적인 현상이다. 그런데 한국의 모더니즘이 시대적 담론으로 부각되는 시기는 예외 없이 민중의 변혁의지가 실패한 때라는 사실은 자못 의미심장하다. 1930년대 모더니즘은 1920년대 후반 공산당 운동의 외곽조직이었던 KAPF의 해산과 함께 강력하게 대두되었으며, 1950년대 모더니즘은 해방 공간에서 민중이 주체가 되었던 변혁이 실패한 이후에 강력하게 대두되었다. 뿐만 아니라 1990년대에 대두된 포스트모더니즘은 1980년대 노동자, 학생, 시민이 연대한 민주화 투쟁이 부분적으로 일단락되면서 강력하게 대두되었다. 이렇듯 한국의 모더니즘은 우리 근대사에서 늘 변혁의 담론을 대체하는 새로운 담론의 역할을 수행해왔다.

대체담론은 언제나 이전 담론의 대립항으로서 주도적인 담론의 지위를 확보하려 들기 마련이다. 그것이 바람직하냐 아니냐는 별개의 문제이다. 더 주목해야 할 것은 한국의 근대사에서 변혁의 담론이나 모더니즘의 담론이 발생하는 근저에는 늘 당대 사회 제도에 대한 비판과 새로운 변화 방향을 추구하는 신념이 내재되어 있는 사실이다. 바꾸어 말하면 사회 담론에는 당대의 현실과 이상 간에 차이를 발견하고 그 차이를 해소하려는 실천적인 의지가 개재되어 있다는 말이다. 1930년대의 모더니즘을 대표하는 사람 가운데 하나인 김기림과 1950·60년대의 모더니즘을 대표하는 사람 가운데 하나인 김수영도 예외일 수는 없었다. 두 사람들 역시 당대 사회와 자신들의 신념 사이에서 차이를 발견하고, 그 차이를 해소하고자 노력하였다.

따라서 본고에서는 두 사람이 발견한 차이와 그 차이 해소 노력이 한국의 모더니즘의 특징을 이룬다는 전제에서 출발하고자 한다. 그것은 서구의 모더니즘과 한국의 모더니즘을 비교문학적으로 고찰하는 방법론과 일정한 거리를 두려는 데 있다. 물론 두 시인이 서구 모더니즘을 수용하고 있기 때문에 서구 모더니즘의 영향관계를 부정할 수는 없는 일이지만, 두 시인이 체험하고 이해한 모더니즘의 모습을 객관적으로 파악하는 것이 우리 현대시를 이해하는 데 훨씬 유용하다고 생각하기 때문이다. 또한 두 시인이 차이를 해소하려는 노력인 시론과 창작의 실제는 한국 현대시에서 모더니즘의 저류를 객관적으로 확인하고, 현대시사 속에서 그 의의를 평가하는 작업이 될 수 있다는 믿음 때문이다.

1. 모더니즘과 모더니티의 차이

김기림과 김수영의 유년의 성장 배경은 대조적이다. 김기림이 함경도의 작은 시골에서 자라면서 어머니를 일찍 여의는 아픔을 겪었다면,

김수영은 일본인이 서구적 도시문명을 건설하던 서울에서 어머니의
애정을 받으며 성장하였다. 여기서 중요한 것은 성장 환경이 시골과
도시라는 차이다. 김기림이 서울 유학을 통해 도시문명을 단숨에 체험
한데 반해서 김수영은 도시문명 자체를 일상적인 생활로 호흡하고 있
었으리라는 추측이 가능하다. 김기림에게 문명이 자신과의 격차를 발
견하는 계기였다면 날마다 변화를 목격한 김수영에게 문명은 일상적
인 생활체험으로 다가왔을 것으로 보인다.

　　자칫하면 「모더니즘」을 그 역사적 필연성과 발전에서 보지 못하고
단순한 한 때의 사건으로 취급할 위험이 보이기 때문이다. 영구한 「모
더니즘」은 듣기만 해도 몸서리치는 말이다. 다만 그것은 어떠한 역사
적 계기에 피치 못할 필연으로서 등장했으며 또한 그 뒤의 시는 그
것에 대한 일정한 관련 아래서 발전한 것이 아니면 안 된다는 결론
을 가짐이 없이는 신시사를 바로 이해했다고 할 수는 없다. 또 「모더
니즘」의 역사성에 대한 파악이 없이는 그 뒤의 시는 참말로 정당한
역사적 「코스」를 찾았다고 할 수 없다.[60]

　　시인의 스승은 현실이다. 나는 우리의 현실이 시대에 뒤떨어진 것
을 부끄럽고 안타깝게 생각하지만, 그보다도 더 안타깝고 부끄러운
것은 이 뒤떨어진 현실을 직시하지 못하는 시인의 태도이다. 오늘날
의 우리의 현대시의 양심과 작업은 이 뒤떨어진 현실에 대한 자각의
모체가 되어야 할 것 같다. 우리의 현대시의 밀도는 이 자각의 밀도
이고 이 밀도는 우리의 비애, 우리말의 비애를 가리켜 준다. 이상한
역설같지만 오늘날의 우리의 현대적인 시인의 긍지는 <앞섰다>는
것이 아니라 뒤떨어졌다는 것을 의식하는 데 있다. 그가 앞섰다면 이
<뒤떨어졌다>는 것을 확고하고 여유있게 의식하는 점에서 <앞섰

60) 김기림, 『金起林 全集 2, 詩論』, 심설당, 1988. 54쪽.

다>. 세계의 詩市場에 출품된 우리의 현대시가 뒤떨어졌다는 낙인
을 받는 것을 두려워하기 전에 우리들에게 우선 우리들의 현실에 정
직할 수 있는 과단과 결의가 필요하다.[61]

김기림에게서 강조점은 모더니즘의 '역사적 필연성'이라면 김수영
의 강조점은 '현실에 대한 정직성'이다. 바꾸어 말하면 김기림은 모더
니즘의 지향을 목적으로 설정했다면 김수영은 뒤떨어진 현실에 대해
정직하게 반응하는 것을 최우선으로 삼고 있다. 이러한 차이는 화법에
서도 나타난다. 김기림의 부정어법은 기존의 것을 부정하고 새로운 것
을 만들어야 한다는 신념을 내포하고 있으며, 김수영의 분석적인 어법
은 전통과 새로운 것이 얽혀진 부조리한 현실을 응시하는 시선을 내
포하고 있다. 김기림이 「모더니즘」을 문제 삼고 있었다면 김수영은 「모
더니티」를 문제 삼고 있었던 것이다.

김기림은 모더니즘을 필연적인 역사적 과정으로 보고 있기 때문에
전대의 문학을 낡은 것으로 간주하며, 그것과 단절을 강조한다. "「모
더니즘」은 두 개의 부정을 준비했다. 하나는 「로맨티시즘」과 세기말 문
학의 말류인 「센티멘탈·로맨티시즘」을 위해서이고, 다른 하나는 당시
의 偏內容主義의 경향을 위해서였다."[62] 두 개의 경향에 대한 전면적
인 부정은 이면에 김기림의 모더니즘이 함유한 지향을 보여준다. 센티
멘탈·로맨티시즘의 부정은 지성을 강조하고 있으며, 편내용주의의 부
정은 계급시의 형식에 대한 비판이라고 할 수 있다. 지성적 태도와 형
식과 내용의 통일이라는 논리는 시론과 관련되며, 모더니즘의 필연성
은 역사의식과 밀접하게 관련된다. "시의 모더니티"는 그의 시론과 역

61) 김수영, 『金洙暎 全集 2, 散文』, 민음사, 1981. 223쪽.
62) 김기림, 앞의 책. 55쪽.

사의식을 분명하게 보여준다.

> 어린 부르주아는 스포츠맨일 수 있다. 그러나 늙은 부르조아는 지둔하기 짝이 없다. (중략) 프롤레타리아의 생활 자체는 둔중하다. 그러나 그들이 참여하는 기계의 세계를 보라. 오늘의 전문명의 力學을 보라. 그래서 스피드는 현대 그것의 타고난 성격의 하나다.[63]

이 글에서 김기림은 센티멘탈·로맨티시즘을 늙은 부르조아의 지둔으로 해석하고 있으며, 편내용주의를 프롤레타리아의 둔중으로 해석하고 있으며, 「모더니즘」을 스포츠맨으로 해석하고 있다. 그가 지둔과 둔중을 벗어난 스포츠맨이라 일컫는 계층은 '지식계급'[64]이며, 속도와 힘은 문명의 역동성인 '명랑성'[65]이라 할 수 있다. 새로운 문명의 시대를 예감하는 선구자들이 새 시대의 모습을 그려야 한다는 명제인 셈이다. 이러한 태도는 개화기 지식인이 민중을 계몽의 대상으로 설정하고 개화를 주창하던 정신적 궤적과 같은 맥락에 서 있다고 할 수 있다. 최남선이 「海에게서 少年에게」에서 라는 시에서 문명의 힘을 찬양하던 것이 김기림에게서는 문명에 대한 기다림이나 새 문명에 대한 인상의 묘사로 나타나고 있다.

> 太陽보다도 이쁘지 못한詩, 太陽일수가없는 설어운나의詩를 어두운病室에 켜놓고 太陽아 네가 오기를 나는 이밤을새여가며 기다린다.
> 「太陽의 風俗」 부분

---

63) 김기림, 같은 책. 81쪽.
64) 김기림, 같은 책. 91쪽.
65) 김기림, 같은 책. 109쪽.

          어느새 검은車庫의 쇠문을 박차고
          병아리와같은 電車들이 뛰여나옵니다

          옷자락에서 부스러떠러지는 간밤의 꿈쪼각들은 돌보지않으면서 그
          는
          고함을치면서 거리거리를 미끄러져가는
          亂暴한 「스케-트」選手올시다.
                                          「새날이 밝는다」 부분

   太陽은 밤과 서러움을 축출하는 새로운 시대의 열림을 표상하는 이
미지이며, 電車의 질주는 스케이트선수처럼 명랑한 이미지로 새날이
밝아오는 역동적인 사태를 묘사하고 있다. 결국 이 이미지들은 새롭게
도래하는 문명의 속도와 힘을 나타내고 있는 것이다. 김기림은 이러한
시도는 "기차와 비행기와 공장의 燥音과 군중의 규환을 반사시킨 會
話의 내재적 「리듬」 속에서 발견하고 창조"[66]하려는 기획과 상통한다.
그러나 그의 시에는 기차와 비행기의 燥音은 제시되었을지라도 군중
의 규환은 나타나고 있지 않다. 군중이 나타날 법한 기행시에서도 풍
경이 있을 뿐이다. 이러한 현상은 김인환의 지적처럼 논리를 현실까지
형식적으로 확장한 것에 지나지 않는다.[67] 그는 군중 속의 경험을 지
니고 있지 않았으며, 군중의 둔중을 비판하고 선구적 지식인의 '특수
한 정신'[68]인 지성을 시 창작의 방향으로 이해하고 있었다. 김기림의
논리는 개인과 역사가 만나는 군중의 체험이 근간을 이루는 현실과
유리된 정신이 초점이었던 것이다.

---

66) 김기림, 같은 책. 56쪽.
67) 김인환, "과학과 시", 『상상력과 원근법』, 문학과 지성사, 1993. 113쪽.
68) 김기림, 앞의 책. 67쪽.

개념의 정당한 內包에 있어서 현실이라 함은 주관까지를 포함한
객관의 어떠한 공간적·시간적 일점을 의미한다. 바꾸어 말하면 그
것은 역사적·사회적인 一焦點이며 교차점이다. 현실은 시간적으로
어떠한 일점에서 다른 일점에로 동요하고 있다.[69]

김기림은 현실을 계급간의 갈등이 빚어낸 구조라는 사실을 간과하
고 있었다. 그는 식민지 현실의 고통을 낡은 시대에서 새로운 시대로
변화하는 과정에 일어나는 동요로 취급하고 있었던 것이다. 그가 주목
한 것은 새로 도래하는 과학문명이었다. 농경 문화에서 과학 문명으로
의 변화만을 역사로 취급하고 있었던 것이다. 역사를 시·공간의 교차
로서 일직선의 한 점에서 다른 점으로 이동이라는 인식에는 구체적인
삶의 자리가 비어 있다. 역사가 군중의 체험이 빚어낸 갈등의 전개라
는 사실을 배제한 김기림의 논리는 추상적인 정신에 갇히게 된 것이
다. 그가 시의 혁명이 이데의 혁명이라고 강력하게 주장한 것도 추상
적 정신의 강조라 할 수 있다.

반면에 김수영은 현실로부터 출발하기 때문에 현실과 맞서는 정신
적 고투가 중심을 이루고 있다. 기존 시에 대한 비판도 바로 이 현실
을 기준으로 수행된다. 이런 점에서 그는 기존의 순수시와 참여시에
대한 비판은 주목할 만하다. 순수를 지향하는 시는 "어제까지의 우리
들의 현실이나 美의 관념이 아니라, 이삼십년 전의 ─ 혹은 훨씬 그
이전의─ 남의 나라의 현실과 美의 관념"[70]이라 비판하고 있으며, 참
여파의 시는 "사회참여의식은 너무나 투박한 민족주의에 근거"[71]하고

---

69) 김기림, 위의 책. 77쪽.
70) 김수영, 앞의 책. 245~246쪽.
71) 김수영, 같은 책. 246쪽.

있어 "단순한 민족적 자립의 비전만으로는 오늘의 복잡한 상황에 놓여 있는 독자의 감성에 영향을 줄 수 없다."[72]고 비판하고 있다. 그렇다고 김수영의 비판이 계급의 갈등과 같은 구조적인 문제에 초점이 맞추어졌다고 오해해서는 곤란하다. 전봉건에 대한 비판은 김수영의 의도를 분명하게 보여준다.

> 그는 뒤떨어진 사회의 실업자수가 많은 것만 알았지 뒤떨어진 사회에 서식하고 있는 시인들의 머릿속의 판타지나 이미지나 잠재의식이 뒤떨어지고 있는 것은 인정하지 않는 모양이다. (중략) 시인은 자기의 현실(즉 이미지)에 충실하고 그것을 정직하게 작품 위에 살릴 줄 알 때, 시인의 양심을 갖게 된다는 말이다.[73]

순수시나 참여시를 모두가 낡은 의식으로 현실을 재단하는 것으로 파악하고, 뒤떨어진 자기의 의식을 돌파해 나가는 양심을 강조하고 있다. 그것은 자기 변혁을 수행하는 주체의 전투력으로 김기림의 지성과는 차이를 보이고 있다. 김기림의 시는 문명의 힘을 추종한 반면에 김수영은 시 자체가 변혁의 힘을 지녀야 한다고 생각하고 있다. 김기림의 시론은 뒤떨어진 현실과 문명의 차이를 발견하고, 시인들은 그 차이를 해소하기 위해 문명의 힘과 속도를 따라가는 형국이라면, 김수영의 시론은 시인이 주체가 되어 낡은 의식을 스스로 변혁하는 적극적인 개인의 활동이 중심을 이루고 있는 것이다. 이렇듯 변혁하는 개인은 자신의 낡은 의식으로부터 자유로워져야 하며, 그 자유를 이행하는 과정에서 낡은 의식에 사로잡힌 주변 세계와 부딪치게 마련이다. 김수

---

72) 김수영, 같은 책. 246쪽.
73) 김수영, 같은 책. 224쪽.

영에게 자유는 바로 현실적 삶에서 느끼는 억압과, 그 억압을 돌파하는 정신적 지향이라 할 수 있다.

> 詩를 배반하고 사는 마음이여
> 자기의 裸體를 더듬어보고 살펴볼 수 없는 詩人처럼 비참한 사람
> 이 또 어디 있을까
> 거리에 나와서 집을 보고
> 집에 앉아서 거리를 그리던 어리석음도 이제는 모두 사라졌나보다
> 날아간 제비와같이
>
> 날아간 제비와 같이 자죽도 꿈도 없이
> 어디로인지 알 수가 없으나
> 어디로이든 가야 할 反逆의 정신
>
> 「구름의 파수병」 부분

위의 시에서 '裸體를 더듬어보는' 행위는 자신을 정직하게 살피는 일이며, 거리와 집 사이를 왕복하는 정신은 생활에 묶인 자신을 지적한 것으로 보인다. 이러한 구속을 돌파하는 '反逆의 정신'이 바로 詩라고 할 수 있다. 그러므로 김수영의 시는 고정된 목적이 있는 것이 아니라 지금의 구속을 벗어나는 과정 그 자체다. 자신의 낡은 의식과 투쟁하는 과정은 우선 자신을 정직하게 응시하는 데서 출발하고 있다. 김수영은 주어진 사회의 질서에 거주하며 행복을 추구하려는 자신의 욕망이 기만적이라는 것을 발견하고, 욕망의 흐름을 제도화한 가치나 개념을 공격한다. 부조리한 의식을 부수고 끝없이 새로운 미래를 향해 움직이는 해체와 생성을 반복하는 것이다. 이것은 고정된 가치가 붕괴된 세계에서 새로운 형식을 만들지만 곧 그것이 의미를 상실하는 근

대적 삶의 모습 그 자체라 할 수 있다.

> 모험은, 자유의 서술도 자유의 주장도 아닌 자유의 이행이다. 자유의 이행은 전후좌우의 설명이 필요없다. 그것은 援軍이다. 원군은 비겁하다. 자유는 고독한 것이다. 그처럼, 시는 고독하고 장엄한 것이다.[74]

> 로버트 그레이브스는 다음과 같은 평범한 말을 강조하고 있다. 사회생활이 지나치게 주밀하게 조직되어서, 詩人의 존재를 허용하지 않게 되는 날이 오게 되면, 그때는 이미 중대한 일이 모두 다 종식되는 때다. 개미나 벌이나, 혹은 흰개미들이라도 지구의 지배권을 물려받는 편이 낫다.[75]

김수영은 자유를 실천적 행위로 이해하고 시로써 자유를 실천하고자 하였다. 김기림이 과학문명을 유토피아로 설정한 것과 달리 현실의 개선을 시의 방식으로 승인한 것이다. 로버트 그레이스에 대한 말은 인간 사회는 완전한 이상이 있을 수 없기 때문에 사회의 모순을 해결하는 과정일 수밖에 없다는 말이다. 김수영은 이런 점에서 근대적 질서를 추종한 것이 아니라 근대적 질서의 부조리에 맞서서 싸우는 전투를 수행하였던 것이다. 그러므로 김수영에게 당대의 시·공간이 삶의 출발점이자 극복해야 할 대상이었다. 이러한 갱신 과정에서 김수영은 계급의 갈등이 빚어낸 사회의 부조리를 발견하고, 그 사회의 부조리를 고발하는 반역을 시도한다.

지금까지 김기림의 모더니즘과 김수영의 모더니티의 차이를 살펴보

---

74) 김수영, 같은 책. 252쪽.
75) 김수영, 같은 책. 252쪽.

았다. 김기림의 모더니즘은 전통과 단절을 주장하면서 선구적 지식계층이 문명의 인상을 묘사하고, 그 문명의 동력인 과학 정신을 강조하였다. 반면에 김수영의 모더니티는 문명의 부조리를 발견하고, 그 부조리로부터 벗어나는 자기 변혁을 실천하는 과정이었다. 김기림의 모더니즘이 세계는 새로운 문명의 시대가 도래하므로 누구나 그 새로운 시대에 발맞추어가야 한다는 당위의 담론이었다면, 김수영의 모더니티는 문명의 부조리한 억압을 해체하고 새로운 세계를 구축하는 과정을 실천한 존재의 담론이었던 것이다.

2. 구상의 시론과 갱신의 시론

김기림의 모더니즘이 현대시사에서 의의를 가지는 것은 서구시론의 수용을 통한 현대시의 새로운 면모를 이론적으로 뒷받침한 데 있다. 반면에 김수영의 모더니티는 근대 문명의 부조리를 포착하고 극복을 시도한 점에서 현대시사에 새로운 전범을 창조하고 있다. 김기림은 시의 구상성(具象性)을 이론적으로 확립하고 당대의 시를 그 이론에 근거해 평가함으로써 시를 새롭게 이해하고 창작하는 기틀을 만들었으며, 김수영은 실험을 통한 새로운 시의 형식을 창조하였다.

먼저 김기림의 구상성은 문명의 역학(力學)과 속도를 표현하는 방식에서 출발한 것으로 보인다. 그것은 문명의 도시가 새롭게 형성한 시·공간에 대한 인식이 중요한 근거를 이루고 있다. 당대는 수천 년 동안 지속되었던 농경문화의 안정적인 형태는 기계의 발달로 인해 복잡해지고 빠른 변화를 수반하기 시작했다. 철도 등의 발달은 이전에 상상도 할 수 없을 정도로 인간의 공간 이동을 자유롭게 하였다. 김기림은 조선의 시골과 도시를 함께 체험하였으며, 나아가 오늘날에 뒤지 않는 동경의 서구적 문명까지 동시에 체험하게 되었다. 그의 내면 의식에 세 가지 세계의 체험이 중첩되고 있었던 것이다. 이러한 체험은 김기림의 세계 인식에 영향을 미친 것으로 보인다. 그는 세계의 변화하는 방향을 시골에서 조선의 도시를 거쳐 일본의 동경을 향해 간다고 믿고 있었다. 이러한 변화를 따라가기 위해서 의식의 개혁이 필요하다고 여겼다. 그가 "시의 혁명은 양식의 혁명인 동시에 아니 그 이전에 「이데」의 혁명이라야 한다."76)는 주장을 펼친 것은 이와 같은 맥락이다. 김기림의 시론은 이러한 인식을 토대로 하여 시의 언어와 형태도 이러한 특성을 지녀야 한다고 보았다.

첫째, 바뀐 문화적 환경에 적합한 언어를 강조했다. 농경문화의 안정적인 삶에서 형성된 읊조리는 리듬에 의존한 시에서 도시적인 인쇄문화에 따라 읽기 문화로 변화된 시대에 시는 시각적인 문자 예술이라는 것이다.

> 근대에 와서 인쇄술의 발달을 따라 「문자」의 예술로 再轉한 느낌이다. 시가 민중의 입에서 구송되어진다느니보다 차라리 인쇄에 의하여 문자로 우리들의 시각을 거쳐 소리없이 향수된다.
> 시인은 그의 의식에 떠올라 오는 어떠한 몇가지의 想念을 어떻게 객관화하고 구상화할까에 최대한 노력을 집중하는 것이다.77)

詩歌에서 詩로 변모된 현대시의 특성을 정확히 지적하고 있다. 사실 오늘날 현대시는 과거의 시가와 달리 정형적인 리듬에서 벗어나

---

76) 김기림, 앞의 책. 73쪽.
77) 김기림, 같은 책. 75쪽.

있다. 물론 주체의 심리적 경향에 따라 내재된 율동이 있다고 할 수 있
을 지라도 분명 리듬에만 의존한 시를 발견하기가 어려워 진 것은 사
실이다. 1930년대 시단에서 김기림이 리듬에 대해 강한 반기를 들었던
것은 오늘날의 입장에서는 상식일지 몰라도 매우 중요한 의의를 지닐
수 있었을 것이다.

> 시에 있어서 말은 단순한 수단 이상의 것이다. 「모더니즘」은 이러
> 하여 전대의 韻文을 주로 한 작시법에 대항해서 그 자신의 어법을
> 지어냈다. 말의 함축이 달라졌고 문명의 속도에 해당하는 새 「리듬」
> 을 물결과 범선의 행진과 기껏해야 기마행렬을 묘사할 정도를 넘지
> 못했던 전대의 「리듬」과는 딴판으로 기차와 비행기와 공장의 爆音과
> 군중의 규환을 반사시킨 會話의 내재적 「리듬」 속에 발견하고 또 창
> 조하려고 했다.[78]

　모더니즘 시의 언어를 시가의 운문과 다른 어법, 문명의 시대를 함
축한 언어, 새로운 삶의 방식을 담은 會話의 언어로 규정하고 있다.
이 세 가지 특성을 다시 「리듬」이란 개념으로 통칭하고 있다. 김기림
이 전대의 리듬을 부정한 것은 단순히 음수율과 같은 기계적인 리듬
에 대한 비판이었지 보다 포괄적인 삶의 방식으로서 리듬을 부정한
것은 아니었던 셈이다. 그는 오히려 변화하는 현실에 적합한 언어를
보다 조직적으로 사용할 것을 주장한다.

> 많은 성급한 시파나 시인이 너무 조급하게 20세기적이고 싶은 까
> 닭에 시를 3요소 즉 의미, 음,' 형으로 나누고 그 중 하나를 부당하게

---

78) 김기림, 같은 책. 56쪽.

과장하는 것은 우리 눈에는 고집이나 편협으로 밖에는 보이지 않는
다. 진정한 시의 혁명은 시의 생명의 발전이 아니면 아니된다. 시는
본질적으로 음의 순수예술인 음악도 아니며, 형의 순수 예술인 조각
이나 회화도 아니며, 그리고 의미의 완전하고 단순한 형태인 수학일
수도 없다.[79]

시에서 의미와 음과 이미지의 전체적인 조화를 강조한 시론이다. 이
러한 시론은 지금까지도 현대시의 미학적 평가에 중요한 준거 가운데
하나인 것을 부정할 수는 없다. 이러한 전체시론은 말의 음으로서 가
치, 시각적인 영상, 의미의 가치 등을 조직적으로 활용하는 건축학적
설계를 수행할 지성을 요구한다. 그러므로 그가 말한 지성이란 시 제
작의 과학적 태도를 지칭한 것이라 할 수 있다. 그의 시론은 과학적
태도의 실천 방식을 설명한 것이다. 그러나 그의 시는 시론을 뒷받침
할 만큼 성공을 거두고 있다고 하기는 어렵다. 오히려 그의 시론이 지
향한 방향을 알 수 있는 것은 다른 시인의 시에 대한 평가에서 엿볼
수 있다.

둘째, 시는 언어로 구성된 具象이라는 사실을 강조했다. 시의 구상에
대한 김기림의 견해는 정지용에 대한 평가에서 명징하게 드러난다. 시
의 언어가 갖는 구상성의 개념을 전체시론의 관점에서 피력하고 있다.

그는 실로 우리의 시 속에 「현대의 호흡과 맥박」을 불어넣은 최초
의 시인이었다. 일시 시단을 풍미하던 상징주의의 몽롱한 음악 속에
서 시를 건져낸 것은 크다. 그래서 상징주의 시의 시간적 單調에 불
만을 품고 시 속에 공간성을 이끌어 넣었다.[80]

---

79) 김기림, 같은 책. 74쪽.
80) 김기림, 같은 책. 62쪽.

시는 무엇보다도 언어를 재료로 하고 성립되는 것이라는 것을 명
확하게 인식하고 시의 유일한 매개인 이 언어에 대하여 주의한 최초
의 시인이었다. 그래서 우리말의 각개의 단어가 가지고 있는 무게와
감촉과 光과 陰과 形과 흡에 대하여 그처럼 정확한 식별을 가지고
구사하는 시인을 우리는 아직 알지 못한다.[81]

'현대시의 호흡과 맥락'은 현대시를 하나의 생명체로 보는 관점이
다. 음으로서 가치, 시각적 영상, 의미의 가치가 어우러져 독자적인 세
계를 이루는 것이 시라는 말이다. 이러한 주장은 오늘날 별반 새로울
것이 없지만 소월의 시나 만해의 시를 염두에 둔다면 시에 대한 미학
적 변모는 놀라울 정도다. 소월과 만해의 시가 미학적인 관점보다는
민족적 정서나 민족적 사상을 표현한 측면에서 평가되었던 점을 고려
하면 김기림의 현대시의 미학적 규정은 현대시에 대한 새로운 시각을
제시한 비평이라 평하는 데에 무리가 없어 보인다. 특히 그가 정지용
의 시를 상징주의의 몽롱한 감정을 벗어난 뛰어난 현대시로 평가한
대목은 현대시의 전범을 비평사 속에 위치시킨 공과는 오늘날까지 이
어지고 있다. 다만 아쉽다면 시의 구체적인 분석을 근거로 논의가 전
개되지 못하여 그 구체적인 면모를 확인하기 어려운 점이다. 다만 이
글의 논리로 추측할 수 있는 것은 정지용 시의 이미지의 참신성과 문
맥을 관류하는 이미지의 흐름을 높이 평가한 것이 아닌가 싶다. 이때
정지용 시의 특성을 '공간성'으로 표현 한 대목을 주목할 필요가 있다.
시에서 공간성은 서구 모더니즘의 특성 가운데 하나라 할 수 있다.
"동시성·병치 또는 <몽타지>"[82]가 시간적 인과관계를 제거하고 공

81) 정지용, 앞의 책. 62~63쪽.
82) 유진 런,『마르크시즘과 모더니즘』, 김병익 역, 문학과 지성사, 1986. 47쪽.

간적 형태의 미를 추구하는 대표적인 방식이었던 점을 연상시킨다. 김기림은 이러한 시의 공간성을 이미지의 형태로 발전시킨다.

셋째, 현대시에서 이미지의 공간성을 탐구하고 실험했다는 점이다. 정지용의 시에 대한 구체적 분석은 없지만 외국시를 인용한 시의 논의나 자신의 시에서 비유에 대한 생각을 찾아 볼 수 있다. 1930년대 출간된 책은 아니지만 1950년에 출간된 『시의 이해』와 시작품을 통해서 1930년대 김기림의 비유에 대한 생각을 찾아 볼 수 있다. T. S. 엘리어트의 「프루프록」에 대한 해설과 스티븐·스펜더의 시에 대한 해설이 그것이다.

> 한번 중심 주제가 제시되고 거기에 대한 제 임무를 받으면 곧 그 이웃의 다른 영상들과도 서로 작용하면서 공통된 중심 제목으로 향하여 협동하는 것이다.[83]

> 영상들 사이의 이동이 전개라느니보다는 비약이라고 할 정도로 매우 급해진다. 그 영상들은 하나하나가 뚜렷하며 분명하여 의심할 여지가 없다. 처음에는 오직 제각기 늘어서는 것같이만 보이며, 벽돌을 쌓아 올리듯 주어 놓는 것만 같다. 두번 되풀이되는 「이 모든 사건들」이라는 문구로써 겨우 한데 얽혀 놓아서 현대문명의 급한 「템포」에라도 비길 총총한 「템포」 때문에 무너질 듯 무너질 듯 위태롭던 영상의 무더기는 한데 쌓인 채, 같은 위치에서 전의 자세를 유지하는 것이다.[84]

위의 첫 번째 해설은 엘리어트의 시에 대한 견해로, 이미지들이 상

---

83) 김기림, 앞의 책. 241쪽.
84) 김기림, 같은 책. 242쪽.

호 침투가 하나의 영상을 만드는 것을 비유라고 보는 견해다. 이러한 견해는 김인환의 지적처럼 사물의 유사점을 비교하여 한 사물에 다른 사물의 속성을 옮겨 놓는 것이라는 전통적인 비유의 개념에서 벗어난 견해로 주목된다.[85] 다음으로 아래의 스티븐·스펜더의 시에 대한 해설은 엘리어트의 시와 다르게 이미지의 전개가 비약을 통해 이루어지면서 속도를 자아내는 점을 지적하고 있다. 엘리어트의 시에 대한 언급은 시의 건축학적 설계에 대한 견해이며, 스티븐·스펜더의 시에 대한 견해는 현대 문명의 속도를 표현하는 형태를 구체화한 견해다. 이때 건축학적 설계나 속도는 모두 공간성과 관련된다. 전자는 시에서 이미지를 공간적 형태로 배치하지만 시상이 중심에 모이는 형태를 말하고 있으며, 후자는 벽돌을 쌓듯이 독립된 이미지를 배열하지만 그 전체 이미지가 문명의 모습을 표현하면서도, 이미지들 사이의 비약이 속도를 자아내는 형태를 말하고 있다. 두 형태 모두 시의 구조적인 측면에서 독립된 이미지를 기하학적 구도로 배치하는 방법으로 공간성과 관련된다. 다시 말해서 이미지의 기하학적 배치가 공간성을 확보한다는 주장인 것이다. 이제 이러한 시론이 김기림의 시에서 형상화 된 정도를 살펴보자.

　　　작은 魚族의무리들은 日曜日아침의 處女들처럼 꼬리를 내저
　　　으면서 돌아댕깁니다
　　　어린물결들이 조악돌사이를 기여댕기는 발자취소리도 어느새
　　　소란해졌습니다.
　　　그러면 그의배는 이윽고 햇볕을 둘러쓰고 물새와같이 두놀
　　　을 펴고서 바다의 비단폭을 쪼개면서 돌아오겠지요.

85) 김인환 "金起林의 批評", 『김기림』, 정순진 편, 새미, 1999. 196쪽.

오— 먼섬의저편으로부터 기여오는안개여
너의 羊털의「납킨」을가지고 바다의 거울판을 닦어놓아서
그의놀대를 저해하는 작은파도들을 잠재워다고.
「바다의 아츰」 전문

一月의 大氣는
透明한「푸리즘」

나의가슴을 막는
햇볕은 七色의-테-프」

玻璃의바다는
푸른옷입은 季節의化石이다.

감을줄모르는
眞珠의눈물이 처다보는

魚族들의 圓天劇場에서
내가
한 개의幻想「아웃-커브」를그리면
구름속에서는 天使들의拍手소리가 불시에인다.

漢江은 全然 손을 대일이없는
生生한 한幅의原稿紙.

나는 나의觀衆-구름을위하야
그우에 나의詩를쓴다.
「스케이팅」 부분

<바다의 아츰>은 이미지를 통한 공간의 확대를 의도한 계열의 작품이라 할 수 있다. 이 시에서는 어족을 처녀에, 아침의 소리를 조약돌의 발자취소리에, 배를 물새에, 안개를 양털 냅킨에, 바다를 거울에 비유한 이미지들의 모두가 아침의 밝고 명랑한 기운을 형상화하는 이미지의 무리다. 이러한 이미지 형성 방식은 주제를 위해 통일시키고자 한 의도를 엿볼 수 있다. 그러나 각 이미지간의 충돌이 빚어내는 일관된 흐름을 형성하기에는 각 문맥이 단절되어 있고, 상황의 이야기가 전체를 통일시키는 기능을 하고 있어 그의 이론처럼 이미지들이 일관된 시상을 성공적으로 이루고 있다고 보기는 어렵다. 다음 작품인 「스케이팅」은 '속도의 시'라는 소제목에 묶인 시다. 프리즘, 테이프, 화석, 진주, 원천극장, 천사의 박수소리, 원고지의 비유적 심상 간에 비약을 시도한 작품으로 보이는데, 실상은 「바다의 아츰」과 차이를 발견하기가 어렵다. 가슴, 바다, 눈물, 어족, 한강 등이 스케이팅의 속도를 표현하는 이미지로 적절해 보이지 않는다. 이미지의 거리가 지나치게 불연속적이어서 수사적인 혼란을 가중시키고 있을 뿐이다. 여기서 김기림의 모더니즘의 수용과 한계를 발견할 수 있다. 감각적 이미지를 공간적으로 배치는 하였지만 그 이미지들이 통일된 시상을 형성하기에는 피상적이라는 느낌을 지울 수가 없다. 김기림의 시는 이론에서 주장했던 새로운 세계를 피상적으로 모방하였을 뿐이지 새로운 이데를 깊이 있게 이해했다고 보기 어렵다. 그것은 김기림이 하나의 특수한 문화가 다른 문화의 차이를 넘어서는 보편적인 문화로 나아가기 위해서는 문화간의 공통점을 찾을 때 가능하다는 상식적인 생각에만 머물었기 때문이 아닌가 싶다. 서로 다른 문화권의 인간 사이에서 공통점을 발견하는 것은 표피적인 소재가 아니라 그 문화의 정신으로 깊이 있게 들어갈 때 서로 다른 인간 사이의 공통점을 발견할 수 있는 것이다. 이

런 점에서 김기림의 시는 이론과 다르게 표피적 모방에 그친 아쉬움
이 남는다.

　반면에 김수영은 당대 현실의 부조리와 자신의 부조리한 의식을 벗
어나는 자유를 향하여 기존의 것을 해체하고 새로운 것을 형성해 간
다. 김수영은 우선 기존의 것을 해체하기 위해 부조리한 현실을 정직
하게 응시한다. 이 정직성은 자신의 문화에 깊이 있게 들어가는 계기
를 만든다. 전쟁을 기점으로 서구적 문명이 급격히 도입되는 형국에서
두 문화가 충돌하는 지점에 서 있었던 것이다. 결론적으로 말해서 문
화간의 충돌에 깊이 있게 들어가는 방법이 정직성이었던 것이다.

　　　김수영의 언어는 무엇보다도 정직을 바탕으로 하여 자유와 사랑을
　　지향함으로 제 정신 갖기를 추구하던 시인의 의식과 부합한다. 아울
　　러 이러한 시의 언어는 모순된 삶을 형상화하고, 그 모순된 삶을 지
　　양, 극복하려던 시인의 의식을 반영한 범속한 제재와 긴밀하게 상응
　　하는 것을 목격할 수 있다.[86]

　정직한 응시 과정에서 발견한 모순을 사실대로 그리는 방식은 김수
영 시의 독특한 형태를 만들어 낸다. 첫째, 기존의 가치를 나타내는
단아한 시어를 해체하고 비시적인 속어나 비어 등과 같은 일상어를
시어에 주목으로 나타난다. 그것은 명분이나 추상적 담론의 표피를 제
거하는 전략이었던 것이다. 둘째, 자신의 내면에 부조리한 의식의 흐
름을 묘사하는 방식으로 이미지의 비약적 전개 방식을 활용한다. 이것
은 세계 인식 방법뿐 아니라 삶의 실천과 밀접하다. 자기 내부에 고착
된 추상적 담론을 제거하는 전략이었다. 셋째, 사물을 다양한 각도에

---

86) 권오만, "김수영의 기법론", 『한양어문연구』, 1996. 11. 345쪽.

서 조명하여 다양한 이미지가 문맥에서 상호 침투하는 언어의 건축학적 설계를 시도한다. 이것은 기존의 시어가 가진 한계를 넘어서 새로운 세계를 그려내는 새로운 언어 찾기라 할 수 있다. 이러한 시작 방식 모두는 기존의 시 형식으로부터 벗어나 새로운 형식을 만들어 가고, 또 다시 그 형식으로부터 벗어나는 해체와 생성의 반복을 계속한다. 시 자체가 자신의 삶을 갱신하는 과정이었던 것이다.

> 현대에 있어서는 시뿐만 아니라 소설까지도, 모험의 발견으로서 자기형성의 차원에서 그의 <새로움>을 제시하는 것이 문학자의 의무로 되어 있다. (중략) <내용의 면에서 완전한 자유를 누리고 있다>는 말은 사실 <내용>이 하는 말이 아니라 <형식>이 하는 혼잣말이다. 이 말은 밖에 대고 해서는 아니될 말이다. <내용>은 언제나 밖에다 대고 <너무나 많은 자유가 없다>는 말을 해야한다. 그래야지만 <너무나 많은 자유가 있다>는 <형식>을 정복할 수 있고, 그때에 비로소 하나의 작품이 간신히 성립된다.[87]

김수영에게 모험이란 자기 갱신의 문제였으며, 시는 자기 갱신의 과정 그 자체였다고 할 수 있다. 새로운 내용이 현실에서 싹틀 때는 이미 기존의 가치로부터 벗어난 것이지만 기존의 형식에 갇혀 있을 때는 그 자유가 완성되지 못한다. 그러므로 새로운 내용은 기존의 형식 때문에 자유롭지 못한다. 따라서 기존의 형식을 전복하고 내용에 맞는 새로운 형식을 찾아서 간신히 새로운 제도를 형성하는 것이다. 그러므로 김수영은 현대시는 기존의 형식을 해체하고 새로운 형식을 일시적으로 완성하는 과정의 연속일 수밖에 없다고 생각하고, 이를 실천에

---

87) 김수영, 앞의 책. 251쪽.

옮겼다. 이제 김수영의 실천을 점검해보자. 첫째, 기존의 단아한 언어
에 대한 반역으로서 비속어와 일상어를 사용한 방식이다.

> 비숍女史와 연애를 하고 있는 동안에는 進步主義와
> 社會主義는 네미 씹이다. 統一도 中立도 개좆이다
> 隱密도 深奧도 學究도 體面도 因習도 治安局
> 으로 가라 東洋拓植會社, 日本大使館, 大韓民國官吏,
> 아이스크림은 미국놈 좇대강이나 빨아라 그러나
> 요강, 망건, 장죽, 種苗商, 장전, 구리개, 약방, 신전,
> 피혁점, 곰보, 애꾸, 애 못 낳는 여자, 無識쟁이,
> 이 모든 無數한 反動이 좋다
> 이 땅에서 발을 붙이기 위해서는
> ─ 第三人道教의 물 속에 박은 鐵筋기둥도 내가 내 땅에
> 박는 거대한 뿌리에 비하면 좀벌레의 솜털
> 내가 내 땅에 박는 거대한 뿌리에 비하면
>
> 奇怪映畵의 맘모스를 연상시키는
> 까치도 까마귀도 웅점 못하는 시꺼먼 가지를 가진
> 나도 감히 想像을 못하는 거대한 거대한 뿌리에 비하면……
>
> 　　　　　　　　　　　　　　　　　　　「巨大한 뿌리」 부분

　비속어와 개념어를 수다스럽게 떠드는 이 시는 시적인 면모를 찾아
보기 어렵다. 다만 거대한 뿌리의 의미를 강조하는 요설에 지나지 않
는다. 김수영의 시에서 요설은 흔히 나타난다. 이러한 비시적인 수다
와 요설은 김수영 시에서 하나의 전략이다. 전통적인 가치를 공격하려
는 의도로 범속한 것을 시적 제재로 택한 것이다. 권력의 상징물이나
사회적 가치로 인정받는 언어를 비속어로 욕하면서 비천한 것을 시적

인 것으로 취급하는 시는 신성한 것을 비천한 것으로 만들고 **비천한** 것을 신성한 것으로 만든다. 이러한 가치 전도는 선입견에서 **벗어나** 현실을 정직하게 응시하기 위한 방식이다.

둘째, 이미지의 비약을 통해서 의식의 속도를 형상화한다. 이것은 자신의 내면을 정직하게 묘사하고 기존의 것으로부터 자유롭고자하는 노력이 빚어낸 한 경향이다. 이것은 자신의 내면 의식을 정직하게 응시하므로 내면의식의 전개를 포착할 수 있었으며, 그 의식의 단절과 비약을 사실대로 기록하므로 이미지의 비약을 통해, 그 속도가 감성을 이끌어 가는 효과를 자아낸다.

> 참음은 어제를 생각하게 하고
> 어제의 얼음을 생각하게 하고
> 새로 확장된 서울특별시 동남단 논두렁에
> 어는 막막한 얼음을 생각하게 하고
> 그리고 전근을 한 국민하교 선생을 생각하게 하고
> 그들이 돌아오는 길에 주막거리에서 쉬는 十분동안의
> 지루한 정차를 생각하게 하고
> 그 주막거리의 이름이 말죽거리라는 것까지도
> 무료하게 생각하게 하고
>
> 奇籍을 기적으로 울리게 한다
> 죽은 기적을 산 기적으로 울리게 한다
> 「참음」은 전문

참음에서 어제로, 어제에서 얼음으로, 얼음에서 논두렁의 막막한 얼음으로 이어지는 연상 과정이나 전근 가는 국민학교 선생, 주막거리,

말죽거리, 무료한 정차로 이어지는 연상은 논리적인 연관을 갖지 않는다. 다른 말로 바꾸어도 무방한 말들이다. 단지 '～을 생각하게 하는' 일이 반복되는 과정을 나타낼 뿐이다. 결국 참는 것은 여러 생각을 하면서 버티는 과정이라는 말이 된다. 그리고 마침내 이런 저런 생각을 하다가 奇籍을 떠올리고, 奇蹟에서 다시 汽笛 소리를 연상하고 있다. 의미와 관련이 없는 이미지의 비약적 전개가 방분한 의식의 속도를 형상화하고 있는 것이다. 김수영의 이러한 이미지 비약은 김기림이 문명의 속도를 묘사하려던 전략과는 변별된다. 김기림은 문명의 속도를 외적으로 스케치하는 데에 그쳤다면 김수영은 내면의식의 속도를 묘사하고 있다. 그러나 김수영은 내면의식의 흐름을 자연발생적으로 그리는 데 그치지 않는다. 그것을 지적 방식으로 재구성하는 방향으로 나아간다.

셋째, 술어의 건축학적 설계를 통해서 구현하고 있다. 김수영은 술어를 통사적인 문법 체계 속에 상호 침투하게 하여 이미지를 형성하도록 한다.

> 누구한테 머리를 숙일까
> 사람이 아닌 평범한 것에
> 많이는 아니고 조금
> 벼를 터는 마당에서 바람도안 부는데
> 옥수수잎이 흔들리듯 그렇게 조금
>
> 바람의 고개는 자기가 일어서는 줄
> 모르고 자기가 가닿는 언덕을
> 모르고 거룩한 산에 가닿기
> 전에는 즐거움을 모르고 조금

안 즐거움이 꽃이 되어도
그저 조금 꺼졌다 깨어나고

언뜻 보기엔 임종의 생명같고
바위를 뭉개고 떨어져내릴
한 잎의 꽃잎같고
革命같고
먼저 떨어져내린 큰 바위같고
나중에 떨어진 작은 꽃잎같고

나중에 떨어져내린 작은 꽃잎같고

「꽃잎(一)」 전문

　김수영의 건축학적 설계는 김기림의 건축학적 설계와 변별된다. 김기림의 건축학적 설계는 문맥 속에 이미지의 상호 침투는 낱말간의 상호 침투에 국한되었지만, 김수영의 건축학적 설계는 통사적인 문법의 활용과 낱말의 상호 침투를 모두 활용하고 있다. '아니다'와 '모르고'의 술어의 반복을 통해서 어떠한 사태를 묘사하고 있다. 첫 연에서 '아니다'의 반복은 텅 빈 사태를 묘사하고 있다. 고개 숙일 대상을 찾지만 찾을 수 없는 불모성을 표현하고 있는 것이다. 둘째 연의 '모르고'의 반복은 불모지에서 거룩한 것을 찾아가지만 순간의 즐거움은 있을지언정 곧 시들게 되어 거룩한 것을 모르는 사태를 묘사하고 있다. 셋째 연과 넷째 연은 '떨어진다'는 술어를 통해서 죽음과 혁명을 거듭하지만 심리적 사태를 묘사하고 있다. 이 시는 불모지에서 절망과 희망이 반복되는 의식의 흐름을 바람과 꽃잎의 움직임을 통해서 싸늘하면서도 아름다운 심미적 경험을 구축하고 있는 것이다. 김기림이 관념적으로 선취했던 건축학적 설계가 김수영에 와서 비로소 구체적 작품으로 탄생한 것이다.

이상에서 살폈듯이 김기림의 시론은 모더니즘을 수용하면서 현대시의 구상성을 강조한 것이었다면 김수영의 시론은 현실의 억압으로부터 벗어나려는 자기 갱신을 위한 실험의 시론이라 할 수 있다. 구체적으로 김기림의 시론은 현대시의 구상성을 탐구하여 이미지간의 상호침투를 이룩하는 방법으로서 이미지의 공간적 배치를 이론화했다. 반면에 김수영의 시론은 일상의 회화어를 시에 도입하고, 의식의 흐름을 시로서 표현하였으며, 통사적 문법의 해체와 재구축을 통해 새로운 시의 형태를 창조하고 이론화했다.

3. 맺음말

김기림과 김수영의 시론은 단순히 시작 방법의 문제가 아니라 시대의 현실에 대응하는 삶의 태도와 관련되어 있는 것을 확인하였다. 서구적 문명의 충격으로 변화하는 현실을 이해하고 대응하는 정신적 경향을 대표하고 있는 셈이다. 이런 점에서 김기림의 시론이 자신과 문명의 차이를 발견하고 해소하기 위한 시도나 김수영의 시론이 부조리한 현실을 벗어나 자기 갱신을 시도한 것은 오늘날 우리가 문화를 창조하는데 참고해야 할 전범들이라 생각된다. 두 지향의 공과는 분명 오늘날 우리 문화의 저류에 흐르고 있기 때문에 더욱 그렇다.

특히 김기림이나 김수영은 모두 우리 현대시에서 언어의 문제에 천착한 시인들 가운데 하나다. 두 시인은 전통적인 시에 대한 반역으로 현대시의 새로운 지평을 여는데 공헌하였다. 김기림은 우리의 현대시를 민족적 정서나 사상의 범주에서 보편적인 현대시로 탈바꿈하는 가

교를 만든 비평가였으며, 김수영은 민족의 현실의 변화를 천착하여 현대적인 특성을 찾아내 현대시의 한 전범을 만든 시인이었다. 김기림의 현대시론은 지금도 우리 현대시의 심미적 경향으로 중심을 이루고 있으며, 김수영의 실험정신은 우리 현대시의 새로운 지평을 열어가는 시인들의 정신적 지주가 되고 있다. 이런 점에서 두 시인의 선구적인 노력은 우리 현대시의 하나의 전통으로 자리 잡아서 현재 진행형으로 살아 있는 셈이다.

그러나 김기림의 시론과 김수영의 시론은 차이가 있다. 그것은 30년대와 50년대라는 역사적 시간의 차이로 설명할 수 없는 요소가 있다. 김기림은 서구적인 사회로 변화를 필연적인 역사로 받아들이고 그 변화에 적합한 언어를 찾아 나섰다면 김수영은 서구적 사회로 변화하는 세계와 부딪치는 갈등을 정직하게 표현할 언어를 찾아 나섰다고 할 수 있다. 그런 점에서 김기림의 모더니즘은 선취된 관념으로서 이즘이었고 김수영의 모더니티는 현실적인 갈등 그 자체라 할 수 있다.

V. 포스트모더니즘과 현대시

: 김춘수에 적용한 試論

    김춘수는 해방 후 오늘날까지 계보를 형성할 만큼 중요한 시인이다. 특히 시론과 함께 창작을 한 보기 드문 시인으로 주목되었다. 특히 '무의미 시론'은 순수시의 거점으로 작용하면서 논쟁을 만들기도 하였다. 따라서 김춘수 시를 이해하는 데 핵심이 되는 무의미 시가 주 목을 받았다. 이에 대한 연구를 통해 인식론과 문학관 연구가 가장 많다.[88] 다음으로 시인의 심리적 요인과 전기적 사실을 함께 고찰한 연구 로 김춘수의 신비주의를 해명했던 연구와 존재론적 연구로 인식론과 문학관 연구를 뒷받침하면서 김춘수 시의 깊은 이해를 진척시켰다.[89] 마지막으로 시인의 상상력과 시적 표현의 상관관계를 살핌으로써 김춘수 시를 더욱 쉽게 이해하게 한 연구들 들 수 있다.[90] 이러한 연구는 김춘수 시를 순수시라는 대전제 아래 현실과의 상관관계를 배

---

88) 김인환, "김춘수의 장르의식", 『한국현대시문학대계 25』, 지식산업사, 1984.
    이승훈, "無意味 詩論", 『非對象』, 민족문화사, 1981.
    김두한, "김춘수 시 연구", 효성여대 박사논문, 1991.
89) 김용직, "아네모네와 實驗意識", 『시문학』 1972. 4.
    김 현, "김춘수의 幼年時節", 『문학과 유토피아』, 문학과 지성사, 1980.
    문덕수, "김춘수론", 『현대문학』 1982. 9.
90) 김 현, "植物的 想像力", 『현대시학』 1970. 4.

제시킨 연구 로 범위를 국한시킨 감이 있다. 따라서 본고는 이러한 성
과를 수용하면서 김춘수시의 현실 대응 양상을 통해 그의 현실 인식
태도를 살펴보자 한다.

1. 역사적 현실과 실존적 상황 인식

 김춘수의 시는 초기 시에 나타난 여러 징후들이 꽃과 릴케, 타령조,
처용과 바다 그리고 산다화 등으로 자리를 바꾸면서 심화되고 있다.
먼저 초기 시는 그 미숙성에도 불구하고 그의 세계 인식 태도가 직접
적으로 드러나 있으며, 이러한 태도는 개인사적 체험과 관련이 있어
보인다. 김춘수의 가계는 대부호 집안으로 부친은 일본 유학을 다녀왔
으며, 지방 유지로 집안의 부를 지키는 역할을 했다. 부친의 성격은
매우 엄해서 다감한 면을 보이지 않았으면서도, 지방 유지와의 만남에
김춘수를 데리고 다닐 정도로 아들에 대한 현실적 기대가 컸다. 그 기
대에 맞게 경성에 경기중학교에 입학하였으나 학교생활에 적응하는
데 실패한다. 그것은 김춘수의 성격과 세계 인식 태도의 한 축과 관련
되어 보인다. 현실적 성공을 기대하면서 일본 관료들과 교분을 쌓았던
부친의 엄격함과 논리는 어린 김춘수에게는 감당하기 어려운 부담감
과 의문을 낳았던 것으로 보인다. 아버지의 권위가 주는 부담감은 그
를 소심하게 만들었으며, 식민지 시대에 아버지가 강요한 현실적 출세
논리 가 갖는 모순은 김춘수에게 세상을 허위로 인식하는 기본적인
시각을 형성시킨 것으로 보인다. 더군다나 대부호 집안 아들로서 또래
집단 아이들과 자연스럽게 어울리지 못했던 그는 자연스런 사회화 과
정을 겪지 못했으므로 소심함에다 순결을 지키려는 정신적 태도를 갖

게 되었던 것으로 보인다. 이러한 아비로 대표되는 사회적 전위와 순결함의 갈등은 집을 떠나 유학하게 되면서 표면화되어 학교생활에서 주어진 사회적 강요에 반항하게 된 것으로 추측할 수 있다. 이것은 그의 또 다른 세계 인식의 축이 발현되는 계기가 되었다. 또래로부터 고립되었던 김춘수는 5세 때 호주 선교사가 운영하는 유치원에서 받은 서구적 체험과 모친과 조모로부터 체험한 토속적인 샤머니즘의 체험이 빚어낸 상상의 세계가 표면에 떠오르기 시작한 것이다. 아비의 권위에 대척되는 따뜻하고 아름다운 모성의 세계에 대한 동경이 작동한 것이다.

이렇듯 아비의 권위로 대표되는 사회적 권위에 대한 반항과 모성으로 대표되는 따뜻함에 대한 지향과, 서구적 체험과 토속적 체험이 빚어낸 따뜻하고 아름다운 세계에 대한 동경이 릴케의 세계와 조우하면서 그의 시는 출발한다. 특히 일본 유학 시절 카와사키 부두에서 하역 작업과 헌병대에 끌려간 감옥 체험에서 이러한 구도가 심화내지는 고착되는 계기가 된 것으로 보인다. 시인은 호기심 때문에 부두 하역 작업에 참여했다고 하지만 식민지의 청년으로서 시대에 대한 부담감이 어느 정도 작용했을 것이다. '우리'라는 의식이 은연 중 작용하고 있었던 것이다. 그러나 동포의 고발로 감옥에 갇히고, 혼자 남아서 살아나려고 애쓰는 과정에서 '우리'의 무력함을 겪었으며, 조선에 돌아와서 조차 자신이 불온한 인물로 취급되었던 시대적 환경에서 역사적 전망을 그리기에는 상처가 너무 깊었던 것이다. 일부 독립 운동가마저 친일로 돌아선 당시 시대적 형국에서 대부호의 아들로 투철한 역사의식이 부재했던 김춘수에게는 당연한 일인지도 모른다. 김춘수에게 당대는 순결한 모성은 소멸되었고 '우리'라는 역사의 세계도 파산한 불모의 세계였던 것이다.

어쩌다 바람이라도 와 흔들면
울타리는
슬픈 소리로 울었다.

맨드라미, 나팔꽃, 봉숭아 같은 것
철마다 괴곤
소리없이 져 버렸다.

차운 한겨울에도
외롭게 햇살은
靑石섬돌 위에서
낮잠을 졸다 갔다.

할일없이 歲月은 흘러만 가고
꿈결같이 사람들은
살다 죽었다.

「不在」전문

묘사의 대상은 '꽃과 사람', '바람과 햇살:', '울타리와 섬돌'로 분류된다. 생명을 가진 유기체와 순수한 무기물 그리고 도구적으로 사용한 사물은 제 각기 다른 역할을 하고 있다. 토속적인 집 앞 뜰의 풍경이 전통적인 정서의 세계에서 사색적 세계로 탈바꿈을 하고 있다. 유한한 생명체인 꽃과 사람이 소멸하고 있으며, 인간이 만든 사물인 섬돌과 울타리는 인간의 손을 떠나 우주를 구성하는 물질들과 결합하고 있는 것이다. 슬픔과 외로움은 생명체의 몫이 아니다. 바람과 햇살이 울타리와 섬돌과 결합하는 데서 발생하고 있지 인간적인 갈등은 없다. 육체에서 비롯되는 원초적 감정들이 거세되어 있는 것이다. 이 시의 세

계는 인간이 만든 사물조차 인간을 거부하는 세계인 것이다. 인간 문
명마저 부재한 세계는 오직 물질만이 슬피 울고 외롭게 작용하는 곳
이다. 김춘수에게 세계는 "모든 價値가 解體되어만 가고 있는 時代"[91]
인 것이다. 이 불모의 세계에서 그가 취할 수 있는 행위는 무엇이겠는
가?

1

너는 슬픔의 따님인 가부다

너의 두 눈은 눈물에 어리어 너의 視野는 흐리고 어둡다

너는 盲目이다. 免 할 수 없는 이 永劫의 薄暮를 前後左右로 몸
을 흔들
며 몸을 흔들어 天痴처럼 울고 섰는 너.

고개 다수굿이 오직 느낄 수 있는 것, 저 가슴에 파고드는 바람과
바다의 흐느낌이 있을 뿐

느낀다는 것, 그것은 또 하나 다른 눈.
눈물겨운 일이다,

2

어둡고 답답한 混沌을 열고 네가 誕生하던 처음인 그날 우러러
한눈은
하늘의 無限을 느끼고 굽어 한눈은 끝없는 大地의 豊饒를 보았다.

---

91) 김춘수, 『金春洙 全集 2: 詩論』, 문장사, 1986. 21쪽.

푸른 하늘의 無限.
헤아릴 수 없는 大地의 豊饒.

　그때부터 였다. 하늘과 땅의 永遠히 잇닿을 수 없는 相剋의 그 들판에
　서 조그만한 바람에도 前後左右로 흔들이는 運命을 너는 지녔다.

恍惚히 즐거운 蒼空에의 飛躍
끝없는 浪費의 大地에 못박힘.
그러한 位置에서 免할 수 없는 너는 하나의 姿勢를 가졌다.
오! 姿勢 ━━━━ 祈祿.

　우리에게 水産한 것은 오직 이것뿐이다.

「갈대」 전문

　앞 선 시에서 슬피 울고 있는 물질이 이제 갈대로 응축되어 있다. 물질이 존재로 승화되어 인식의 주체로 전화되어 있다. 유한한 존재인 갈대가 무한한 우주에서 살아가야 하는 운명을 깨닫고, 취할 수밖에 없는 행위는 기도뿐으로 자못 비감하고 숙연하다. 그런데 갈대는 하늘과 대지 사이에서 흔들리는 존재다. 이 때 하늘과 대지는 만날 수 없는 세계로 이분화 되어 있다. 이 이분법적 세계관은 천상과 지상을 나누어 생각했던 서구적 세계관에 가깝다. 이것은 김춘수 시에 나타나는 서구적 사유체계의 흔적으로 주목된다. 왜냐하면 김춘수의 시가 서구적인 사유체계를 받아들였음에도 그 세계에 완전히 동화되지 못한 흔적이 동시에 드러나기 때문이다. 이것은 오늘날까지 우리나라 현대시인이 겪고 있는 문제로, 이 모순을 해결해 나가는 작업은 여전히 우리에게 유효한 과제이다. 그 예로 '永劫의 薄暮', 하늘의 무한과 대지의

낭비라는 대립, '어둡고 단단한 混沌' 등을 들 수 있다. '永劫의 薄暮'
는 릴케나 횔더린이 인류 문명의 몰락을 상징하는 표현으로 사용하던
것으로, 김춘수의 세계 인식 태도와 밀접한 관련을 드러내고 있다. 릴
케적인 차원에는 이르지 못했지만 갈대가 인류 문명과 관련된 존재로
탈바꿈 한 것은 김춘수 시 세계의 특장을 보여주고 있다. 대지는 하늘
의 무한이 이루어 질 수 없는 곳으로, 풍요를 위해 끝없이 낭비하는
문명의 세계다. 그런데 화자 는 이 천상과 지상의 세계가 통합되는 것
이 불가능하다고 보고 있다.

현실에서 인간은 무한의 세계로 비약을 꿈꾸지만 불가능하다. 갈대
는 이 비극을 슬퍼하고, 무한의 세계를 향해 기도밖에 할 수 없는 형
국이다, 그 기도가 지향하는 바는 혼돈을 열고 처음 탄생하던 순간이
다. 하늘의 무한과 대지의 풍요가 분리되기 이전의 세계다. 그러나 통
합이 해체된 시대를 살아가는 존재의 비감과 통합의 세계를 꿈꾸는
숙연이 급변하는 한국 사회에서 어떤 힘을 가질 것인가? 해방 후 미국
을 통해 현대 과학 문명이 본격적으로 유입되고, 이데올로기로 인한
동족상잔의 비극 앞에 김춘수의 외침은 공허한 외침으로 전락하고 만
다. 육체를 가진 인간이 기본적인 의식주를 해결하기 위해 안간힘을
써야하는 시대에 문명을 비판하고 영원한 진리를 찾아 헤매는 시인은
몽유병 환자나 다름없어 보일 수 있는 것이다. 김춘수 역시 이러한 시
대적 부담감으로부터 자유롭지는 못하였다. 전쟁 이후 휴머니즘을 통
해 상처를 달래 보려는 시도나 극한 상황 체험에서 비롯된 비명들 속
에서 김춘수는 현 실에 대해 자신의 견해를 피력하고, 자신의 세계관
을 더욱 치밀하게 형상화하려 든다.

우리들이 일곱 살 때 본 福童이의 눈과
壽男이의 눈과
三冬에도 익는 抒情의 果實들은
이제는 없다.
이제는 없다
萬頃의 憂愁를 싣고
바다에는
軍艦이 한 척 닻을 내리고 있다,

「눈에 對하여」 부분

세상의 때가 묻기 이전인 일곱 살 때 '福童이나 壽男이의 눈'이 지닌 순수나 가난하지만 삼동에도 서로 교감하던 인정이 넘쳤던 공동체는 소멸되었다. 전쟁은 서로가 싸우게 했으며, 인간에 대한 신뢰마저 무너뜨려 버렸다. 문명의 산물인 군함은 공포와 불안을 자아낸다, 김춘수의 전쟁 체험은 이렇듯 직접적인 극한 상황보다는 심리적이다. 전선에 참가하지 않았고 직접적으로 파멸을 겪지 않았던 그가 이렇듯 심리적 체험을 진술한 것은 매우 진솔하고 사실적이라 할 수 있을지도 모른다. 그러나 더 주목되는 것은 '萬頃의 憂愁'다. 이것은 순수한 세계가 훼손되고 세계가 우수에 잠겨있다는 것으로, 초창기 자본주의가 도래하면서 일반인의 삶이 지극히 고통스럽던 시대의 상징이다. 이런 점에서 전쟁을 인류 문명의 전반 속에서 살피고 있던 「부다페스트 少女의 죽음」에서 전쟁으로 인한 무분별한 학살을 인류의 치욕으로 묘사하고, 현대를 인류 양심의 부재 시대로 파악하고 있는 것은 이와 같은 맥락이다. 그의 전쟁 체험은 냉전의 이데올로기를 넘어선 인류 문명에 대한 반성적 사고였던 것이다.

仁川에서
아가야,
웃음짓는 네 眉間을 바라고
異國의 한 아저씨는 방아쇠를 당겼다.
어느 詩人은
한 마리의 나비가 나는 데에도
全宇宙가 필요하다고 하였지만,
아가야,
네가 저승으로 나는 데에는
異國 아저씨의 한 발의 銃알만으로 충분하였다.
가서
라케다이아몬의 兄弟들에 傳하여 다오
一 九五十年 가을,
부다페스트에서 죽어 간 그 小女의 이야기를
傳하여 다오.
佛衡西의 最擊機가
사키에·시디·유세프의 國民學校를 爆擊한 이야기를 傳하여 다오.
사과나무에 열린 사과알처럼
귀여운 어린이들이
一瞬 火焰과 함께 上空으로 튄
그 이야기를 傳하여 다오.
가슴의 뜨거운 눈물외에
무엇 하나 가진 것이 없는 우리는
죽어가는 어린이들의 눈을 감겨 줄 꽃 한송이
비둘기 한 마리를 날리지 못했다는
그 이야기를 傳하여 다오.
가서
라케다이몬의 兄弟들에 傳하여 다오.
그날 우리가 든 弔旗가

硝煙에 덮인 鉛灰色의 하늘에서
다만 嗚咽하더라는 이야기를
傳하여 다오.

「그 이야기를……」 전문

'仁川에서 아가의 죽음', '부다페스트에서 少女의 죽음', '사키에·
시디·유세프에서 國民學校 아이들의 죽음'은 모두 인류 문명의 폭력
인 '異國 의 아저씨의 방아쇠', '소련의 銃알', '佛術西의 爆擊'에 의
해서 발생했다. 순수한 아이들이 역사의 폭력 앞에 영문도 모른 채 죽
어 간 것이다. 그 죽음 앞에 목구멍으로 울먹일 뿐 아이들의 두려움과
불안을 감싸 안아 주지도 못했으며, 이름 없이 죽어간 아이들의 장례
마저 제대로 치루지 못했다. 이것이 오늘날 문명 세계의 현주소다. 역
사는 늘 개인에게 폭력을 가하고 아무런 책임도 지지 않는 것이다. 김
춘수는 이 시기의 폭력적인 역사적 상황을 느끼면서 더욱 실존의 문
제로 접근해 들어간다. 우선 심리적인 역사 체험은 초기 「갈대」에서
보여주었던 세계 인식 태도를 공고히 하는 데 기여한다. 실존적 상황
은 「꽃밭에 든 거북」에서 꽃밭에서 하늘을 향해 모가지를 도래질 하
다 땅바닥에 죽은 듯이 엎드리는 거북으로 다시 형상화 된다. 이 때
꽃밭은 그가 수필에서 언급 하였듯이 '경성의 불빛'[92]과 상통한 것으
로, 원초적 존재에 낯선 문명의 세계를 지칭한다고 볼 수 있다. 바다
에서 나온 거북은 이미 숙명적으로 고통을 겪고 있는 존재로, 하늘을
향해 비약하려는 시도는 필연적인 좌절을 예견하고 있는 것이다. 특히
김춘수 시에서 '바다'가 원초적인 모태로 자주 쓰이고 있는 점을 상기
하면 거북의 실존적 상황은 더욱 분명해진다. 그러나 실존의 탐구로

---

92) 김춘수, 『金春洙 全集 3(隨筆)』, 문장사, 1983. 65쪽.

나아가면서 무엇보다도 '꽃'이 중심 이미지로 등장한다. 꽃의 소묘 시기로 진입한 것이다.

2. 역사 비판과 원초적 세계에 대한 그리움

김춘수의 '꽃'은 말 그대로 묘사이지 의인화가 아니다. 그에게 꽃은 도달하고 싶은 경지다. '꽃'(「부다페스트의 小女의 죽음」), 「능금」, 「꽃을 위한 序詩」, 「꽃의 素描」등이 일련의 경향을 대표한다. 특히 이 가운데 「꽃의 素描」는 꽃에 대한 묘사의 결정판이라 할 수 있다. '축제와 미소'라는 이미지를 중심으로 아름답게 묘사되고 있다.

> *1*
> 꽃이여, 네가 입김으로
> 대낮에 불을 밝히면
> 환히 열리는 가장자리,
> 빛깔이며 香氣며
> 花粉이며……나비며 나비며
> 祝祭의 날은 그러나
> 먼 追憶으로서만 온다.
>
> 나의 追憶 위에는 꽃이여,
> 네가 머금은 이슬의 한 방울이
> 떨어진다.
>
> *2*
> 사랑의 불 속에서도
> 나는 외롭고 슬펐다.

사랑도 없이
스스로를 불태우고도
죽지 않는 알몸으로 微笑하는
꽃이여,

눈부신 純金의 阡
의 눈이여,
나는 싸늘하게 굳어서
돌이 되는데,

3

네 微笑의 가장자리를
어떤 사랑스런 꿈도
侵犯할 수는 없다.

금술 은술을 늘이운
머리에 七寶花冠을 쓰고
그 아가씨도
新婦가 되어 울며 떠났다.

꽃이여, 너는
아가씨들의 肝을
쪼아 먹는다.

너의 微笑는 마침내
갈 수 없는 하늘에
별이 되어 박힌다.

멀고 먼 곳에서

너는 빛깔이 되고 香氣가 된다.

나의 追憶 위에는 꽃이여,
네가 머금은 이슬의 한 방울이
떨어진다.
너를 향하여 나는
외로움과 슬픔을
던진다.

「꽃의 素描」 전문

여기서 꽃이 어디에 있는가는 대단히 중요하다. '阡의 눈'이란 구절에서 '阡'은 '넓어 한량없이 큰', '두렁'이란 뜻임을 주목할 필요가 있다. 무변의 대지 위에 피어 있는 꽃으로 '대지와 하늘'이라는 이분법적 구조 속에 위치하고 있는 것이다. 그것은 꽃의 심상을 이해하는 데 핵심적 실마리이다. 꽃은 불꽃, 꽃가루, 빛깔, 향기와 함께하고 있다. 모두가 축제의 즐거움을 부추기는 것들이다. 여기에 나비마저 축제 분위기를 돋우고 있다. 그런데 이 축제는 추억 속에만 있다. 과거에 있었지만 지금은 없는 축제다. 그것은 횔더린의 시구인 '명절날 아침'[93]을 연상시키는 구절로 김춘수의 자연관을 엿볼 수 있다. '하늘과 땅, 죽음의 운명을 지닌 인간과 영원의 美인 신들이 서로 만나는 곳으로 희랍사람의 담담한 마음에 비추이는 자연'[94]과 흡사하다. 김춘수 초기

---

93) 고형곤, 『禪의 世界』, 운주사, 1995. 126∼127쪽에서 재인용.
　"흡사히 명절날 아침/ 무더웁던 밤 새벽부터 퍼부은 찬 비바람,/ 아직도 마른 번갯불 먼 하늘에 번득이고/ 개천물은 또 다시 홍건히 범람/ 대지도 새파랗게 싱싱해졌다.//

　포도덩쿨에 맺힌 이슬방울/ 천혜의 단비를 환희하고/ 숲은 조용한 태양광선 밑에서/ 번쩍번쩍 반사를 하고 섰을 때/ 농부가 貴國를 보살피러 가듯이.//"

시인 「갈대」에서 '하늘의 無限과 대지의 實體가 만나는 곳'의 재현이
라 할 수 있다. 이 때 꽃이 머금은 '이슬의 한 방울'이 떨어지는 것은
화자에게 환희를 주는 축제의 선물이라 할 수 있다.

2에서는 화자의 처지가 아주 잘 드러난다. 사랑은 관계에서 비롯되
는 것으로 근본적으로 환희를 가져오지는 않는다. 사랑의 관계는 일시
적인 것으로 영원한 위안이 되지 못한다. 인간이 죽을 때는 결국 혼자
죽어야 하는 단독자이기 때문이다.[95] 사랑의 환희는 순간적일 뿐 영원
히 죽지 않는 미소인 꽃 앞에서 화자는 오히려 싸늘한 돌이 될 뿐이
다. 돌은 화자의 외로움과 슬픔이 응축된 것으로 현재 화자의 처지를
대변한다.[96] 지상에서 실존의 아픔을 인고하는 존재인 것이다.

3에서 꽃은 인간이 이를 수 없는 미(美)의 경지로 묘사된다. 꽃처럼
치장하고 신부가 되는 축제로는 이를 수 없는 경지다. 인간의 신부는
곧 순결을 잃고 미를 잃어버리기 때문에 그것은 영원한 미의 경지가
아닌 것이다. 그러므로 영원한 아름다움을 꿈꾸는 아가씨들에게 꽃은
고통으로 다가올 수밖에 없다. '꽃이 아가씨의 간을 쫀다'는 시지프스
신화와 같이 인간의 숙명을 표현한 것이다. 결국 꽃은 이를 수 없는
'영원한 미'의 상징이라 할 수 있다.[97]

---

94) 고형곤, 위의 책. 127쪽.
95) 내가 그들을 위하여 온 것이 아닌 거와 같이/ 그들도/ 나를 위하여 온 것은
   아닙니다.//
   죽을 적에는 우리는 모두/ 하나 하나로/ 외롭게 죽어가야 하기 때문입니다.//
                                              (「生成과 關係」 부분)
96) '돌'은 「돌」에서 '어둠 속에 사라진 무수한 나'요, '꿈꾸는 돌'이며, 「꽃을 위
   한 序詩」에서는 '나의 울음이 돌에 스며 金이 되는 것'으로 사용되고 있다. 이
   는 초기 시의 「바위」에서 '제 몸에 금을 긋다가 자신을 잊어버리고 고요한 微
   笑를 띠는 존재'와 동일한 이미지가 반복되고 있는 것으로 볼 수 있다.
97) 「꽃을 위한 序詩」에서 꽃을 바라볼 수 없는 '….얼굴을 가리운 나의 新婦'로
   묘사하고, 자신을 '손이 닿으면 꽃이 未知의 어둠이 되버리는 危險한 짐승'으

4에서 꽃은 하늘의 별로 상승하고 있다. 꽃은 영원히 도달 할 수 없는 추억의 꽃으로 단지 회상 속에서만 '이슬의 한 방울'로 잠시 환희를 줄 뿐이다. 그러나 화자는 이 꽃을 향하여 자신을 던진다. 결국 화자는 지상의 유한한 존재로 영원한 꽃의 세계를 동경한다. 그곳은 인간과 영원한 미의 신이 만나는 곳으로, 대지의 풍요와 하늘의 무한이 만나는 원초적인 세계로 환희에 가득 차 있다. 여기서 김춘수가 지향하는 것이 원초적 세계의 아름다움이라는 것을 알 수 있는 것이다. 그러나 이러한 꽃의 추구는 현실 속에서 가능한 것인가? 세기의 문명에 초토화된 이 땅에서 그것은 어디에 보존되어 있는가?

> 바람은
> 냇가에 개나리를 피게 하지만,
> 그리고
> 그 色身 고운 눈만 먹고 겨울을 살았다는
> 산발치의 붉은 열매,
> 붉은 열매를 따먹는 산토끼의 눈에는
> 지금은
> 엷은 軟豆色의 하늘이 떨어져 있지만.
> 산토끼야 산토끼야,
> 너는 보았겠지,
> 무덤 속
> 祖上들의 靈魂까지 짓밟고 간
> 그 사나이의 巨大한 軍靴를
> 산토끼야,
> 바람은 陰 六月에는
> 無花果나무에

로 묘사한 것과 일맥상통한다.

맛있는 無花果도 익게 하겠지만,
이 고장의 젊은이들은 마음이 시들하다.
由緖 깊은 아궁이에 어머니가 지피는
불은
아직도 따뜻하고 아직도 純粹하지만,
이 고장의 젊은이들은 마음이 시들하다.
石炭이 아닌
石油가 아닌
文明 以前 솔가리 타는 냄새가 슬퍼서 그런 것은 아니다.
그런 것은 아니다.
꽃들은
名節날의 아가씨들처럼 하고
왜 얼굴을 붉힐까,
지금은 아니 무너진 城이 없고
無垢한 아무 것도 없는데
왜
悠久한 하늘 아래 어디서는
새봄의 속잎들도 돋아나고 있을까.

「歸鄕」 전문

이 시는 한국 전쟁 이후 서구 문명화를 추구하던 1960년대 남한 사회에 대한 김춘수의 인식을 보여준다. 바람이 여전히 개나리를 피게 하고 무화과를 익게 하는 축복을 내리지만 인간의 마음은 시들하다 '붉은 열매를 먹고 자라는 산토끼가 뛰놀던 세계'는 '巨大한 軍靴'에 짓밟혀 있기 때문이다. 하늘의 축복이 지상에서 파괴된 것이다. 그런데 이 파괴는 물질적인 것을 넘어선 영혼의 파멸이다. 민족이 탄생하면서부터 조상을 숭배해 오던 신성한 마음을 빼앗아 버린 것이다. 모든 가치의 성이 무너지고 무구한 것이 없는 시대에 이 땅의 젊은이들은 명절날 같은 즐거움과 설렘을 느낄 수가 없는 사태에 빠져 있다. 니체가 말한 '神이 죽은 시대'가 된 것이다. 그러므로 화자는 아무도 영원한 미의 신을 믿지 않는 이 시대에 '속잎'이 피어나듯 신성함이 도래할 수 없음을 슬퍼한다. 그러나 김춘수는 이 부재의 현실 앞에서 새로운 신성을 찾아 나선다.

3. 역사의 소멸과 일상 세계와 화해

「打令調」연작은 이러한 불모의 시대에 새로운 전진을 모색하던 가운데 탄생한 작품군이다. 따라서 「打令調」연작은 문학적 수준에서는 함량이 미달되지만 김춘수의 시 세계가 변화하는 데 매우 중요한 결절로 작용했으므로 변화의 징조들을 살펴볼 필요가 있다. 이 작품군은 '사랑'이란 관념어가 등장한다. 이것은 이전 작품들과 변별되는 시어로서 육감적인 고통의 토로라 할 수 있다.

> 먼동이 틀 때까지 사랑이여, 너는
> 얼마만큼 달아서 病이 되는가,
> 病이 되면은
> 巫堂을 불러다 굿을 하는가,
> 넋이야 넋이로다 넋반에 담고
> 打鼓冬冬 打鼓冬冬 구슬채찍 휘두르며
> 役鬼神하는가,
>
> 「打令調 (1)」 부분

> 내 사랑은
> 羅喉羅 處容아빌 찾아갈까나,

> 엘리엘리나마사박다니
> 나마사박다니, 내 사랑은
> 먼지가 되었는가 티끌이 되었는가,
> 굴러가는 歷史의
> 차바퀴를 더럽히는 지린내가 되었는가
> 구린내가 되었는가,

「打令調 (2)」 부분

  샤머니즘, 불교, 기독교를 긍정적인 것으로 대두시킨 반면에 역사를
부정적인 것으로 묘사하고 있는 점을 주목할 필요가 있다. 이미 꽃의
소묘 시기에 「裸木과 詩의 序章」에서 역사를 떨어져 나가는 잎과 열
매로 묘사했던 시각이나 앞 선 「귀향」에서 역사를 폭력으로 인식했던
시각과 동일한 궤도로서, 김춘수 시가 역사적 현실로부터 이탈하여 실
존적 고통을 해소라는 방향으로 치닫고 있음을 보여 주기 때문이다.
특히, 「打令調 (2)」에서 자신의 사랑이 역사 때문에 지린내나 구린내
로 더럽혀지고 있다는 인식은 지금까지 김춘수 시에서 미(美)에 대립
되는 것으로 잔존했던 역사의 흔적이 지워지는 계기로 작용하게 된다.
이러한 흔적 지우기는 김춘수 시에 내재되어 왔던 대립의 한 축을 지
움으로써, 이후 시가 미에 대한 탐구로 집중되는 흐름을 만들게 된다.
이러한 변화는 시작법에서도 변화를 예고하게 되며, 실제로 「詩 I」, 「詩
II」, 「詩 III」은 새로운 시론의 피력이라 할 수 있다.

> 사과나무의 阡의 사과알이
> 하늘로 깊숙이 떨어지고 있고
> 뚝 뚝 뚝 떨어지고 있고
> 금붕어의 지느러미를 움직이게 하는

魚缸에는 크나큰 바다가 있고
바다가 너울거리는 綠陰이 있다.
그런가 하면
비에 젖는 섣달의 山茶花가 있고
부러진 못이 되어
길바닥을 뒹구는 사랑도 있다.

「詩 Ⅲ」 전문

우선 시의 형태를 살펴보면 여러 이질적인 이미지들이 연결고리 없이 한꺼번에 제시되고 있다. 이전의 시들이 이야기의 흐름이나 풍경묘사의 흐름을 통해 심리적 드라마 구조를 지니던 것과 달리 모자이크 구조로 바뀌어 있다. 이것은 김춘수가 '무의미시'라 일컫는 시론에서 주장한 서술적 묘사와 같은 맥락이다. 심리적 드라마가 소멸됨으로써 각각 독립된 이미지들이 독자적인 위치에 놓여져 있다. 그것은 이미지 배열에서 중심이 사라진 형태로 팽팽한 긴장감을 갖는 원주와 달리 부드러운 타원형의 배치다. 따라서 긴장된 의미 구조보다는 자유로운 상상력을 부추기는 상태라 할 수 있다. 그렇다고 김춘수의 시가 해석으로부터 자유로운 것은 아니다.

첫째, '사과알이 하늘로 떨어진다.'는 구절은 초기시인 「갈대」에서부터 줄곧 대지에서 하늘로 비약을 꿈꾸던 상승 국면에서 하강 국면으로 변화를 보여준다. 상위의 하늘과 하위의 대지라는 갈등 구도가 화합의 구도로 바뀌어 대지의 풍요가 하늘의 무한과 만나기 시작한 것이다. 둘째, 어항이 바다로 확장되는 것 역시 '바다'나 '바람'이 늘 미지의 것이었으나 구체적 일상 세계와 소통하기 시작하고 있다. 김춘수 시에서 바다가 생명의 모태나 미의 모태를 나타내는 심상인 점을 볼 때 생명의 아름다움이 일상적 세계에 스미기 시작한 것이다. 셋째, 산다화는 김춘수 시의 '꽃'의 모태로 미와 축제의 이미지라 할 수 있다. 하늘의 축복인 비에 젖은 산다화는 대지와 하늘이 화합하는 환희가 구현된 모습이다. 넷째, '길바닥을 딩구는 못'은 사랑으로서 예수의 심상이다.[98] 예수는 '엘리엘리나마사막디니 나마사막디니(주여, 주여 왜 나를 버리시나이까'라는 인간적 고뇌를 드러낸다. 이것은 유다가 사회 혁명을 추구하다가 영혼에 못이 박혔다면 예수는 인간 혁명을 꿈꾸며 영혼과 육체에 못이 박힌 것이라 할 수 있다.[99] 예수는 인류에게 인간과 영혼에 대한 무한한 사랑을 피력한 것이다. 이제 김춘수는 사랑을 일상 세계에서 발견하고 있는 것이다. 김춘수는 이렇듯 역사의 흔적을 지우면서부터 일상세계와 화해를 시작한다. 이 시기에 창작된 「샤갈의 마을에 내리는 눈」, 「겨울밤의 꿈」은 시의 형태에서는 「詩 Ⅲ」에서 보여준 시론에 이르지는 못하지만, 화해의 세계를 구체적으로 보여주고 있다.

> 샤갈의 마을에는 三月에 눈이 온다.
> 봄을 바라고 섰는 사나이의 관자놀이에
> 새로 돋은 靜脈이
> 바르르 떤다.
> 바르르 떠는 사나이의 관자놀이에
> 새로 돋은 靜脈을 어루만지며
> 눈은 數千數萬의 날개를 달고
> 하늘에서 내려와 샤갈의 마을의
> 지붕과 굴뚝을 덮는다.

---

98) 「못」에서 유다와 함께 십자가에 못 박혀 죽는 예수가 고통을 덜어주기 위해 주는 마약을 거부하고 고통을 껴안는 모습을 그리고 있다.

99) 遠藤周作, 『예수의 生涯』, 김병걸 역, 경문사, 1983. 129쪽.

　　三月에 눈이 오면
　　샤갈의 마을의 쥐똥만한 겨울 열매들은
　　다시 올리브빛으로 물이 들고
　　밤에 아낙들은
　　그 해의 제일 아름다운 불을
　　아궁이에 지핀다.

　　　　　　　　　　「샤갈의 마을에 내리는 눈」 전문

　눈은 하늘에서 내려온 축복으로 「歸鄕」에서 붉은 열매를 기루던 순수와 맥을 같이 한다. 거대한 군화로 훼손되었던 순수가 회복되는 순간이다. 눈이 날개를 달고 천사의 축복처럼 온 마을을 감싸 안고 있다. 뿐만 아니라 '어둠'은 늘 미지의 것을 은폐하던 작용에서 열매에 물을 들이는 작용으로 변화되어 있으며, '올리브빛'마저 밤의 풍경을 아름답게 하는 데 기여하고 있다. 나아가 「歸鄕」에서 따뜻하지만 제 기능을 못했던 '아궁이의 불'이 제일 아름다운 불로 변화되어 있다. 불을 지피는 행위가 이제 생명의 따스함을 머금게 된 것이다. 인간과 자연, 하늘과 땅이 조응하는 아름다운 세계의 신성이 부활하고 있는 셈이다. 샤갈은 성화(聖畵)를 집중적으로 그린 화가였으며, 기법에서도 원근법과 같은 구조를 넘어서 자유로운 심상을 환상적으로 배치했던 점을 생각 하면 「詩 Ⅲ」에서 시 형태를 제시한 것과 무관하지 않은 듯하다. 이러한 시작 태도는 역사적 현실이나 인간까지 모두 정물적인 풍경으로 변형시킨다.

　　美 八軍 後門
　　鐵條綱은 大文字로 OFF LIMIT
　　아이들이 五六人 둘러 앉아

모닥불을 피우고 있다.
아이들의 拘杞子빛 男根이
오들오들 떨고 있다
冬菊 한 송이가 삼백 오십 원에
一流 禮式場으로 팔려 간다.

「冬菊」 전문

겨울날 미 팔군 후문 근처의 아이들은 오들오들 떤다. 모닥불조차
몸과 마음을 데워주지 못한다. 연분홍빛 남근은 신체에서 가장 따스한
곳이어야 하는데, 그것이 떨고 있다는 것은 기온만이 아니라 심리적인
것까지 포함한다. 남근은 인간의 생명의 요체요 에로스의 상징인데 아
이들에게는 이 사랑이 거세되어 있는 것이다. 동국(冬菊)은 제철에 핀
꽃이 아니라 인위적으로 돈을 벌기 위해 만들어진 꽃이다. 그런데 그
꽃이 팔려 가는 곳은 신부의 순결함이 축복 받는 결혼식장이 아니다.
'一流'는 수식어는 아이들의 추위와 대조되는 부정적인 의미망을 갖고
있다. 김현에 의하면 '冬菊'은 양갈보의 변형된 심상이다. 남근이 떨고
있는 남자와 여근을 파는 여자는 인간의 가장 더운 곳을 따뜻하게 적
실 수 없는 처지에 있다. 이렇듯 비참한 현실을 식물의 심상을 빌어
채색함으로써 심각한 국면이 전면에 드러나지 않는다. 일상적 생활은
정물적 세계로 재구성되고 만다. 그런데 문제는 정물적 세계를 구성하
는 심상이다. 이후 김춘수는 이 심상의 세계를 심화시키면서 세계를
재구축해가기 때문이다.

4. 우연적 세계와 주술

정물적 세계의 심상은 마침내 '눈', '바다', '산다화'라는 중심 심상
으로 응축되면서 우주를 탄생시킨다. 이 심상들은 단순한 묘사가 아니
라 우주를 구성하는 모태이다. 「處容斷章 第一部」는 이 모태와 인간
의 최초의 만남을 그리고 있어 가장 주목을 끈다. 왜냐하면 그것은 김
춘수의 세계관을 집약적으로 보여주기 때문이다

> 바다가 왼종일
> 새앙쥐 같은 눈을 뜨고 있었다.
> 이따금
> 바람은 閑麗水道에서 불어오고
> 느릅나무 어린 잎들이
> 가늘게 몸을 흔들곤 하였다.
>
> 날이 저물자
> 네 肋骨과 肋骨 사이
> 홈을 파고
> 거머리가 우는 소리를 나는 들었다.
> 베꼬니아의
> 붉고 붉은 꽃잎이 지고 있었다.
>
> 그런가 하면 다시 또 아침이 오고
> 바다는 또 한 번
> 새앙쥐 같은 눈을 뜨고 있었다.
> 뚝 뚝 뚝, 阡의 사과알이
> 하늘로 깊숙이 떨어지고 있었다.

가을이 가고 또 밤이 와서
잠자는 내 어깨 위
그 해의 새눈이 내리고 있었다.

어둠의 한쪽이 조금 열리고
개동백의 붉은 열매가 익고 있었다.
잠을 자면서도 나는
내리는 그
희디 흰 눈발을 보고 있었다.

「處容斷章 第一部 I의 I」 전문

우선 시작법부터 살펴보자. 이 시는 「詩 Ⅲ」에서처럼 이미지 배열에서 중심이 사라진 형태로 팽팽한 긴장감을 갖는 원주와 달리 부드러운 타원형의 배치를 이루고 있으며, 시인이 이전에 썼던 많은 시구가 차용되어 있다. 이러한 시작법은 김춘수의 세계인식 태도와 무관하지 않다. 타원형의 배치는 이미지를 흩어놓은 형태로 지배적인 질서를 해체시키는 작업이다. 이것은 사회 · 역사적 질서를 해체시키는 작업으로 김춘수가 역사를 폭력으로 보고 배척했던 세계 인식 태도와 관련된다. 다음으로 이전 시에서 구절을 차용하는 것은 기본적으로 세계는 변하는 것이 아니라 여러 요소들이 우연적으로 만남으로써 새롭게 재구성된다는 생각이 바탕에 깔려 있다. 세계의 역사는 발전한다는 진보적 세계관을 부정하는 태도다.

그럼에도 이 시는 순환적인 흐름이 세 원을 그리고 있다. 첫째, 하늘과 대지 그리고 바다의 순환인 공간적 순환이다. 베고니아 꽃잎이 바다로 지고, 사과알이 하늘로 가고, 다시 눈이 대지로 내리고 있다. 둘째, 봄 · 여름 · 가을 · 겨울과 아침 · 밤이라는 시간적 순환이다. 셋째,

어린잎·꽃잎·열매라는 생명의 순환이다. 그런데 공간, 시간, 생명의 순환은 단순한 반복이 아니다. 이미지 배치 방식에서 보듯이 우연적 만남 속에서 새로운 모습으로 탈바꿈한다. 늘 새로운 세계가 구성되는 것이다. 이것을 김춘수는 '나선형의 순환'이라 말한다.

> 세계는 직선으로 앞만 바라고 전지해 간다는 역사주의자들의 낙천 주의적 비전에 따라 움직이는 것이 아니라, 세계는 윤회하면서 나선 형으로 돌고 있다는 비역사 내지는 반역사적 생각을 하고 있었던 나 로서는 신화 쪽으로 시선이 갈 수밖에 없었다.[100]

이러한 신화적 시선이 '處容'을 탄생시킨다. 그러므로 시의 화자인 '處容'이 세계에 대응하는 태도는 김춘수의 삶의 태도라 할 수 있다. 1연에서 화자는 바다를 '새앙쥐처럼 눈을 뜨고' 있는 것으로 느끼고 있다. 새앙쥐의 눈은 두려우면서도 쫓아버리고 싶은 심경을 드러낸다. 무언가 불만족 상태에 있다는 것이다. 다음으로 '어린잎'은 어린 화자 를 가리킨다. 이 때 어린 아이가 '몸을 가늘게 흔드는' 것은 욕구 불만 상태에서 자신의 감정을 숨기려는 태도라 할 수 있다. 2연에서 '肋 骨'[101]은 인간이 늘 회복하고자 하는 에로스의 상징이다. 그런데 늑골

---

100) 김춘수, "對象, 無意味, 自由", 『金春洙 全集』, 민음사, 1994. 524쪽.
101) 늑골은 「가을」에서는 '뽑아주고 나면 외로움을 느끼게 하는 것', 「打令調 (8)」 에서는 '잃어버린 에로스나 이데아', 「새봄의 仙人掌」에서는 '고통을 느끼는 곳', 「幼年時 (3)」에서는 '고독'과 관련되고 있다. 결국 늑골은 인간이 늘 회복 하고자 하는 에로스의 상징으로 고독과 밀접하다 할 수 있다.
   山茶花의/ 명주실 같은 肋骨이/ 수없이 드러나 있다.//(「幼年時 (3)」 부분)
   올해 여섯 살인 깜둥이 죠는/ 韓國의 외할아버지 몰래/ 기침을 옆구리로 한 다./ 肋骨 하나를 뽑아 아주 옛날에/ 사랑하는 누구에게 주어 버렸기 때문이 다.//(「가을」 부분)
   등골뼈와 등골뼈를 맞대고/ 당신과 내가 돌아 누우면/ 아데넷사람 플라톤이

사이를 거머리가 홈을 판다는 것은 늑골을 잃어가는 과정이라 할 수
있다. 또한, 거머리는 「늪」에서 말한 '슬픈 靈魂'을 가리키므로, 이 때
'거머리가 운다'는 것은 인간이 남자와 여자로 분리되는 아픔과 외로
움의 표현이라 할 수 있다. 결국 화자는 인간의 숙명적인 고독을 느끼
며 아파하고 있는 것이다. 마지막으로 '베꼬니아의 붉고 붉은 꽃잎'은
지상의 아름다움을 상징하는 것으로, 분리된 여자를 가리킨다고 할 수
있다.102) 아름다운 여자가 바다로 소멸되고 있는 것이다. 결국 화자는
태아가 지닌 숙명적인 고독을 드려다 보고 있다. 3연에서 '사과알'103)
은 지상의 풍요가 하늘의 무한과 만나는 세계의 상징으로 사용되고
있다. 화자는 여전히 욕구 불만 상태에 있지만 주변 세계의 조화롭고
아름다운 사태와 화해의 가능성을 모색하고 있는 것이다. 4연에서 화
자는 잠을 자면서 '눈'과 '개동백의 붉은 열매'의 조화로운 사태를 받

생각난다./ 잃어 버린 幼年, 잃어 버린 사금파리 한 쪽을 찾아서/ 당신과 나는
어느 이데아 어느 에로스의 들창문을/ 기웃거려야 하나,//(「打令調 (8)」 부분)

　지금/ 죽음에 흔들리는 時間은/ 내 가는 肋骨 위에/ 河馬를 한 마리 걸리고
있다.//(「새봄의 仙人掌」 부분)

102) 2연은 「壁이」의 구절이 차용된 것으로 아름다움을 상징한다고 할 수 있다. 「詩
Ⅰ」에서는 바다의 순결함에 대응되는 지상의 순결함이라 할 때, 「봄바다」에서
탄생하는 아름다운 女子는 지상의 순결함과 아름다움으로서 베고니아 꽃잎과
동일하다고 하겠다.

　어딘가, 늪의 바닥에서 거무리가 운다./ 피 눈물 위에 떨어져 쌓이는/ 붉고 붉
은 꽃잎,//(「壁이」 부분)

　바다의 純潔했던 부분을 말하고/ 베꼬니아의 꽃잎에 듣는/ 화자의 아침 햇살
을 말하라.//(「詩Ⅰ」 부분)

　毛髮을 날리며 오랜만에/ 바다를 바라보고 섰다./ 눈보라도 걷히고/ 저 멀리
물거품 속에서/ 제일 아름다운 人間의 女子가/ 誕生하는 것을 본다.(「봄바다」
전문)

103) 「西村 마을의 徐夫人」, 「詩 Ⅲ」과 같은 시구로 「능금」과 연결된다. 「능금」에
서 사과알은 눈부신 축제, 꽃다운 미소, 감정의 바다로 묘사되어 있다. 즉, 김
춘수 시에서 '꽃'이 갖는 상징인 조화로운 사태 혹은 영원한 미라 할 수 있다.

아들인다. 이 때 '잠'104)은 순결한 세계다. 그곳은 문명의 질서 밖으로 신성함이 존재하는 곳이다. 화자는 이 신성한 세계에서 하늘의 축복인 눈과 축제의 상징인 붉은 열매를 받아들이고 있는 것이다. 드디어 화자의 욕구 불만이 소멸되었으며, 축복과 축제로 가득 찬 세계가 열린 것이다. 결론적으로 인간이 탄생하면서 발생하는 욕구 불만과 고독감을 '잠'이라는 무의식으로 해소하고 있다. 그러나 욕구 불만과 고독감은 인간이 육체를 가지고 있기 때문에 발생하는 운명이라는 점을 고려하면 김춘수의 심리적 갈등이 완전히 해소되는 길은 없다. 따라서 「處容斷章 第 一部」는 무의식과 의식의 경계를 넘나들면서 실존적 갈등을 그렸다고 할 수 있다.

> 그 날 밤 잠들기 전에
> 물개의 수컷이 우는 소리를 나는 들었다
> 三月에 오는 눈은 송이가 크고
> 끝은 수렁에서처럼
> 피어나는 山茶花의
> 보얀 목덜미를 적시고 있었다.
>
> > 「處容斷章 第 一部 I의 II」 부분

> 한 밤에 눈을 뜨고 보면
> 濠洲 宣敎師네 집
> 回廊의 壁에 걸린 靑銅時計가
> 겨울도 다 갔는데
> 검고 긴 망토를 입고 걸어오고 있었다

---

104) 잠은 「處容」에서 보듯이 순수한 상태, 훼손되기 이전의 원시 상태를 가리킨다. 人間들 속에서/ 人間들에 밟히며/ 잠을 깬다./ 숲 속에서 바다가 잠을 깨듯이// (「處容」 부분)

내 곁에는
바다가 잠을 자고 있었다.
잠자는 바다를 보면
바다는 제 품에
숭어새끼를 한 마리 잠재우고 있었다.

「處容斷章 第 一部 I의 III」 부분

　「處容斷章 第 一部 I의 II」에서 '잠'을 자지 않을 때 화자는 육체의
소리를 듣는다. 물개의 수컷은 남근의 상징이며 산다화는 '베고니아
꽃잎'과 같은 맥락으로 여성의 상징이다. 육체가 성장하면서 여성과
남성이 분리되고 있는 것이다. 이 과정은 인간에게 매우 자연스러운
과정이다. 그러나 화자에게 이것은 슬픔이다. 모태로부터 분리된 태아
의 고통에 더 가깝다. 오히려 '잠'을 잘 때 화자는 평온함을 찾을 수
있다. 「處容斷章 第 一部 I의 III」에서 바다는 아이와 함께 잠든 어머
니의 알레고리다. 모성의 바다는 잠과 함께 작동한다. 「處容斷章 第
一部」는 이렇듯 의식의 고통과 무의식의 평온함이 자연 경관 속에서
교차되면서 시가 직조되고 있다. 이 때 직조는 우연에 의해 결합된다.
이 때 이미지는 주로 유년의 추억에 의존한다. 그것은 유년의 추억 속
에서 자유롭게 의식과 무의식이 조우하면서 펼쳐지는 세계다.105) 제시
되고 있다. 이러한 의식의 성장 과정의 아픔과 무의식 세계의 평온함

---

105) 「處容斷章 第 一部 I의 IV」의 '물새의 죽음과 울음소리'에서 죽음을, 「處容
　　斷章 第 一部 I의 V」의 '친구의 죽음과 아이들의 불쬐기'에서 외로움을, 「處容
　　斷章 第 一部 I의 VI」의 '자연 경관의 사물들'에서 초월하고 싶은 소망을, 「處
　　容斷章 第 一部 I의 X」의 '산새와 계집아이의 추억'에서 순수가 소멸하는 아
　　픔 등을 말하고 있으며, 또, 「處容斷章 第 一部 I의 XI」의 '다리 뽑힌 게', 「處
　　容斷章 第 一部 I의 X」의 '성탄절날 은종이 천사', 「處容斷章 第 一部 I의 XI
　　」과 「處容斷章 第 一部 I의 XII」의 '바다와 운동장의 풍경'에서는 슬픔을, 「處
　　容斷章 第 一部 I의 VIII」은 의식 성장 과정을 말하고 있다.

은 마지막 시에서 압축적으로 제시되고 있다.

봄은 가고
그득히 비어 있던 풀밭 위 여름
네잎 토끼풀 하나,
상수리나무 잎들의
바다가 조금씩 채우고 있었다.
느린 햇발의 땅거미가 지고 있었다.
탱자나무 울이 있었고
탱자나무 가시에 찔린

西녘 하늘이 내 옆구리에
아프디 아픈 새발톱의 피를 흘리고 있었다.
「處容斷章 第 一部 I의 13」 전문

　비어 있는 대지의 풀밭을 잎의 바다가 채운다. 숲의 이미지가 중심
을 이루고 있다. 하늘로 상승하려는 욕구도 없다 바다, 대지, 하늘에서
대지가 중심을 이루고 있는 것이다. 화자가 서 있는 실존적 상황을 받
아들이고, 거기서 살아가는 모습이다. 상승의 상징이었던 '새'의 발톱
이나 지상에 뿌리를 내린 '탱자가시'는 가까이 할수록 찔릴 수밖에 없
는 것들이다. 화자는 꿈을 꿀수록 피를 흘리는 실존적 자아의 숙명을
숙연하게 받아들이고 있는 것이다. 그러나 그의 육체는 숙연함만으로
세상을 살아가게 내버려 두지는 않는다. 끊임없이 밀려오는 무의식의
소리를 들어야만 한다. '잠'을 자지 않는 처용에게 잠의 목소리가 들
려오는 것이다. 김춘수는 「處容斷章 第 二部」는 이러한 잠의 목소리
를 듣고 있는 화자의 외침이다. 그것은 숙명을 벗어나려는 나약한 인
간의 외침으로 주술에 가깝다. 삶에서 실제로는 해소될 수 없는 갈등

을 심리적으로 해소하기 위한 몸부림이다.

> 울고 간 새와
> 울지 않은 새가
> 만나고 있다.
> 구름 어디선가 만나고 있다.
> 기쁜 노래를 부르던
> 눈물 한 방울,
> 모든 새의 혓바닥을 적시고 있다.
>
> 「處容斷章 第 二部 序詩」 전문

　우는 행위는 김춘수 시에서 삶의 소리다. 반면에 울지 않는 다는 것은 죽음이다. 이런 점에서 구름은 하늘과 땅이 화합하고 만나는 장으로 삶과 죽음이 만나는 순간이다. 따라서 '들리는 소리'의 세계는 시공간을 초월한 무시간적 공간이라 할 수 있다. 그곳은 실제적인 세계가 아니라 무한히 확장되는 세계로 논리적 질서가 무화된다. 이곳에서 눈물은 고통의 산물이지만, 논리적 질서가 무화된 세계에서 고통은 인간의 사유로 해소할 수 없는 고통이다. 눈물은 심리적인 것으로 심리적인 해소밖에 없는 것이다. 이 때 눈물이 새가 된다.[106] 새는 고통을 벗어나는 초월적 심상으로, 새의 혓바닥은 고통을 벗어나는 노래를 부르는 것이다. 그것은 무당의 주술처럼 의미와 논리를 넘어선 심리적 치료요법에 가까운 것이다. '돌려다오, 보여다오, 살려다오, 울어다오, 불러다오, 앉아다오, 울어 다오, 잊어다오'로 이어지는 주문은 굿판의 주술 그 자체다. 「處容斷章 第 二部 Ⅰ」에서 불, 하늘, 개미, 말똥, 女

---

106) 「눈물」은 시 전집 213쪽.

子, 男子, 별은 서로 상관관계가 없다. 흩어져 있는 것이다. 그러나 이 것들은 모두 잃어버린 것이다. 본래적인 시원의 모습을 상실하고 화자를 아프게 하는 것들이다. 무당의 세계관에서 볼 수 있는 논리다.

그러나 무당의 논리에만 그치지 않는다. 「處容斷章 第 二部 Ⅱ」에서는 김춘수적인 사변이 묻어난다. '구름의 발바닥', '풀의 발바닥', '별의 겨드랑이'를 보여 달라는 것은 사물의 본래적 모습에 대한 희구라 할 수 있다. 문명의 논리에 의해 사물을 재단하는 '도구적 세계관'을 거부하고 사물의 참모습을 보고 싶어 하는 강렬한 소망인 것이다. 그런데 화자가 언급한 세계는 무한히 확장되고 있다. 아주 사소하고 작은 '북치는 곰'에서부터 낯선 '사바다'까지, 혹은 봄, 여름, 가을, 겨울 혹은 여치에서부터 노을까지 시공간을 넘어서고 있다. 서로 상관관계가 없는 것들이 주문 속에서 거대한 우주를 구성하고 있는 것이다. 오직 주문의 리듬과 소리 속에서 온 세상이 하나가 되고 있는 것이다. 여기서 대표적인 한편을 살펴보면 주문의 성격을 짐작할 수 있을 것이다.

> 불러다오 멕시코는 어디 있는가,
> 사바다 사바다, 멕시코는 어디 있는가,
> 사바다의 누이는 어디 있는가,
> 말더듬이 一字無識 사바다는
> 사바다, 멕시코는 어디 있는가,
> 사바다의 누이는 어디 있는가,
> 불러 다오. 멕시코의 옥수수는 어디 있는가,
>
> 　　　　　　　　　「處容斷章 第 二部 Ⅴ」 전문

'멕시코'는 「處容斷章 第 二部」 가운데서도 제일 엉뚱한 말이다.

화자에게 부지불식간에 떠오른 낱말이다. 이 낱말에서 다시 '사바다'를 떠올렸고, 사바다에서 다시 '누이'를 떠올렸고, 이 낱말들이 다시 '옥수수'를 떠올리게 한 것이다. 무의식에서 의식으로 떠오르는 낱말들을 그대로 옮겨 적은 것이다. 이것은 언어의 놀이라 할 수 있다. 그러나 주목해야 할 점은 무의식의 세계를 의식의 세계로 끌어와 정착시키는 작업이란 것이다. 인간의 사유서로 장악할 수 없는 무의식의 세계를 세계 구성의 물질로 승격시키는 작업은 모든 논리를 무화시키고, 나아가 세계를 끝없이 확장시키는 일인 것이다.

5. 맺음말

이상에서 살펴보았듯이 김춘수는 세계를 불모지대로 보고 있으며, 이 불모지에서 지복한 세계를 그리워하고 있다. 그것은 역사적 현실 속에서 더욱 강화되면서 문명 전체를 반성하는 사고를 지니게 된다. 그는 문명 속에 던져진 고아로서 순수한 자아 회복을 시도한다. 이 과정에서 자아 내부의 갈등이었던 역사적 현실을 배척하고 일상 세계와 화해를 이룩하게 된다. 이러한 화해는 시적 실험에까지 이어져 기존의 세계를 해체하고 새로운 세계를 구축하려는 전략을 낳는다. 이미지를 비인과적인 방식으로 배치하여 상상력을 확대하고 일상의 세계를 정물 적 이미지로 환치하는 '무의미시'를 탄생시킨 것이다. 이 정물적 심상 은 이후 「處容斷章」에서 김춘수적인 새로운 우주를 탄생시킨다. 우선 심상은 유년의 이미지들로 모태 회귀 본능을 보여주고 있으며, 다음으로 창작방법에서는 자신의 다른 시의 구절을 차용하는 상호텍스트성을 보여준다. 이것은 세계가 가역적으로 발전하는 것이 아니라 우연적인 결합이라는 세계관과 관련된다. 이러한 세계관은 논리적 질서를 거부하는 태도로 무의식 속에 잠재된 이미지를 불러내는 주술적 언술로까지 발전한다. 주술적 언술은 시공간을 무화시키는 것으로 무의식의 세계를 의식의 세계로 끌어 올리는 작업으로서 현대시사에서 이상이후 보기 드문 실험의 극점을 보여주고 있다.

‖ 제2부 ‖
시 교육의 현실과 좌표

Ⅰ. 한국 문학 교육의 현황과 과제

1. 문학의 위기와 교육의 위기

오늘날을 문학의 위기라 한다. 시나 소설을 읽는 독자가 점점 줄고 있다. 이러한 현상은 비단 우리나라에서만 일어나는 것은 아니다. 오히려 우리보다 경제적으로 부유한 서구 구가나 일본에서는 더욱 심각한 수준이다. 일본 최고의 시인이 시집을 출판할 때 자비로 200부 정도 찍어낸다. 서구 역시 다를 바가 없다. 이에 비하면 우리나라는 예외적이다. 심심치 않게 시집이 베스트셀러가 될 정도며, 수많은 시집이 쏟아져 나오는 것을 보면 우리나라에는 문학이 아직도 살아 있는지 모른다.

그렇다고 하더라도 점점 전통적인 장르에 해당하는 문학 작품을 읽는 독자가 줄어들고 있는 것은 사실이다. 문학작품보다 흥미로운 문화가 넘쳐나고 있으며, 누구나 이 문화를 훨씬 손쉽게 접할 수 있기 때문이다. 이 문화는 이제 문학이 행하던 역할을 대체할 만한 수준에 이르고 있다. 이런 시대에 문학교육을 하는 것이 점점 버거워 지고 있다.

문학 교육이란 무엇이고, 왜 시켜야하며 어떻게 해야 하는 가라는 근본적인 질문에 스스로 답하기가 쉽지 않은 것이다. 실제로 중등학교에서 문학을 가르치는 많은 교사들이 이 문제에 답하지 못할 것이다. 이런 실정에서 중등학교 문학교육은 거의 전적으로 교육 인적 자원부의 교육과정에 의존하고 있다.

우리나라 교육 인적 자원부의 해설을 보면 중등 교육에서 문학은 "국어 문화의 한 분야인 언어 예술"[1]이다. 이 구절은 다시 두 가지 측면을 내포하고 있다. 문학교육은 독서, 화법, 작문 등과 연계한 국어 교육의 일환이자 문학 현상에 참여하도록 하는 예술교육의 일환으로 설정되어 있다. 그런데 이러한 교육 과정에서 문학교육은 타 예술이나 문화와 분리된 채 국어 교육 속에서의 문학교육으로 한정되고 있다. 교육부 지침에서 감상을 위해 타문화나 타예술을 활용을 제시하고 있지만 실제로는 단순히 타문화 체험을 통해 작품에 대한 학습자의 이해를 돕는다는 수준을 넘어서 타예술과 소통할 수 있는 예술원리나 문화적 현상과 예술의 형식이 맺은 관련을 전혀 고려하지 못하고 있다. 애초부터 문학의 예술이나 문화적 측면을 충분히 고려했다고 하기가 어렵다.

사회에서는 문학은 타 예술이나 문화와 경쟁관계에 있는데 이런 경쟁 관계에 대한 고려가 미흡한 만큼 교육 인적 자원부의 지침을 토대로 문학교육을 할 때 어려움이 예견된 것이다. 그렇다고 문학과 문화의 관계를 전적으로 배제한 것은 아니다. 오늘날 사회 변화 속에서 '지성과 감성이 겸비된 창의적인 인간'을 양성하려는 목적에 따라 이전의 문학교육의 문제를 개선하고자 하였다. 7차 교육과정은 이전과 달리 학습자의 중심의 창의적 교육을 설정하고 있다.

---

1) 교육 인적 자원부, 『고등학교 교육과정 해설2 국어(교육부 고시 1997-15호)』, 2001. 5쪽.

문학의 수용과 창작활동 통하여 문학능력을 길러, 자아를 실현하고
문학 문화 발전에 능동적으로 참여하는 바람직한 인간을 기른다.[2]

이러한 문학 교육의 목표는 구체적인 교수·학습 방법으로 교사와
학습자가 자율적으로 다양한 작품을 주체적으로 수용하고, 학습자의
수준에 따른 다양한 창작활동을 수행할 것을 요구하고 있다. 그러나
교육 현장에서 교사와 학습자의 자율성이 실현되기에는 여러 가지 제
약이 따른다.

첫째, 교육 인적 자원부가 제시하고 있는 문학 작품의 양과 수준이
각 단계의 학습자에게 적합한가라는 문제다.[3] 제시된 작품의 양이 많
을수록 학습량이 정해지므로 자율성이 축소되기 마련이며, 각 학년의
전반적인 교육 수준에 맞지 않는 작품도 적지 않다. 특히 교과서에 제
시된 작품은 문학적 완성도가 높은 전범들 위주여서 학습자가 문학
작품에 접근하는 것을 부담스럽게 하고 있다. 학습 당사자들 수준의
미숙한 문학 작품들이 학습자의 자율적인 참여를 통한 자기 발전에
대한 심리적 계기를 이룰 수 있다는 것을 놓치고 있는 것이다.

둘째, 현재 시행되고 있는 수학능력입시 시험에 따른 입시교육의 압
력은 교사, 학습자 모두에게 작품에 대한 감상과 창작 활동을 수행할
시간을 허락하지 않는다. 국가가 주관하는 시험이 대학 진학에 지대한
영향을 미치는 현 입시제도에서 자율적이고 창의적인 문학 교육을 진
행하는 것은 거의 불가능하다.

---

2) 위의 책. 303쪽.

3) 한 예로 고등학교에서 제시된 소설은 90여 편이나 된다. 3년 사이에 이 작품을
깊게 감상하는 것은 거의 불가능해 보인다.(이경영, "하이퍼 텍스트(Hyper text)를
이용한 소설 교수-학습 방법 연구", 『교육과정평가연구』 제4권 1호, 교육과정
평가원, 56쪽.)

셋째, 문학과 경쟁관계에 있는 문화, 예술과의 상호관계를 고려가 적어 학습자의 삶의 체험과 연계된 교육성과의 내면화가 쉽지 않다. 문학 교육을 국어 교육의 범주에서만 바라보았기 때문에 오늘날 중등 학교 학생들의 타 장르 문화 체험과 문학작품을 연계할 교수 방법이 거의 전무한 지경이다. 물론 여기에는 고전문학의 교육에 대한 고민을 무시할 수가 없다. 국어교육은 한국문화에 대한 교육을 배제할 수 없기 때문이다. 고전문학 작품의 다양한 장르에 대한 이해는 체험과 달리 지식 위주의 교육이 상대적으로 우위가 될 소지가 있다. 그렇다하더라도 고전문학 작품 역시 당대의 문화, 예술과 연계성이 떨어져 그 작품을 감상할 토대 마련이 미흡한 실정이다.

넷째, 교사가 자율적으로 문학 작품을 감상하고 창작하는 활동을 수행할 능력을 충분히 훈련 받았느냐는 문제다. 감상 교육은 어느 정도 가능할지 모르지만 창작 교육에 대해서는 훈련받은 경험이 없는 교사가 태반이다. 그렇다고 교사가 학교 밖의 역량을 활용할 방안을 스스로 마련하기도 쉽지 않다.

2. 작품 수용교육의 독자성 필요

7차 교육 과정에서 구체적인 교수방법 중에는 "문학 작품의 수용활동은 강의, 강독에 치우치지 말고 학습자의 발표, 토의, 토론, 협동학습, 현장학습, 감상문 비평문 쓰기 등 다양한 방식을 적절히 활용하여 지도한다."[4]는 항목이 있다. 이 방법은 문학 교육의 이상적인 방법이라 할 수 있다. 그러나 이러한 문학교육 방법은 한 작품을 교육하는

---

4) 교육인적자원부, 앞의 책. 323쪽.

데 상당한 시간을 필요로 한다. 교사와 학습자가 진행하는 시간뿐만 아니라 학습자나 교사에게 적지 않은 시간을 요구한다. 뿐만 아니라 제시된 문학 작품이 학습자의 주체적 참여를 높일 수 있는 작품이냐 는 것도 문제가 된다.

고등학교 국어교과서(상)에 실린 정지용의 「유리창」이란 시는 고등 학교 1학년에게 너무 어렵다. 이 시에서 비유적 표현을 비롯한 언어의 아름다움을 고등학교 1학년 학생이 스스로 느끼기에는 벅차다. 실제로 이 작품은 이전의 문학 연구가나 평론가들에 의해 집적된 지식이 주 로 전달되고 있다. 「유리창」의 시적인 함축성으로 '차갑게 식히는 것, 차단되는 것, 바라보는 것, 비춰보는 것' 등의 속성을 학습자가 스스로 찾아내도록 유도하는 학습활동의 지침이 없다. 학습자 수준에서 작품 을 수용하는 것을 충분히 고려하고 있지 않은 것이다.

이것은 문학교육에 대한 교육 인적 자원부의 목표 설정과 관련되어 보인다. '노래의 아름다움'이란 단원에 「가고파」, 「청산별곡」, 「어부사 시사」, 「진달래꽃」, 「유리창」, 「광야」를 수록한 것은 국문학사를 고려 한 작품 선택이 작용하였다는 것을 알 수 있다. 물론 시에 대한 이해 를 전제로 한 작품 선택이 전적으로 배제 된 것이라는 말은 아니다. 학습활동의 과제를 보면 '형상성, 음악성, 함축성'이 무엇인지 말할 수 있도록 하고자 한 교육 목표를 알 수 있다.

그러나 여기에는 문학교육에 대한 절충적인 태도가 엿보인다. 국문 학사적 고려를 통한 국어교육과 시의 이해를 통한 예술교육을 절충한 것이다. 「청산별곡」과 「어부사시사」를 옛 표기로 기재한 것을 보면, 학습자가 옛 언어를 현대 언어로 이해하는 것이 더 급선무가 되고 있 다. 옛 국어의 이해를 통한 국어 교육이 문학의 이해를 어렵게 만든 것이다. 더구나 「어부사시사」의 이해를 위해 제시된 보길도의 사진은 작품 이해의 실마리와 무관해 보인다. 학습활동과제로 제시된 '화자의 삶의 태도가' 이 시를 감상하는 데 핵심이라면 옛 그림인 이명욱의 「어초문답도」가 훨씬 적절해 보인다. 이 그림이 어부 생활의 홍취를 훨씬 더 드러내기 때문이다.'

이처럼 문학교육을 국어교육의 하위로 설정할 때 학습자는 문학의 수용에 집중하기 어렵다. 문학 교육 과정 속에 국어 교육이 이루어질 수는 있다. 학습자가 자신의 느낌을 표현하고, 그 표현을 다듬는 과정은 분명 국어 교육의 일환이 될 수 있기 때문이다. 앞에서 지적했듯이 고전 시가를 옛 표기로 읽게 하는 것은 '훈민정음'의 교육을 통해 수행할 수 있다. 우리 문화인 '한글'의 제자 원리의 이해는 우리 문화에 대한 이해를 깊게 하며, 우리글의 체계를 이해하는 데도 도움이 된다. 고전 시가의 문학적 수용은 이러한 교육과 분리되어야 문학 작품의 수용이 훨씬 용이하다. 그러므로 문학 교육은 독자적으로 문학 작품을 수용하도록 하는 데 집중되어야 한다.

3. 학습자의 문화 체험의 고려 필요

오늘날 학습자의 문화 체험은 영상문화 체험이 중심을 이룬다. 컴퓨터 게임, 애니메이션, 광고 등은 일상적인 경험이 되어 있다. 인간의 정신적, 심리적 활동을 표현하는 방식이 문자 언어 이외의 매체에서도 수행되고 있는 것이다. 새로운 영상 문화는 인간의 삶과 꿈을 반영하는 데 손색이 없다. 학생들은 이미 새로운 문화에 매력을 느끼고 있으며, 자신의 생각과 감정을 새로운 문화를 통해 표출하고 있다. 그런데 현재 문학교육은 이 시대에 학생들이 왜 문학을 공부해야 하는 가를 설득하고 있다고 장담하기 어렵다.

영상 시대 문학 교육은 영상문화와 문학의 상관관계를 이해시킬 필요가 있다. 문자 언어와 달리 영상은 공간적인 커뮤니케이션이 진행된다. 한 장면에서 여러 가지 이미지와 메시지를 동시에 전달하기 때문이다. 반면에 문학은 문자 언어로서 읽어나가는 시간을 요구한다. 문학의 이러한 속성은 속도의 시대에 살고 있는 세대에게는 불편하게 느껴지기도 한다. 그러나 이러한 차이가 문학의 종말을 의미하는 것인지 아닌지를 설명할 수 있어야 한다.

여기서 문학 작품의 감상을 넘어선 문학적 지식 교육의 필요성이 제기된다. 그러나 우리의 문학 교육에서 문학적 지식은 아직도 문학 작품을 감상하는 데 길잡이로서만 제시되어 있다. 그렇다고 문학에 관한 지식이 작품 감상에 무익하다는 말은 아니다. 시나 소설이 언어의 구조물이라는 점에서 그 구조의 원리에 대해 이해하는 것은 작품을 이해하는 데 도움이 되는 것은 부정할 수 없다. 하지만 현실적으로 문학에 대한 지식이 오히려 작품을 주체적으로 감상하고 창작하는 데 도움이 되고 있지 못하다.

지금까지 중등학교에서 제시된 문학에 관한 지식이 왜 이런 사태를 유발했는지를 반성할 필요가 있다. 우선 입시 위주의 문학 교육을 들 수 있다. 대학 입시에 중대한 영향을 미치는 수학능력 시험 문제 가운데 문학의 자율성과 창의성을 살려보려는 의도로 출제된 문제를 보자. 아래 문제는 2003년 언어영역 수학능력 시험 홀수형문제 7번이다.

7. <보기>의 전개 과정에 따라 시를 완성하려고 한다. 가장 적절
   한 것은?

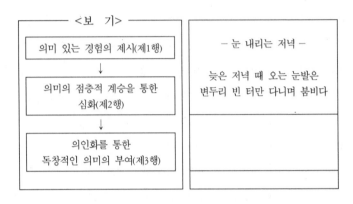

① 늦은 저녁, 내리는 눈발은 집으로 가는 사람들 등 뒤에만 붐비다
   가난한 사람들의 마을을 감싸는 저 따뜻한 손길
② 으스름 저녁, 눈 내리는 공터에 작은 나비들만 나풀거리다
   발끝에 어리는 전학 간 친구 얼굴
③ 으스름 저녁, 인적 없는 운동장에 지친 바람만 서성이다
   늦은 하굣길 기다리다 어루만지는 엄마의 마음
④ 늦은 저녁 때 동네 골목 어귀로 흘러가는 작은 걸음
   저만치 앞서 걸어가는 내 초라한 그림자
⑤ 물결치는 어깨 위로 소복이 내리는 달빛
   그 곁으로 문득 다가와 손 내미는, 내 손 시린 사랑

   위 문제가 묻는 것은 '점층적 표현'과 '의인화'라는 것이 핵심이다.
이런 기준에 따르면 ③이 정답이다. 그러나 이것은 문학적 감성의 측
면에서 보자면 당혹스럽다. 나머지도 다 시적인 감흥을 불러일으킨다.
그러므로 위 문제는 문학교육의 학습목표인 '문학의 수용과 창작활동
을 통한 문학능력을 기른다.'는 것의 관점에 위배된다. 문학을 통한 감
수성과 상상력의 증대와 무관한 지식을 측정하고 있다. 이런 실정에서

교사에게 문학교육의 목표대로 가르치라는 것은 어불성설이다. 이런 점에서 교육현장에서는 지식 위주의 교육이 자리를 잡는 것은 어쩔 수 없는지 모른다.

『고등학교 국어 (상)』에 실린 김소월의 「진달래꽃」 한국 현대시에서 전범이다. 교과서에 따르면 이 작품의 학습 목표 가운데 하나는 언어의 아름다움과 유기적 조직에 대한 이해다. 그러나 실제 작품 수용에서 학습자가 주체적인 참여를 이끌어내기 쉽지 않다. 이미 시에 대한 문학적 지식이 상당히 축적된 학생들은 자신의 느낌에 대해서 이야기하기보다는 지식에 근거해서 언어의 음악성과 유기적 조직을 말하기 십상이다. '7.5조, 민요조, 이별의 정한'은 거의 즉각적으로 나온다. 이러한 지식이 작품에 대한 느낌을 내면화하는 것과는 거리가 먼 것은 자명하다.

문학 교육의 실제에서는 문학에 관한 지식을 최소화 하여 학습자가 스스로 감상에 참여하도록 하는 것이 훨씬 더 효과적이다. 이 때 작품은 전범보다는 학습자의 삶과 밀접하고 쉽게 감상할 수 있는 시로부터 출발하는 것이 바람직하다. 그런데도 현실에서는 문학적 완성도가 높은 작품을 문학에 관한 지식을 동원해 꼼꼼하게 읽어내는 교육을 요구하고 있다. 이러한 요구는 학생들에게 전문적인 문학비평을 요구하는 것이나 다름없다. 아래 문제는 2003년 언어영역 대학수학능력시험 홀수형문제 53번을 살펴보자.

  53. 윗글의 서사적인 특징으로 보기 어려운 것은?
    ① 사건의 관찰과 서술 사이에 시간적 간격을 두었다.
    ② 사건에 대한 정보 전달자를 장면별로 다르게 설정하고 있다.
    ③ 초점이 되는 인물을 형상화하는 방법으로 묘사를 도입하고

있다.

④ 공간적 배경의 속성이 사건의 의미와 밀접하게 연관되어 있
다.

⑤ 사건이 전개됨에 따라 대상의 특성이 드러나는 서술 방식을
취하고 있다.

위 문제는 서사에 대한 지식을 묻는 문제다. 이 문제의 답항을 보면
거의 전문적인 지식을 펼치고 있다. 문학교육이 모든 학생을 전문적인
학자나 비평가를 만드는 것이 목표가 아닐 것인데 지나치게 전문적이
다. 위 항목들이 고등학생이 이문구의 「관촌수필」을 감상하고 내면화
하는 데 꼭 필요한 지식인가 의문이 든다. 이러한 지식 위주의 입시
경향은 교사나 학습자 모두에게 문학을 스스로 체험하고 창작하는 데
엄두를 못 내게 한다.

이제는 시대에 맞게, 영상문화와 문학의 상관관계를 이해할 수 있는
지식이 더 필요해 보인다. 학생들이 익숙한 영상문화의 창작 원리 이
면에 깔린 문학적 원리와 문학적 유산을 이해시키는 것이 학습자를
주체적이고 창의적인 참여로 이끌 수 있기 때문이다. 그러나 이에 대
한 연구는 아직은 초보적인 단계에 머물러 있는 실정이다. 두 문화의
상관관계를 창작 원리에 관한 지식으로 설명하지 못하고 단순히 문학
학습에 영상 자료를 보충으로 활용하는 수준이거나 영상문화에 치우
쳐 문학에 대한 이해를 놓치는 경우가 대부분이다.

여기서는 다만 앞으로의 과제를 광고를 예로 들어 시론적으로 제시
해 볼 수는 있겠다. 시는 말을 압축하거나 생략하면서 정서와 의미를
전달한다. 이렇듯 하나의 이미지가 모든 의미를 함축하는 경우는 광고
에서도 흔히 사용하는 방법이다. 남성복 선전에 미녀의 눈길만을 제시
하고 '비지니스 정장'이란 멘트를 단 광고에서 '미녀의 눈길'은 '아름

다운 미녀도 반할 정도로 멋진 양복'이라는 의미를 만들어 낸다. 여기에는 시에서 의미를 다 말하지 않고 시치미를 떼는 것(압축)도 활용 되고 있다. 의미를 직접 말하지 않고 의미를 전달하는 시의 한 특징을 그대로 활용하고 있는 것이다. 압축과 생략이라는 시의 원리가 영상에도 구현되고 있는 것이다. 이와 같이 문학과 영상문화의 상관관계를 이해시키는 지식이 축적된다면 학습자의 생활과 문학의 친밀도가 높아져 문학에 대한 주체적 이해를 높일 수 있으며, 문학을 바탕으로 한 영상 문화의 이해를 높일 수 있을 것이다.

4. 창작교육의 확대 필요

7차 교육과정의 교수방법에는 "작품의 창작활동은 처음부터 높은 수준을 요구하지 말고 학습자의 요구에 따라 개작, 모작, 생활 서정의 표현과 서사문 쓰기 등의 단계를 거치되, 자신의 삶과 밀접하게 연관지어 지도한다. 특히, 모든 학습자에게 전문적인 문예 작품 창작활동을 지나치게 강조하지 않는다."[5)는 지침이 있다. 이전에 학습자가 문학 활동에 수동적으로 참여하는 것을 개선하려는 교육과정의 설정이다. 뿐만 아니라 창작활동을 통해 문학을 왜 배우는가를 스스로 깨닫게 하기 위한 목표가 들어 있다고 할 수 있다. 실제 중학교 학생들의 창작 교육 수업의 효과를 보고한 글에서 이런 효과를 확인할 수 있다.

(…전략…) 국어 공책의 제목을 창의적으로 붙이라는 말씀에 '국어 수업은 뭔가 다르겠구나'하고 나는 생각했다. 그런데 국어수업은 나

---

5) 위와 같은 쪽.

의 예상을 뛰어넘어서 너무 재미있게 하는 것이었다. 한마디로 very good!이었다. 이런 국어 수업 중에서 가장 기억에 남는 것은 시를 짓는 일이었다. 왜냐하면 국어 선생님 덕분에 <u>시를 자기 인생에 비유하여 쓰는 것이라는 걸 깨달았기 때문이다.</u> 여러 번 고치는 과정을 거쳐서 나는 시를 잘 쓴 것 같다.(…후략…) (97.2－2 박시진)6)

김은형 선생의 시 창작 수업 보고 가운데 시 창작 과정을 통해 자신의 삶을 건강하게 이끌어가는 문학적 체험뿐만 아니라 국어교육의 효과까지를 본 예도 찾을 수 있다.

나

원형중

나는 맨날 걸린다./ 나도 외걸리는지 모르겠다.//
수학시간, 사회시간/ 국어시간, 물상시간,//
이처럼 만은 시간에 걸린다.//
나는 공부와 인연이 없나본다./ 공부를 안했으면 좋겠다.<처음 글>

나

나는 수업시간이면 맨날 선생님께 걸린다.

수학 시간에 걸려서 허벅지를 맞는다.
사회 시간에는 공부가 하기 싫어 꾸지람을 듣고
물상 시간에는 교실 박으로 쫓겨 나간다.
영어 시간에는 걸려서 손바닥을 맞는다.

6) 김은형, "나의 시 수업－중학교 2학년을 중심으로", 『문학교육의 새로운 구도와 실천』, 한국문학교육학회, 태학사, 2000. 75쪽.

국사 선생님은 말로 혼내고
국어 선생님은 눈치를 준다.
나는 공부와 인연이 없나보다.
공부를 안했으면 좋겠다.

나는 기계 일이 배우고 싶다.
나는 기계 일을 배우면 잘할 수 있을 것 같다.

나는 기술자가 되겠다.[7] (6차 지도 후 글)

학생이 처음 쓴 글이다. 이 학생에 대한 지도과정에서 현재의 사태
가 빚어진 구체적인 이유와 상황, 공부 이외의 인연은 무엇인가를 유
도해 내고, 그 다음으로 자신이 하고 싶은 일을 열심히 하는 미래에
대한 상상을 하도록 유도하고 있다. 그리고 마지막으로 맞춤법 띄어쓰
기를 지도하고 있다. 이 과정은 창작교육을 진행한 후에 국어교육을
수행하고 있다. 교육 인적 자원부의 문학창작교육 목표가 이루어진 표
본이라 할 수 있다. 그러나 이러한 창작지도교육을 모든 교사가 수행
할 수 있을까 의문이 든다. 학습자를 창작과정으로 이끌고 지도하는
과정에는 많은 시간이 요구되고 있어 한 선생의 개인적인 희생을 전
제로 해야 할 것 같다. 교사가 가르치는 학생 수가 적지 않은 현실에
서 개인별로 창작과정을 지도하는 것이 쉬운 일이 아닐 것이다.

그렇다 하더라도 이러한 문학 창작교육은 학습자에게 문학에 대한
흥미를 유발하고 있으며 인성과 창의성을 고양시키는 교육적 효과가
크다는 사실은 주목할 만하다. 그런데 이러한 문학 창작교육의 프로그
램은 거의 교사의 자율성에 맡겨져 있다는 것이 문제다. 입시교육은

---

7) 위의 책. 87, 89쪽.

정부가 주관하지만 창작교육은 지침조차 거의 무에 가깝다. 물론 문학의 창작이 다양한 개인의 정신적·심리적인 영역이어서 일정한 틀로 담아낼 수 없기 때문일 수도 있다. 그러나 문제는 학습자 수준에 따른 창작교육을 지도할 프로그램이 없다는 것이다.

김은형 선생의 창작교육 수업이 진행된 후에 학습자를 더 상승시킬 문학 창작교육 프로그램은 어떻게 만들 것인가. 전적으로 교사에게 맡겨져 있는 실정이다. 여기서 문학교사의 교육 필요성과 창작 교육의 프로그램의 다양화가 제기된다. 문학교사 스스로 창작에 대한 체험이 없는 경우는 창작교육 지도가 만만치 않을 것이다. 따라서 교육 인적자원부가 요구하는 창작교육을 위해서는 이에 준하는 지도 프로그램의 계발과 문학교사의 교육은 필수적이다.

5. 맺음말

지금까지 한국 문학 교육의 현황과 과제를 소략하게나마 살펴보았다. 해방 후 문학 교육의 변천사를 보면 '한국 문학교육'은 단순한 언어 교육 수준에서 출발 해 정치적인 이데올로기에 왜곡되는 경우도 있었으나 문학을 감성적으로 체득하고 이를 바탕으로 창의적인 일을 수행하는 동력으로 상승시키려는 것은 놀라운 변화다. 그러나 문학교육은 아직도 학습자의 주체적 참여를 충분히 수행하고 있지 못하다. 그것은 아직까지 문학지식 위주의 입시가 빚어낸 압력에서 벗어나지 못했기 때문이다. 뿐만 아니라 그것은 문학교육을 국어교육의 하위 범주로 설정하고 있어 문학 교육을 타 예술이나 문화와 소통할 수 있는 예술 교육으로 자리매김 하고 있지 못한 데서도 연유한다. 따라서 문

학 교육을 예술문화 교육으로서 위상을 정립하고, 그 교육 프로그램을
계발해야 할 것이다.

Ⅱ. 시 교육과 평가의 상호 연관성

1. 7차 교육과정과 시 교육의 현실

시 교육은 근본적으로 검사 측정이 어렵다. 논리적으로 구조화된 지식은 측정이 가능하지만 시는 논리적으로 구조화될 수 없는 영역을 포함하고 있기 때문이다. 이러한 어려움에 대해 최미숙은 다음과 같이 지적하고 있다. '첫째, 동일한 작품을 감상할 때도 학습자 개별에 따라 반응이 다양하다. 둘째, 미리 정해진 답이 없는 만큼 특정 반응에 도달하는 과정을 표준화하기가 어렵다. 셋째, 학습자 개별적인 주체성에 근거한 정서적 반응을 위계화 하여 평가하기가 어렵다. 넷째, 성취 기준에 도달 정도를 측정하기 어렵다.'[8] 그럼에도 시 교육은 평가 작업을 진행할 수밖에 없다. 특히 우리 사회 전반의 시 교육에서 핵심적인 작용을 하고 있는 중·고등학교 시 교육은 대학입시와 밀접한 관련을 맺고 있다. 그 대표적인 평가 방식이 수학능력시험이다. 이런 점에서 수학능력시험은 시 교육의 평가 방법일 뿐만 아니라 시 교육의 방향

---

8) 최미숙, "문학교육에서의 평가 연구", 『국어 교육학 연구』11집, 2002. 265～266쪽.

을 보여준다. 따라서 수학능력시험 문제를 분석하면 오늘날 시 교육의
방향과 현실을 살필 수 있을 것이다.

　그러나 시 교육의 현실을 살피기 위해서는 우선 고등학교 문학교육
의 방향을 규정한 교육인적자원부의 지침과 문학교과서를 살필 필요
가 있다. 7차 교육 과정의 문학교육에 관한 해설서에 의하면, 문학 작
품은 내용, 형식, 표현의 유기적 구조라는 것을 전제하고 있다. 문학
작품에 대한 이러한 인식은 정의적 영역의 교육 방법을 택하고 있다.
문학 교육은 Krathwohl이 설정한 정의적 영역의 교육 과정을 수용한
것으로 보인다. Krathwohl은 정의를 얼마나 내면화하느냐에 따라 '수용
→ 반응 → 가치화 → 조직화 → 인격화'의 단계를 설정하고 있다. '수용
은 사태나 현상에 대한 감지와 주의집중이고, 반응은 학습자가 자발적
으로 참여하여 느끼는 만족감과 정서적 반응이며, 가치화는 대상이나
활동에 대한 태도와 확신을, 조직화는 여러 가치를 비교하여 연관시키
거나 통합시키는 것을, 인격화는 행동이나 생활 기준으로 가치관이 지
속적으로 자리 잡는 것을 말한다.'9) 이러한 교육 과정은 인식론에서는
객관적인 지식이나 정보는 존재하지 않으며 개별 학습자가 정보나 지
식을 자기 나름대로 이해하고 재구성한다는 구성주의 인지심리학을
바탕에 두고 있으며, 문학론에서는 수용자에 의해서 개별 작품이 형성
된다는 수용미학에 바탕을 두고 있다.

　7차 문학교육은 학습자가 주체로 작품을 감상하고, 이를 바탕으로
정서와 인식을 스스로 내면화 하는 것을 교육목표의 하나로 설정한
것이다. 학습자가 작품을 비판적이고 창의적으로 수용하고 반응하도록
수행활동을 강화하고 창작활동을 도입한 것이 그 예라 할 수 있다.

---

9) 강승호 외 4인 공저, 『현대 교육평가의 이론과 실제』, 개정판, 양서원, 1999. 146
　~149쪽.

문학의 수용과 창작활동을 통하여 문학능력을 길러, 자아를 실현하고 문학 문화 발전에 능동적으로 참여하는 바람직한 인간을 기른다.

　가. 문학 활동의 기본 원리와 문학에 대한 체계적인 지식을 이해한다.

　나. 작품의 수용과 창작 활동을 함으로써 문학적 감수성과 상상력을 기른다.

　다. 문학을 통하여 자아를 실현하고 세계를 이해하며, 문학의 가치를 자신의 삶으로 통합하려는 태도를 기른다.

　라. 문학의 가치와 전통을 이해하고 문학 활동에 능동적으로 참여하여 문학문화발전에 기여하려는 태도를 지닌다.[10]

　위 교육목표는 문학 교과서의 내용체계에 충분히 반영되었다고 할 수가 없다. 첫째, 전범 중심의 작품 선정에서 벗어나지 못했다. 창작활동에서 몇몇 학생작품을 제시하고 있지만 전범 읽기에 비하면 그 수는 미미하다. 둘째, 작품의 선정 기준과 내용체계가 지식의 이해, 장르의 이해, 문학사적 체계의 이해라는 고전적 틀로부터 자유롭지 못하다.[11] 7차 교육과정에서 고등학교 문학교과서는 텍스트 읽기 중심의 교육과 활동 중심의 교육을 절충하고 있다. 그 한 예를 살펴보면 다음과 같다.

　　'문학의 수용과 창작'에 관한 내용은 대다수의 교과서가 '문학의 갈래'와 통합하여 제시하고 있다. '서정/서사/교술/극 문학의 수용과 창작'으로 제시하는 방식이다. 이러한 방식은 사실상 갈래론에 수용

---

10) 교육인적자원부, 『고등학교 교육과정 해설 2 국어(교육부 고시 1997 - 15호)』, 대한교과서주식회사, 2001. 303쪽.

11) 교육인적자원부가 제시한 내용의 체계를 보면 문학의 본질을 이해시키기 위해 문학의 특성, 문학의 갈래, 문학의 특질, 문학의 사적 전개가 중요시 되고 있다.

-창작 활동을 덧붙인 것으로서, 텍스트 중심의 전통적인 문학교육
관을 계승한 것이다. 교육과정에서 '원리 이해→수용→창조적 재구
성→창작'으로 체계화한 의도는 텍스트 중심의 문학교육에 활동과
정 중심의 문학교육을 통합하고자 한 것인데, 갈래를 바탕으로 한 접
근은 그러한 의도를 살리는 데 한계가 있다.12)

그렇다하더라도 7차 교육과정에서 강조한 수용과 창작활동은 수행
평가 방식으로 행해지고 있다.13) 여러 사례들이 교육대학원 논문이나
연구보고서 형식으로 다양하게 보고 되고 있다. 하지만 이러한 사례는
대개 교육평가원의 수행평가에 대한 연구나 지침에 따라 형성된 것이
다. 한국교육과정평가원인 최미숙의 연구를 살펴보자.

첫째, 학습자의 능동적이고 주체적인 문학 감상능력을 평가하고자
반응을 다양하게 유형화하여 경우수를 늘이는 방식이다.14) 둘째, 문학
작품을 통해 얻은 감동을 내면화한 정도를 평가하고자 특정 종류의
반응을 유도한 후 평가하는 방식이다.15) 셋째, 문학에 대한 태도를 측

12) 김창원, "문학교과서 개발에 대한 비판적 점검", 『문학교육학』 11호, 2003. 62
쪽.
13) 수행평가는 수시평가로 학생들에게 다가오고 있다. 심지어 수행평가 전문학원
이 생길 정도로 변질되고 있다. 그러나 이것은 문학교육의 외적인 문제로 여기
서 논의 대상은 아니므로 이 글에서는 주로 문학교육의 내적인 문제만을 논의
할 것이다.
14) 서정주의 「귀촉도」를 읽고 다음의 과제를 제시하고 있다. 【서술형 문항】 이
시의 '새'와 시적 화자의 관계가 구체적으로 드러나도록 글자 수 15자 내외로
쓰시오. [6점] 다음에 반응의 경우수를 유형화한 답안과 채점 기준을 제시하고
있다. 【모범답안】 1) 새와 시적 화자의 정서를 동일시하는 경우의 4항목, 2) 새
를 시적 화자가 사랑한 임의 표상으로 보는 경우의 2항목, 3) 시적 화자와 임
을 연결해주는 매개로 보는 경우의 3항목. 【채점기준】 상(6점): 모범답안 ①-
⑨ 중에서 하나를 쓴 경우, 중(4점): 새와 시적 화자의 관계는 드러나지 않지만
의미는 적절한(통하는) 경우, 하(2점): '시적 화자'와 '시인'을 혼동하여 서술한
경우.(최미숙, 앞의 논문. 268~269쪽.)

정하기 위해 몇 개의 항목을 중심으로 학생들의 반응을 시기적, 공간 적으로 열어놓아 포트폴리오를 구성하도록 하는 평가 방식이다. 넷째, 다양하고 자유로운 반응을 유도하는 비평적 글쓰기 방식이다. 다섯째, 반응과정을 상세한 항목으로 설정하여 반응과정 중심으로 평가하는 방식이다.

그러나 이러한 수행평가 방식은 모두 고비용의 평가 방법이다.16) 또 한 개별 교사가 작품마다 과제를 설정하고 프로그램을 구성하고, 평가 항목을 유형화한다면 교사의 주관에 따라 차이가 날 수 있어 타당성 도 편파적일 수 있다. 여기서 문학교육의 평가가 객관적 타당성을 갖 출 수 있는가를 묻지 않을 수 없다. 이런 점에서 대학수학능력시험문 제는 문학 평가를 나름대로 종합적이고 객관적으로 수행하고자 한 성 과물이라 할 수 있다. 따라서 여기서는 대학수학능력시험문제와 교과 서의 교과과정을 비교함으로써 시 교육의 방향과 방법을 모색하고자 한다.

---

15) 한용운의 「님의 침묵」을 제시하고 【문항】 다음 시에 나타난 만남과 헤어짐의 의미에 대하여 자신의 견해를 자유로운 형식으로 쓰되, 평소에 읽은 다른 예술 작품과 관련지어 쓰시오. 【유의사항】 ○만남과 헤어짐에 관한 시인의 인식 태 도를 파악하여 그에 대한 자신의 평가 관점이 드러나게 서술한다.(50%) ○관련 작품의 예를 적절히 제시하여 서술한다.(50%). (최미숙, 앞의 논문. 271~272쪽.) 【채점기준】은 상(2), 중(1), 하(0)인데 시인의 현실인식 태도를 바르게 제시하고 자신의 평가가 타당하고 설득력이 있는 정도에 따라 구분되고 있다.
16) 문학교육의 외적인 문제에서 보면, 현실적으로 교사의 부담이 너무 많다. 학 생수와 교사수의 비례와 교사의 업무를 고려하면 이러한 평가는 쉽지 않다.

2. 수용자 중심의 시 교육과 평가

교육인적자원부는 문학교육의 목표를 '문학의 수용과 창작활동을 통하여 문학능력을 길러, 자아를 실현하고 문학 문화 발전에 능동적으로 참여하는 바람직한 인간을 기른다.'로 제시하고, 그 세부 항목으로 문학에 관한 지식, 문학 수행능력, 문학에 관한 태도를 제시하고 있다. 그러나 문학에 관한 지식은 측정하기가 쉬우나 문학 수행능력과 문학에 관한 태도는 객관적으로 측정하기가 쉽지 않다. 그럼에도 불구하고 수학능력시험 문제는 수용자의 다양한 반응을 측정하고자 하였다.

대학수학능력시험 2002년도 14번 문제를 살펴보겠다. 신경림의 「가난한 사랑의 노래」에 부제를 붙여서 문제를 출제하였다.

가난한 사랑 노래
  ─ 이웃의 한 젊은이를 위하여
                    신경림

가난하다고 해서 외로움을 모르겠는가,
너와 헤어져 돌아오는
눈 쌓인 골목길에 새파랗게 달빛이 쏟아지는데.
가난하다고 해서 두려움이 없겠는가,
두 점을 치는 소리,
방범대원의 호각 소리, 메밀묵 사려 소리에
눈을 뜨면 멀리 육중한 기계 굴러가는 소리.
가난하다고 해서 그리움을 버렸겠는가,
어머님 보고 싶소 수없이 뇌어 보지만,
집 뒤 감나무에 까치밥으로 하나 남았을
새빨간 감 바람소리도 그려 보지만.

가난하다고 해서 사랑을 모르겠는가,
내 볼에 와 닿던 네 입술의 뜨거움,
사랑한다고 사랑한다고 속삭이던 네 숨결,
돌아서는 내 등 뒤에 터지던 네 울음.
가난하다고 해서 왜 모르겠는가,
가난하기 때문에 이것들을
이 모든 것들을 버려야 한다는 것을.

14. 부제(副題)를 붙여 얻게 되는 효과를 염두에 두고, ㈎를 <보
기>의 각 요소에 관련지어 설명했다. 적절하지 <u>않은</u> 것은?

<보 기>

<시의 소통 구조>

① ⓐ : 주변에서 흔히 볼 수 있는 가난한 사람들의 삶을 반영해 현
실성을 높여 준다.

② ⓑ : 시인과 화자를 분리하여, 시 내용이 시인 자신의 생각과 거
리가 있음을 드러낸다.

③ ⓒ : 도시에서 힘들게 살아가지만 인간미를 잃지 않고 있음을 알
수 있게 한다.

④ ⓓ : '너'를 구체적인 청자로 한정하고 있지만, 전체적으로는 화
자의 독백이라는 느낌을 준다.

⑤ ⓔ : 그 동안 이웃의 가난한 사람들에게 무관심하지 않았는가 하
는 반성의 계기를 제공한다.

위 문제는 시인, 작품, 현실, 독자의 관계를 의사소통이론의 도표에 따라 배치하고 각 경우의 감상·해석의 관점과 활동을 예문으로 제기하고 있다. 이것은 수용자의 다양한 수용을 강조한 7차 교육과정의 목표를 보여주고 있지만 수용미학 이론을 자칫 모든 자의적인 감상과 활동을 허용하는 것으로 오해하는 것을 차단하고 있다. 다양한 수용이란 문학작품을 이해하는 몇 개의 관점인 반영론적 관점(①), 표현론적 관점(②), 효용론적 관점(③, ⑤), 절대주의적 관점(④) 등으로 규정하고 있다.

이 문제는 시 교육에서는 작품을 바라보는 다양한 관점을 이해시키고, 다양한 관점을 수용하고자 한 것이라 할 수 있다. 작품이 현실 삶의 세계를 반영한다는 반영론적 관점, 작품이 작가의 체험과 사상·감정을 표현하는 것으로 보는 표현론적 관점, 작품이 독자에게 미치는 교훈·미적 쾌감을 주목하는 효용론적 관점, 작품 자체를 하나의 독립된 자족적 세계로 보는 절대주의적 관점 등이 그것이다. 그러므로 시 교육에서 다양한 관점의 수용은 작품의 자의적 해석이 아니라 작품에 내재한 코드나 외재적 요소에 따라 다양한 관점에서 작품을 이해하고 감상하는 활동을 말한다고 할 수 있다. 다시 말해서 수용자가 능동적으로 작품을 이해하고 다양한 감상을 하며, 감상 결과를 비판적·창의적 수용하여, 일상 삶과 관련해 내면화 할 수 있도록 하려는 문학 교육 목표와 관련된 것이다. 이러한 교육의 목표는 다음과 같이 세분화된다.

이해와 감상	비판적·창의적 수용	내면화
내용·형식·표현 분석	작품의 비판적 수용	가치 탐색
작품이 지닌 가치판단	다양한 관점에서 고치기	보편적 가치에 비추어 비판적 재구성
작품의 다양한 수용	감상결과 내면화하기	자신의 세계관에 비추어 가치 재구성
지식	수행활동	작품이 제기한 문제 내면화
문학의 구조에 관한 지식	재구성하기, 바꿔 쓰기 비평적 글쓰기	인문교양학적 가치로서 태도

17)

이러한 교육 목표를 교육과정으로 실제화 할 때 몇 가지 난관이 예상된다. 위 교육과정은 과정 중심의 프로그램으로 활동을 중시하고 있다. 수용자인 학습자의 활동이 교육의 성과를 좌우하는 결정적인 변수가 되는 것이다. 따라서 학습자의 능동적 참여를 가능하게 하는 작품의 선정이 매우 중요하다. 또, 학습자의 문학 활동의 진행과정은 작품에 따라 다르게 나타나는 만큼 개별 작품에 따라 그 과정을 적절하게 구성해야 하는 어려움이 있다. 마지막으로 활동 중심의 교과 과정을 평가할 기준이나 방법이 매우 포괄적이어서 자의적이기 쉽다는 것이다.

실제로 신경림의 「가난한 사랑의 노래」의 교육 현장을 보고하고 있는 논문[18]을 살펴보면 현장의 난관을 살필 수 있다. 이 작품은 중학교 2학년 교과서에 실린 것으로, 중학교 수업이 고등학교 수업과 차이가 있겠지만 교육과정의 설정에서는 별반 차이가 없어 보인다. 우선 '진단→지도→평가→내면화' 단계를 설정하고 있다. 진단 단계에서는 시의 운율, 화자, 청자, 상징, 심상 등에 관한 지식을 이해시키는 과정을 진행하고 있다.[19] 그런데 우선 진단학습의 문제에서 예문이 객관적

---

17) 교육인적자원부, 앞의 책. 310~313쪽을 정리 도표화 한 것이다.
18) 안영혜, "학습자 중심의 시교육", 연세대 석사논문, 2001.

타당성을 완벽하게 지니고 있는가가 문제다. 주 11에서 제시된 7번 문제에서 교사가 ②를 답으로 상정했다면 시에서 사실적 묘사가 없는 것은 아니어서 타당성이 흔들리며, ③으로 상정했다면 노래의 박자나 곡조가 시의 운율과 같지 않은 경우가 많아서 타당성이 흔들린다. 시에 대한 지식을 지나치게 확정함으로써 오히려 학습자의 시에 대한 이해나 창작 활동에 편견을 만들 수도 있는 것이다.

다음으로 제목에서 떠오르는 자유연상이나 자기 경험 떠올리기, 낭독 및 암송, 연상되는 장면 그리기를 수행하고 있다. 흥미를 유발하고 감상을 심화시키기 위한 시 교육 방법으로서 적절해 보인다. 이어서 세부적인 접근에서 시어와 일상어 관계, 시의 언어와 산문의 언어, 시어의 일반적 특징의 이해를 학습목표로 중심어와 내용 찾기를 수행하고, 다시 이 작품을 제시하고 객관식 문제를 제시하고 있다. 다음에 학생의 감상문을 평가하고, 마지막으로 시에 대한 체험문 쓰기, 낭송 테이프 만들기, 패러디하기 등 수행하고 있다. 시에 관한 지식, 수행활동, 가치 내면화를 단계적으로 수행하는 프로그램이다. 그런데 여기서 객관식 문제를 제외한 수행활동과 내면화 과정을 어떻게 평가해야 되는지가 난감하다. 또, 한 작품에서 이렇게 많은 과제를 수행하게 하는 것이 작품을 향유하는 길인지도 의심스럽다.[20] 뿐만 아니라 패러디하

19) 한 예를 들면 다음과 같다. (안영혜, 위 논문. 34쪽.) 규칙적인 소리의 질서다. ③ 시에 쓰인 말의 가락이다. ④ 시의 의미와 관계가 없다. ⑤ 시의 분위기를 실감나게 한다. / 7. 다음 중, 시어의 특징이 <u>아닌</u> 것은? ① 시어는 함축적 의미를 지니는 것이 많다. ② 시어는 어떤 사실을 있는 그대로 나타낸다. ③ 시어는 대개 노래를 부를 때와 같은 운율이 있다. ④ 시어는 주로 정서적인 감정을 표현하는 기능을 가진다. ⑤ 시어는 빛깔, 모양, 소리, 냄새, 맛, 촉감 등과 같은 심상을 나타내는 것이 많다.
20) 수업결과를 측정한 시에 대한 관심과 흥미, 자신의 시 감상능력, 시 해석의 자립화가 매우 향상된 것으로 보고되고 있다.(안영혜, 위의 논문. 74~78쪽.) 그

기에 대한 평가가 처음 학습목표로 제시된 시어의 이해와 관련된 진행과 평가로 설정되어 있지 않다. 그리고 패러디 작품은 작품 감상과 별개의 창작활동으로 상정하는 것이 바람직해 보인다. 실제로 이 논문에서 보고한 작품은 작품 감상과 별도의 특성을 보여주고 있다. 21) 이러한 교과과정은 고등학교 문학교과서의 체계 구성과 같이 시에 대한 지식과 감상에 창작활동을 덧붙여 놓은 형국이다.

이렇듯 한 작품에 대해 지식, 텍스트 감상, 창작활동을 결합하다보니 과제의 수가 많아지고 교육의 핵심이 분산되고 있다. 교사가 의식적이든 무의식적이든 입시 문제와 수행 활동을 절충적으로 결합시키고 있는 것이다. 그러나 이러한 문제는 근본적으로 전범에 대한 읽기와 문학능력 향상을 절충한 데서 발생하는 문제다. 작품 감상과 창작활동이 분리되는 것은 아니지만 창작활동은 여러 작품의 감상과 학습자 자신의 체험을 바탕으로 통합적으로 진행된다. 다시 말해서 작품 감상을 돕는 부수적 프로그램과 거리가 멀며, 창작활동은 독자적인 프로그램으로 진행되어야 한다는 것이다. 이 모든 것들이 종합되어 문학능력은 향상되는 것이다.

이런 점에서 문학 교과서의 작품의 선정, 작품의 수에 대한 수업 고

___

러나 교과서의 모든 시 작품을 위와 같은 교수법을 취한다면 현실적으로 시간이 부족할 것이며, 모두가 위 방법이 적절한 것이 될 수 있는 지 의문이다.

21) "시험 본다고 해서 공부를 열심히 하겠는가./ 시험 보는 날이면 누런 종이에/ 개미떼 새까맣게 몰려오는데// 시험 본다고 해서 놀지도 않겠는가/ 시험이라고 공부하려고 하면/ 머릿속은 게임 천국으로 가득한데// 시험이 끝났다고 해서 기쁘겠는가/ 집으로 돌아가면 엄마의 잔소리에/ 여기저기서 주먹이 날라다니는데// 시험이라고 해서 왜 모르겠는가./ 시험이 잇기 때문에 이것들을/ 이 모든 것들을 버려야 한다는 것을//(「지겨운 시험의 노래」, 학생의 패러디 작품, 안영혜, 위 논문. 48쪽.)", 이 작품은 「가난한 사랑의노래」와는 별도의 주제이자 구성으로서 「가난한 사랑의노래」의 감상에 따른 가치의 내면화라고 보기 어렵다. 문학능력을 신장시키는 독자적인 프로그램인 것이다.

려 부족과 더불어 작품 읽기 다음 단계에 창작활동이라는 단계적 사고는 시 교육의 교과과정이 아직까지 수용자 중심의 시 교육과 차이가 있음을 보여주고 있다. 실제로 그 동안 연구자에 의해서 제시된 시 교육에 대한 교수 학습 모형은 모두가 텍스트 읽기에 창작활동이 덧붙여진 단계적 사고로 수업에 대한 고려가 미약해 보인다.[22] 이러한 인식은 대학수학능력 시험 문제에서도 나타난다.

2000년도부터 2003년까지 4년 동안의 시에 관한 문제는 총 38문제인데 읽기 중심의 문제 비율이 훨씬 높게 나타나고 있다. 수행활동과 관련된 문제는 총 10문제로 약 26.3%를 차지하고 있으며, 문학이나 문학사적 지식이 문제 푸는데 중요한 문제가 총 14문제로 약 36.8% 이고, 나머지는 통합적 감상이나 심화된 감상과 관련된 문제가 총 14문제로 약 36.8%이다. 이러한 결과는 현실적으로 학교의 시 교육에 결정적인 영향을 미치는 대학수학능력시험문제가 시 텍스트 읽기의 평가를 중시하고 있으며, 문학능력보다는 문학에 대한 지식이나 문학사의 체계에 대한 이해의 평가에 더 비중을 두고 있음을 알 수 있다. 이러한 문제 출제 비율은 고등학교 문학교과서의 체계와 일치하고 있다.

---

22) 한국교육개발원의 운문수업모형, 경규진의 반응중심 수업모형, 정동화의 수업 모형, 김은전의 수업모형 등은 창작활동에 대한 고려가 전혀 없다. 모두가 작품 읽기에 집중되어 있다. 반면에 권혁준은 '계획 → 진단 → 지도 → 평가'의 교육의 일반 단계를 설정하면서 시 창작활동은 거의 없다. 지도 단계에서 '심미적 읽기' 항목에 시인의 감동을 체험하기 위한 글짓기, '창조적 읽기'에서 다른 장르로 바꿔 써 보기 정도지만 모두가 읽기의 보충 정도다. 이에 비해, 구인환은 '계획 → 진단 → 지도 → 평가 → 내면화'로 '내면화' 단계를 하나 더 설정하여 시적 체험의 확대와 시 작품 쓰기를 독자적으로 상정하고 있다. 이러한 틀은 박붕배의 수업 모형에도 유사하다. 이런 점에서 김인환의 문학교육론은 작품 속에 담긴 시적 체험의 활동으로부터 체험과 시의 체험 비교하기, 생활 서정 짓기 단계를 설정하고 있어 상대적으로 수용자 중심의 수업 모형을 제창하고 있다.(김미희, "고등학교 서정문학 감상방법 연구", 대구대 석사논문, 2002. 14~19쪽 자료를 참조하여 필자가 분석한 의견이다.)

이런 점에서 수용자 중심의 시 교육을 위해서는 교과서의 과감한 개편과 더불어 대학수학능력시험 문제의 비율을 변화시키는 정책이 필요하다고 하겠다.

3. 작품 수용의 능동성과 다양성의 평가

시의 능동적 수용은 학습자가 인식적, 정의적, 심미적인 것을 능동적으로 재구성한다는 인지심리학에 근거를 두고 있다. 이런 점에서 '능동적 수용'이란 작품의 언어를 상상력을 통해서 자신의 언어로 옮겨오고, 자신의 경험과 정서를 바탕으로 작품에 일정한 기대를 가지며, 그 의미를 자신의 가치관과 융합하여 내면화하는 과정을 통틀어서 가리킨다. 그러나 교육인적자원부는 이때 능동적인 해석이란 자의적인 것이 아니라 작품의 미적 구조, 작가의 의도, 창작된 시대의 관습을 파악하여 작품을 해석하고 평가하여 동시대 보편적 가치와 상통하게 하는 것이란 전제를 달고 있다. 이러한 전제는 고등학교 문학교과서의 성격을 분명히 보여준다.

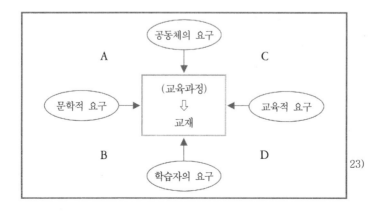

23)

이 도표에 의거해 김창원은 "현재 고등학교 문학 교과서는 A→B →C→D의 순서로 편중되어 있는 것"[24]을 지적하고 있다. 그 한 예로 '능동적 수용을 위한 학습' 단원에 배치된 작품 「정읍사(井邑詞)」와 그 과제를 살펴볼 수 있다.[25] 이 교과서는 『악학궤범』의 고어(古語)로 작품을 싣고 있다.

> 둘하 노피곰 도두샤
> 어긔야 머리곰 비취어시라.
> 어그야 어강됴리
> 아으다롱디리.
> 져재 녀러신고요.
> 어긔야 즌 디롤 드디욜셰라.
> 어긔야 어강됴리
> 어느이다 노코시라.
> 어긔야 내 가논 디
> 졈그롤셰라.
> 어긔야 어강됴리
> 아으 다롱디리.

교과서는 이어서 고어의 해설과 함께 남편이 무사히 귀가하기를 바라는 아내의 간절한 마음이라는 해석을 제시하고 있다. 이러한 해설은 다음의 두 과제를 부여하기 위한 전제다.

---

23) 김창원, 앞의 논문. 51쪽.
24) 김창원, 앞의 논문. 51쪽.
25) 김윤식 외, 『고등학교 문학(상)』, 디딤돌, 2003. 97~99쪽. 「정읍사」에 대한 인용 자료는 모두 여기에 해당된다.

1. 이 작품에서 남편이 행상을 하고 있음을 알 수 있게 **해 주는** 근
   거를 찾아보자.
2. 이 작품에서 사용된 '달'의 상징적 의미를 말해보자.

　우선, 남편이 행상을 하고 있는 것을 알게 해주는 근거를 찾으라는
것은 문학적 감상과 거리가 멀다. 고어의 문자를 현대적 의미로 해석
하는 것이지 작품의 능동적 수용과 상관이 없는 것이다. 다음에 작품
에 사용된 '달'의 상징적 의미를 말해보자는 과제는 '내용의 이해와
표현의 이해'에 해당되지만 학습자를 고려하지 않은 교과과정이라 할
수 있다. 고등학교 학생이 『국어』교과서에서 고어를 배웠다 하더라도
이 작품의 고어를 현대적인 말로 옮기는 것은 불가능하다. 고어의 전
공자가 아니고서는 어떤 교사도 독자적으로 해석하는 것이 거의 불가
능하다. 이런 점에서 수용자를 고려하지 않은 작품의 선정이라 할 수
있다. 고어(古語)는 훈련을 받지 않으면 의미 해독이 불가능하다. 교육
인적자원부의 지침에는 고전교육에서 훈고적 주석에 빠지는 것을 경
계했지만[26] 고등학생이 이 작품을 감상할 때 이러한 주석으로부터 자
유로울 수 없다는 것을 간과하고 있다. 이에 대해 국어 교과의 수평적
연계를 내세워 훈민정음 등의 고어 학습과 연계한 구성이라고 할지
모르겠다. 그러한 연계성을 인정하더라도 현대말로 옮기기에 바쁜데
작품을 능동적으로 감상할 수 있겠는가. 또, 새로운 해석을 학습자가
내놓을 수 있는 여지가 있는가를 생각해 볼 일이다.
　이 교과서의 다음 과제는 「정읍사」에 대한 또 다른 두 해석을 제시

---

26) 교육인적자원부, 앞의 책. 325쪽; "고전문학 작품은 당대의 삶과 정서를 이해
　　하고 오늘의 관점에서 재해석할 수 있도록 지도하며, 훈고 주석에 치우치지 않
　　도록 유의한다."

하면서 시구의 해석을 묻고 있다.

> 『고려사 악지(高麗史樂志)』에 전하는 배경 설화를 바탕으로 행상
> 나간 남편이 밤중에 다치지 않고 무사히 귀가할 수 있도록 기원하는
> 아내의 갸륵한 정성을 나타내는 사랑의 노래로 보는 견해가 있고, 고
> 려 가요 「동동(動動)」과 함께 폐기되었다는 『중종실록(中宗實錄)』의
> 기록을 바탕으로 행상 나간 남편이 다른 여성과 사랑에 빠지지나 않
> 을까 하는 아내의 의구심과 질투를 드러낸 속된 노래로 보는 견해도
> 있다. 이처럼 작품 수용에 있어서 판단 근거를 어디에 두느냐에 따라
> 그 해석은 달라질 수 있다.
>
>   3. 이 작품 해석에 대한 위의 견해를 참고하거나, 자신의 경험이나
>   가치에 비추어 다음 시구들의 의미를 다양하게 해석해 보자.
>   (1) 즌 디롤 드디욜세라
>   (2) 내 가논 디 졈그롤세라

교과서는 이 과정을 '작품의 다양한 수용'에 해당된다고 보고 있는
것이다. 그러나 이 과정에서 학습자의 능동적 참여가 가능한가는 의문
이다. 고어에 대한 이해가 없이 자의적으로 새로운 해석을 내놓을 수
는 없을 것이다. 수용자의 다양성이라는 것도 시 작품의 언어를 전제
로 한 것이지 작품의 언어와 상관없이 제 멋대로 읽어나가는 것은 아
닐 것이기 때문이다. 그럼에도 이러한 작품과 과제가 편성된 것은 시
교육에 대한 교과서 편찬자의 인식을 보여준다. 작품 선정 기준이 '다
양한 수용'과는 거리가 멀다는 것이다. 이러한 혼란은 교과서 편찬자
가 개인의 문학능력 신장과 공동체의 문화의 진작이라는 목표를 절충
하려는 데서 비롯된다. 「정읍사」의 선정은 문학적 관습과 변화를 고려
한 선정이지 개인의 문학능력의 신장을 고려한 것이라 보기 어렵다.

근본적으로 문학교육을 국어교육의 범주에서 민족문화에 대한 학습으로 설정하고 있기 때문에 예술교육으로서 시 교육에 대한 배려가 중심을 잃은 것이다. 이 작품에 대한 3번 과제는 교육인적자원부가 지식, 수행활동, 태도라는 세 가지 측면에서 지식과 태도가 강조된 것이지만, 김창원의 지적처럼 공동체의 요구와 문학 연구자의 요구가 반영된 것이다.

　이러한 인식은 2001년 대학수학능력시험 문제 44번에서도 나타나고 있다.

　　　　가시리 가시리잇고 나는
　　　　ᄇ리고 가시리잇고 나는
　　　　　위 증즐가 대평셩디(大平盛代)
　　　　날러는 엇디 살라 ᄒ고
　　　　ᄇ리고 가시리잇고 나는
　　　　　위 증즐가 대평셩디(大平盛代)
　　　　잡ᄉ와 두어리마ᄂ는
　　　　(　　　　㉠　　　　)
　　　　　위 증즐가 대평셩디(大平盛代)
　　　　셜온 님 보내ᅌᅩ노니 나는
　　　　가시는 듯 도셔 오쇼셔 나는
　　　　　위 증즐가 대평셩디(大平盛代)
　　　　　　　　　　　　　　　　－ 「가시리」

44. (㉠)에 들어갈 알맞은 구절은? [1.8 점]
　① 살어리 살어리랏다
　② 선ᄒ면 아니 올셰라
　③ 어마님ᄀ티 괴시리 업세라

④ 괴시란더 우러곰 좃니노이다
⑤ 유덕ᄒ신 님 여희ᄋ와지이다

위 문제는 고려가요인 위 작품을 알지 못하면 문제를 푸는 것이 거의 불가능하다. 문학사적 체계에 따라 이 작품을 배우지 않은 학생은 문제에 접근을 할 수가 없다. 고어에 대한 전문가가 아닌 고등학교 학생은 이 작품을 외우는 수밖에 없다. 시 교육에서 시를 외우는 것도 중요한 교육 방법이지만 이 작품의 문제는 능동적 감상이나 창의적 활동과는 너무 동떨어져 있다.[27]

다음에 과제는 김소월의 「진달래꽃」을 제시하고 시야 넓히기와 표현하기의 과제를 제시하고 있다. 이것은 시를 '보편적 가치에 비추어 비판적 재구성의 학습'을 염두에 둔 내면화의 과제로 보인다.

‖ 시야 넓히기 ‖ 다음 작품을 읽고, 이 작품과 「정읍사」에 공통적으로 나타나 있는 전통여인상에 대해 설명해보자.

‖ 표현하기 ‖ 전통 여인상이라고 평가 받던 인물들을 현대적 시각에서 보면 본받을 점도 있고 비판할 점도 있다. 본받을 점과 비판

---

27) 2000년 수학능력문제 34번에서도 이러한 문제는 출제되었다.
살어리 살어리랏다 청산에 살어리랏다/ 멀위랑 ᄃ래랑 먹고 청산에 살어리랏다/ 얄리얄리 얄라셩 얄라리 얄라 // 우러라 우러라 새여 자고 니러 우러아 새여/ 널라와 시름 한 나도 자고 니러 우니로라 / 얄리얄리 얄라셩 얄라리 얄라// 가던 새 가던 새 본다 믈 아래 가던 새 본다/ 잉 무든 장글란 가지고 믈 아래 가던 새 본다/ 얄리얄리 얄라셩 얄라리 얄라// 이링공 뎌링공 ᄒ야 나즈란 디내와손뎌/ [ⓛ] 바ᄆ란 또 엇디 호리라/ 얄리얄리 얄라셩 얄리 얄라// -「청산별곡(靑山別曲)」
34. 시상 전개상 ⓛ에 들어갈 시구는? [1.6 점]/ ① 게우즌 바비나 지서 ② 고우닐 스싀옴 녈셔 ③ 오리도 가리도 업슨 ④ 믜리도 괴리도 업시 ⑤ 조롱곳 누로기 ᄆ와

할 점이 무엇인지 토론해 보고, 이를 바탕으로 현대의 여성이
갖추어야 할 덕목이나 삶의 자세에 대하여 정리해 보자.

하지만 이 과제들은 가치와 태도의 문제를 일상적인 삶과 관련해
내면화하자는 목표를 가지고 있지만 수용자의 능동적이고 창의적인
활동과는 거리가 있다. 표현하기에서 김소월의 「진달래꽃」을 상투적인
의미에 고착화시키는 것이 시 교육에서 학습자의 능동적 참여를 유도
하는 것인지 의심스럽다. 「정읍사」의 이해를 위해 「진달래꽃」은 보조
작품으로 취급해서는 시에 대한 태도를 교육할 수 없을 것이다. 한 작
품의 의미를 고정하는 것은 시 교육에서는 매우 위험하다.[28] 그런데도
작품의 의미 해석을 철저히 기존의 가장 권위 있는 해석에 국한시킨
다면 능동적 참여는 불가능하다. 이런 점에서 시야 넓히기는 학습자가
이 견해를 일방적으로 수용할 수밖에 없는 코드를 설정해 놓고 있다
고 할 수 있다. 독자의 능동적 참여가 이루어지려면 작품 자체가 학습
자 나름대로 다양하게 접근할 수 있도록 코드를 열어놓아야 한다.

다음으로 표현하기 과제의 타당성 여부다. 「정읍사」와 「진달래꽃」으
로부터 전통적인 여인상을 끌어낸 해석 자체가 매우 자의적이다. 실제
로 전통적인 여인상은 이별의 정한을 인고하는 것에 국한 되지 않는
다. 이러한 여인상은 남성이 바라는 이상적인 여인상인지도 모른다. 『삼
국유사』에 나타난 여인상은 훨씬 다양하고 생동감 있다.[29] 이런 점에

---

28) 「진달래꽃」은 전통적인 여인상이라는 해석은 하나의 반응일 뿐이다. 영변 약
   산의 진달래 숲 속에서 맺은 사랑을 잊어버린 것에 대한 강렬한 항의로 읽을
   수도 있다. 떠나는 님에게 사랑의 맹세나 다름없는 진달래꽃을 뿌린다는 것이
   나 '죽어도 눈물 아니 흘리오리다'는 오히려 역설적으로 강렬한 항의와 자존의
   심경을 보여주는 것으로 읽을 수도 있다.

29) 『삼국유사』만 해도 감통(感通)편에는 산신으로서 사소, 계집종 욱면, 광덕의 처
   등의 다양한 성격이 있다.

서 가치의 내면화를 추구하는 이 과정은 특정 이데올로기의 재생산이
될 소지가 있다. 이 작품에서는 오히려 학습자가 작품에서 느낀 정서
적 체험을 그대로 수용하고 존중하는 것이 더 나아 보인다. 그러므로
한 작품을 무리하게 내면화하려는 시도는 시를 향유하는 학습자를 자
칫 인문교양의 주제에 구속시키며, 때로는 시의 이해를 주제에 경도되
게 할 수 있다는 것을 경계할 필요가 있겠다.

  작품수용의 능동성은 내면화보다는 수행활동을 통해 획득 되는 경
우가 더 많아 보인다. 학습자는 수행활동 과정에서 작품을 깊이 있게
이해하고, 그 가치와 심미성을 자신의 일상에 적용하는 태도를 가지는
경우가 많다. 2002년 대학수학능력시험 39번 문제는 이러한 능동성을
반영한 문제로 하나의 표본이 될 수 있겠다.

    한 잔 먹세그려. 또 한 잔 먹세그려, 꽃 꺾어 수(數) 놓고 무진 무
  진 먹세그려.
    이 몸 죽은 후면 지게 위에 거적 덮어 졸라매 메고 가나 오색실
  화려한 휘장에 만인이 울며 가나, 억새풀, 속새풀, 떡갈나무, 백양 속
  에 가기만 하면, 누런 해, 흰 달, 가는 비, 굵은 눈, 회오리바람 불 제
  뉘 한 잔 먹자 할꼬.
    ㉡하물며 무덤 위에 원숭이 휘파람 불 때야 뉘우친들 어찌 하리.
                                    — 정철. 「장진주사(將進酒辭)」

  39. <보기>는 ㉡에 대한 비평이다. 이에 대한 반론으로 적절하지
     않은 것은?

                          <보 기>
    원숭이는 당시에는 보기 어려웠던 동물이니, '하물며 무덤
   위에 이슬 내릴 때야 뉘우친들 어찌하리.'로 바꾸자.

① 그렇게 바꾸면 무덤 주변의 스산한 이미지를 청각적으로 표현하
   지 못해.
② 자연과 인간의 일체감을 나타내기 위해서는 인간을 닮은 소재로
   표현해야 해.
③ 당시에는 보기 어려웠던 동물을 통해 죽음의 쓸쓸함을 신비롭게
   표현한 것을 놓치게 돼.
④ 원숭이가 어떤 정서를 환기하느냐가 중요하지, 그것을 볼 수 있
   느냐의 여부는 중요하지 않아.
⑤ 실제로 보기는 어려웠어도 여러 글을 통해 원숭이에 대한 관념
   을 가지고 있었다고 생각해야 해.

위 문제는 작품에 대한 여러 학습자의 능동적인 수용의 경우수를
제시하면서 시에 대한 이해와 반응을 돕고 있다. 이 문제는 최미숙이
제시한 학습자의 능동적이고 주체적인 문학 감상능력을 평가하고자
반응을 다양하게 유형화하여 경우수를 늘이는 방식이다. 교사는 수행
활동의 결과를 수학능력의 문제로 만들 수 있을 것이다. 또 다른 경우
로는 작품이 학습자에게 다양하게 수용될 수 있는 내적 코드가 있는
작품으로서 능동적 수용과 토론을 반영한 2001학년 대학수학능력시험
문제 15번을 들 수 있다.

㈐ 나그네

박목월

강(江)나루 건너서
밀밭 길을
구름에 달 가듯이
가는 나그네
길은 외줄기

남도(南道) 삼백 리(三百里)
술 익는 마을마다
타는 저녁놀
구름에 달 가듯이
가는 나그네

15. 다음은 (다)에 대한 학생들의 감상이다. 작품 자체의 내적 의미
    만을 주목한 것은?
① 종환 : 이 시는 일제 강점기에 쓴 작품이래. 그런데 농촌이 수탈
    된 마당에 술 익는 마을이 어디 있었겠어?
② 민희 : 그건 조금 지나친 지적 같아. 그 당시 시인은 아마 생활
    이 어려웠을 거야. 나그네처럼 먼 길을 힘들게 걷다가 노을을
    찾아오고, 술도 한 잔 하고 싶고, 그 허무한 마음을 표현한 것
    아닐까?
③ 인규 : 술과 노을이라……. 그거 이미지가 썩 잘 어울리는데. 밀
    밭 길이 주는 느낌과도 통하면서.
④ 석현 : 그래도 그렇지. 외줄기 길이 삼백 리나 이어지는 게 어디
    있어? 구름에 달이 간다는 것도 사실은 말이 안 되지.
⑤ 정인 : 그런 걸 상상이라 하는 거야. 그나저나 나도 이 시의 나
    그네처럼 여행이나 떠났으면 좋겠다.

이 문제는 작품에 대한 다양하고 능동적인 감상을 무정부상태로 놔
둘 수 없으며, 시 감상의 기본적인 태도를 이해시키기 위한 문제다.
특히 작품의 내재적 감상과 외재적 감상이 뚜렷이 대비되고, 수용자
간의 토론이 능동적 수용이 가능해 보인다. 또, 이 문제는 능동적 수
용의 방향을 설정할 필요가 있다는 것을 보여주고 있다. 작품의 내적
코드를 무시한 감상은 있을 수 없기 때문이다. 또 다른 경우로, 작품
의 성격에 따라 능동적 수용을 이끌 수 있는 수행활동 프로그램을 문

제로 제시한 2002년 대학수학능력시험 40번 문제를 들 수 있다.

> 수간모옥(數間茅屋)*을 벽계수(碧溪水) 앞에 두고
> 송죽(松竹) 울울리(鬱鬱裏)** 에 풍월주인(風月主人) 되었어라.
> 엊그제 겨울 지나 새 봄이 돌아오니
> 도화(桃花) 행화(杏花)는 석양리(夕陽裏)에 피어 있고
> 녹양방초(綠楊芳草)는 세우중(細雨中)에 푸르도다.
> 칼로 말아 낸가 붓으로 그려 낸가
> 조화신공(造化神功)이 물물(物物)마다 헌사롭다.
> 수풀에 우는 새는 춘기를 못내 겨워 소리마다 교태로다.
> 물아일체(物我一體)어니 흥이야 다를소냐.
> 시비(紫扉)에 걸어 보고 정자에 앉아 보니
> 소요음영(逍遙吟詠)***하여 산일(山日)이 적적한데
> 한중진미(閒中眞味)를 알 이 없이 혼자로다.
>
> — 정극인, 「상춘곡(賞春油)」

- 수간모옥 : 몇 칸 초가집.
- ● 울울리 : 우거진 속.
- ●● 소요음영 : 천천히 거닐며 나직이 읊조림.

40. (다)의 정경을 그림으로 표현하려 할 때, 고려할 내용으로 적절
   하지 않은 것은?

① 초가집은 작게 그려서 청빈한 삶을 표현해야겠어.

② 꾀꼬리가 울고 있는 모습을 넣어 청각적 이미지도 살려야겠어.

③ 시를 주고받는 인물들을 배치해 풍류를 즐기는 선비의 모습을
   나타내야겠어.

④ 초가집 주위에는 소나무와 대나무를 둘러 세속과 단절된 분위기
   를 그려야겠어.

⑤ 복사꽃과 살구꽃이 만발한 모습을 통해 화사하면서도 여유로운
   분위기를 자아내야겠어.

시에 나타난 형상을 그림으로 그려보는 과정은 그 자체가 상상을 통해 작품을 감상하는 과정을 유도한다. 이러한 시도는 학습자가 스스로 작품을 능동적으로 수용하는 데 중요한 자극이 될 수 있다. 이런 점에서 「상춘곡」을 그림으로 그리려고 청각적 이미지, 이미지와 분위기, 주제의식과 풍경 등을 고려하는 과정은 이 작품을 이해하고 감득하는 과정을 그대로 보여주고 있다. 실제로 학습자에게 이 작품을 그림으로 그릴 때 작품 속의 이미지를 고려하는 수행활동으로서 학습효과가 높다.

그렇지만 이 작품 역시 문제를 안고 있다. 이 작품은 너무 많이 알려진 전범이어서 독자의 능동적이고 다양한 수용을 방해할 수도 있다. 이런 점에서 전범으로 알려지지 않은 작품을 대상으로 삼을 때 학습자의 능동적 참여뿐만 아니라 다양한 수용을 이끌어낼 가능성이 커질 수 있다는 것을 고려할 필요가 있다. 물론 이 때는 학습자의 수준을 고려하여 작품을 선택하는 것은 말할 것도 없다.

따라서 시 교육에서 학습자의 능동적 수용을 위한 작품 선정과 교과과정 구성에 대한 몇 가지 기준을 수정·보완해 볼 수 있겠다. 첫째, 교과과정은 수업을 염두에 두고 수용자 중심의 교육을 수행할 관점과 기준을 분명히 할 필요가 있다. 둘째, 작품 자체가 다양한 코드를 함유한 것을 선정할 필요가 있다. 셋째, 시 교육의 평가는 고정된 의미보다는 다양한 감상과정을 중시할 필요가 있다. 넷째, 전범이 독자의 능동적인 수용을 방해할 수도 있으므로 전범에서 벗어난 작품을 선정할 필요도 있다. 다섯째, 작품의 성격에 따라 능동적 수용을 이끌 수 있는 수행활동 프로그램을 설정할 필요가 있다.

4. 작품 수용의 창의성과 내면화의 평가

작품의 능동적 수용은 독자에 따라 매우 다양한 결과를 낳는다. 이러한 무정부적 경우 수에 대해 교육인적자원부의 다양한 관점의 수용은 작품의 자의적 해석이 아니라 작품에 내재한 코드나 외재적 요소에 따라 다양한 관점에서 작품을 이해하고 감상하는 활동이란 좌표를 제시하고 있다. 그렇다고 해도 독자의 능동성이 발현되는 다양성의 경계를 설정하기가 쉽지 않다. 다양성은 창의성을 인정하는 것인데, 작품의 해석과 감상에서 모든 창의성을 인정할 수 없기 때문이다. 이런 난점에도 불구하고 해석과 감상의 창의성은 학습자의 내면화나 창작 활동에서는 매우 중요한 동력이라는 것은 부정할 수가 없다. 여기서 시 교육의 난점이 생긴다. 교육인적자원부의 고등학교 문학교육 지침은 이 문제를 해결하기 위해 해석과 감상의 창의성을 살리는 방법으로 비평적 에세이 쓰기나 타 장르나 다매체로 바꾸기를 창조적 수용 과정으로 편성하였으며, 모방시 쓰기, 갈래 바꿔 쓰기, 생활 느낌 쓰기 등을 창작활동 과정으로 편성하였다.

이런 관점에서 대학수학능력시험 2000년 33번 문제는 창의적인 내면화 과정을 문제로 제시하고 있다. 이 문제는 학습자의 가치관에 따라 작품을 비판적이고 창의적으로 재구성하는 것의 표본을 보여주기 위한 것으로 보인다.

(가)
살어리 살어리랏다 청산에 살어리랏다
멀위랑 드래랑 먹고 청산에 살어리랏다
얄리얄리 얄라셩 얄라리 얄라

우러라 우러라 새여 자고 니러 우러아 새여
닐라와 시름 한 나도 자고 니러 우니로라
얄리얄리 얄라셩 얄라리 얄라

가던 새 가던 새 본다 믈 아래 가던 새 본다
잉 무든 장글란 가지고 믈 아래 가던 새 본다
얄리얄리 얄라셩 얄라리 얄라

이링공 뎌링공 ᄒᆞ야 나즈란 디내와손뎌
[   ] 바므란 ᄯᅩ 엇디 ᄒᆞ리라
얄리얄리 얄라셩 얄리 얄라

                                   — 「청산별곡(靑山別曲)」

(나)   추(秋)・2
슈국(水國)의 ᄀᆞ올히 드니 고기마다 슐져 읻다
    닫 드러라 닫 드러라
만경딩파(萬頃澄波)의 슬ᄏᆞ지 용여(容與)ᄒᆞ쟈*
    지국총 지국총 어ᄉᆞ와
인간(人間)을 도라보니 머도록 더옥 됴타

        추(秋)・4
그러기 떳는 밧긔 못 보던 뫼 뵈ᄂᆞ고야
    이어라 이어라
낙시질도 ᄒᆞ려니와 츄ㅣ(取)ᄒᆞᆫ 거시 이 흥(興)이라
    지국총 지국총 어ᄉᆞ와
셕양(夕陽)이 ᄇᆞ이니* 쳔산(千山)이 금슈(錦繡)ㅣ로다

                        — 윤선도, 「어부사시사(漁父四時詞)」

* 용여ᄒᆞ쟈 : 마음대로 하자, 안겨 보자
* ᄇᆞ이니 : 비치니, 눈이 부시니

33. <보기>를 참조할 때, ㈎와 ㈏에 대한 설명으로 적절한 것은?
[2 점]

<보 기>

> 갑 : 차라리 강으로 달려가 물고기 뱃속에 장사 지낼지언정, 어찌 희고 흰
> 결백한 몸으로 세속의 티끌과 먼지를 뒤집어쓰겠는가?
>
> 을 : 강물이 맑으면 내 갓끈을 씻고, 강물이 흐리면 내 발을 씻으리라.

① ㈎의 화자가 '을'이라면, 현실을 개혁하고자 하는 것으로 볼 수
있다.
② ㈎의 화자가 '갑'이라면, 현실에 대한 집착을 버리지 못한 것으
로 볼 수 있다.
③ ㈏의 화자가 '을'이라면, 현실에 얽매이지 않고 유유자적하는 것
으로 볼 수 있다.
④ ㈏의 화자가 '갑'이라면, 현실에 적응하여 분수를 지키며 사는
것으로 볼 수 있다.
⑤ ㈎와 ㈏의 화자가 '갑'이라면, 현실과 이상의 조화를 추구하는
것으로 볼 수 있다.

위 문제는 독자의 수용에서 비판적·창의적 재구성을 보여주지만
실제적인 학습자의 활동을 직접 문제로 만든 것이 아니어서 일반적인
독해력과 사고력을 요하는 문제다. 단지 재료가 시라고 할 수 있지 문
학적인 이해나 감상과는 거리가 멀어 보인다. 시의 고유한 특성의 이
해나 감상과 거리가 먼 이러한 문제가 출제된 것은 고등학교 문학 교
과서의 체계가 갖는 문제점과 일치한다. 고등학교 문학교육은 문학 작
품을 자신을 반성하고 인생에 질문을 던지는 등 일상생활의 가치 추
구의 문제로 내면화의 목표를 설정하고 있다. 그러나 이러한 '창조적
구성과 내면화'의 학습 목표는 문학의 인문 교양적 의미를 지나치게
의식하는 것으로 시에는 적절해 보이지 않는다. 오히려 소설에서 인물

의 성격이나 갈등의 해소 방식 등에서 일상생활의 가치 추구 문제를
논의하는 것이 의미를 가질 수 있을 것이다. 그러므로 시를 지나치게
인문 교양적 의미로 연결하려는 것은 시의 이해와 감상을 방해할 소
지가 많다. 시에서는 수용자가 주체로서 작품의 느낌을 내적 구조나
요소들과 관련지어 발견하고 구성할 수 있도록 하는 과정이 필요하다.
이 과정이 없다면 시 감상은 학습자의 내면화 과정으로 전환되기 어
렵다. 이러한 수행학습 프로그램의 방향을 보여준 것이 2003년 대학수
학능력시험 문제 16번이다.

　　(나)의 [A]
　　아! 그립다
　　내 혼자 마음 날같이 아실 이
　　꿈에나 아득히 보이는가

　　향맑은 옥돌에 불이 달아
　　사랑은 타기도 하오련만
　　불빛에 연긴 듯 희미론 마음은
　　사랑도 모르리 내 혼자 마음은

　　16. (나)의 [A]가 <보기>를 고쳐 쓴 것이라고 가정할 때, 그 이유로
　　　　가장 적절한 것은?
　　<보기>
　　아! 그립다
　　내 혼자 마음을 나처럼 아실 분이
　　꿈에나 아득히 보이는가

　　향이 맑은 옥돌에 불이 달아
　　사랑은 타기도 하련만

불빛에 연기인 듯 희미한 마음은
사랑도 모르리라 내 혼자 마음은

① 구체적 현상을 있는 그대로 드러내기 위해
② 환상적 분위기를 조성하여 상상력을 자극하기 위해
③ 리듬감을 살려 내밀하고 섬세한 정서를 표현하기 위해
④ 문법의 틀을 넘는 다양한 표현 방법이 있음을 보이기 위해
⑤ 시적 진술을 좀 더 분명히 하여 의미를 쉽게 전달하기 위해

이 문제는 창작활동의 과정을 보여줌으로써 운율에 대한 이해를 쉽게 이끌고 있다. 이것은 운율과 비유를 이해하고 활용하는 문학능력을 증진시키는 수행 학습의 한 표본을 제시해 준다. 시가 완성되어 가는 과정을 통해 시의 운율을 감지하고 체득하게 하는 교과과정의 반영이기 때문이다. 그러나 시는 감지와 체득을 통해서 이해되고 활용되지 논리로 얻어지는 것이 아니다. 이런 점에서 감지와 체득의 정도를 측정하는 평가 문제로 2003년 대학수학능력시험 문제 17번을 살펴볼 수 있겠다.

㈐
우리가 물이 되어 만난다면
가문 어느 집에선들 좋아하지 않으랴.
우리가 키 큰 나무와 함께 서서
우르르 우르르 비 오는 소리로 흐른다면.

흐르고 흘러서 저물녘엔
저 혼자 깊어지는 강물에 누워
죽은 나무 뿌리를 적시기도 한다면.

아아, 아직 처녀(處女)인
부끄러운 바다에 닿는다면.

그러나 지금 우리는
불로 만나려 한다.
㉠벌써 숯이 된 뼈 하나가
세상에 불타는 것들을 쓰다듬고 있나니

만 리(萬里) 밖에서 기다리는 그대여
저 불 지난 뒤에
흐르는 물로 만나자.
푸시시 푸시시 불 꺼지는 소리로 말하면서
올 때는 인적(人跡) 그친
넓고 깨끗한 하늘로 오라.

17. ㈐의 ㉠과 시적 정조가 가장 가까운 것은?
① 나는 문간에 서서 기다리리 / 새벽 새가 울며 지새는 그늘로 / 세
상은 희게, 또는 고요하게, / 번쩍이며 오는 아침부터, / 지나가는
길손을 눈여겨보며 / 그대인가고, 그대인가고.
― 김소월, 「나의 집」
② 눈이 많이 와서 / 산엣새가 벌로 나려 멕이고 / 눈구덩이에 토끼
가 더러 빠지기도 하면 / 마을에는 그 무슨 반가운 것이 오는가
보다   ― 백석, 「국수」
③ 바야흐로 해발 육천 척 우에서 마소가 사람을 대수롭게 아니 여
기고 산다. 말이 말끼리 소가 소끼리, 망아지가 어미소를 송아지
가 어미말을 따르다가 이내 헤어진다.   ― 정지용, 「백록담」
④ 물 먹는 소 목덜미에 / 할머니 손이 얹혀졌다. / 이 하루도 / 함께
지냈다고, / 서로 발잔등이 부었다고, / 서로 적막하다고,
― 김종삼, 「묵화(墨畵)」

⑤ 다급한 사연 들고 달려간 바람이 / 혼들어 깨우면 / 눈 부비며 너
   는 더디게 온다. / 더디게 더디게 마침내 올 것이 온다.
                                          — 이성부, 「봄」

  이 문제는 학습자가 시의 정조를 통해 학습자가 감득하고 체득한
정도를 평가하는 방식으로 적절해 보인다. 특히 잘 알려진 전범뿐만
아니라 다양한 작품을 활용한 것도 돋보인다. 하지만 모두가 전문 시
인의 작품들이라는 점에서 출제자 역시 전범 중심의 사고에서 자유롭
지 못한 것을 알 수 있다. 그러나 전범을 완전히 배제할 수 없다는 점
에서 시의 감상 능력을 평가하는 방식으로서 의미가 있는 문제인 것
은 분명해 보인다.
  이렇듯 시 교육이 감상능력을 배양하는 데 의의가 있다는 점에서,
시적 체험을 체득하기까지 과정을 중시할 필요가 있다. 이 과정의 학
습이 비평적 에세이나 모방적 글쓰기라 할 수 있다. 이 두 요소를 결
합한 것이 2003년 대학수학능력시험 문제 30번이다.

     인간(人間)을 떠나와도 내 몸이 겨를 없다
     이것도 보려 하고 저것도 들으려코
     바람도 쐬려 하고 달도 맞으려코
     밤으란 언제 줍고 고기란 언제 낚고
     시비(柴扉)란 뉘 닫으며 진 꽃으란 뉘 쓸려뇨
     아침이 낫브거니 저녁이라 싫을소냐
     오늘이 부족(不足)커니 내일이라 유여(有餘)하랴
     이 뫼에 앉아 보고 저 뫼에 걸어 보니
     번로(煩勞)한 마음에 버릴 일이 아주 없다
     쉴 사이 없거든 길이나 전하리야
     다만 한 청려장(靑藜杖)이 다 무디어 가노매라

술이 익었거니 벗이라 없을소냐
불리며 타이며 켜이며 이아며*
온갖 소리로 취흥(醉興)을 재촉커니
근심이라 있으며 시름이라 붙었으랴
누우락 앉으락 굽으락 젖히락
읊으락 파람하락 노혜로** 놀거니
천지(天地)도 넓고 넓고 일월(日月)도 한가하다
[a] <u>희황(羲皇)***을 모를러니 이 적이야 긔로구나</u>
<u>신선(神仙)이 어떻던지 이 몸이야 긔로구나</u>
<u>강산 풍월(江山風月) 거느리고 내 백년을 다 누리면</u>
<u>악양루 상의 이태백(李太白)이 살아 오다</u>
<u>호탕 정회(浩蕩情懷)야 이에서 더할소냐</u>
이 몸이 이렁 굼도 역군은(亦君恩)이샷다

― 송순, 「면앙정가(俛仰亭歌)」

30. ㈎의 [A]를 모방하여, <보기>의 조건에 따라 글을 써 보았다. 가장 적절한 것은? [2.2점]

<보 기>

○ [A]에 나타난 주제 의식을 담을 것.
○ [A]에 나타난 시적 화자의 정서와 태도를 유지할 것.

① 마음의 여유를 갖고 확 트인 여름 들판에 서 보라. 향긋한 바람이 옷깃을 스치고 푸르른 들판이 가슴속을 가득 채운다. 가장 순수하고 충만한 것을 소유한 듯한 느낌이다. 내 마음은 천지와 하나를 이루면서 한껏 부풀어 오르는 것이다. 이럴 때 나는 거칠 것 없는 자유와 행복감을 느끼고, 새삼 내 존재의 고귀함을 깨닫는다.
② 평소에 우리는 자연의 혜택을 잘 느끼지 못하며 살아간다. 그러다가 이따금씩 여유가 생길 때면 문득 익숙한 배경들이 새롭게 다가온다. 내 주위에 나무와 풀이 있고 머리 위에 하늘이 있고

귓가에 새 소리, 물 소리, 바람 소리가 맴도는 것이다. 자연과 **함께** 있다고 느낄 때, 나의 마음은 이런 모든 것을 넉넉히 **받아들일** 채비를 갖춘다.

③ 아침에 일어나 창문을 열 때면 늘 설렘이 앞선다. 오늘 펼쳐질 일들이, 그리고 친구들과 함께할 시간들이 기대되기 때문이다. 나에게는 꿈꾸는 세상이 있고 함께할 친구들이 있다. 살아가는 것이 어렵다고들 하지만 내게는 아침 햇빛과 같이 빛나는 이상이 있어 견딜 만하다. 아침마다 나는 그런 행복한 느낌으로 하루를 시작한다.

④ 산을 안다고 말하는 사람들이 많지만 나만큼 즐길 줄 아는 사람은 드물다. 산에 오르는 사람들은 대부분 산을 정복한다고 생각하지만 그들은 이미 나 있는 길을 따라 올라간 것에 불과하다. 사람이 다녀간 흔적이 없는 길을 헤쳐 나갈 때의 기쁨! 나는 나만의 길을 사랑한다.

⑤ 세상은 철철이 옷을 갈아입는다. 잿빛 옷을 입었다가 푸른색 옷으로 바꿔 입고, 그 빛깔이 짙어지면서 어느새 울긋불긋한 옷으로 치장한다. 그 변화는 어디에서 오는 것일까? 바로 시간이다. 시간이 세상의 빛깔을 바꾸어 놓는 것이다. 시간의 흐름 속에 세상이 변하고 세상 속에 있는 나도 변한다. 이렇듯 산다는 것은 세상과 함께 변화한다는 의미가 아닐까?

한 작품의 주제의식과 화자의 정서와 태도를 이해하는 것은 시 감상에서 중요한 요소다. 이러한 요소를 활용해 글을 쓰는 것은 주제를 표현하는 태도와 정서를 이해하고 활용하는 것으로서 작품의 창조적 수용과 더불어 창작 활동의 기반이 될 수 있다. 실제로 현장 학습의 보고 논문에서 장르 바꿔 쓰기, 비평적 글쓰기, 모방시 쓰기 등이 진행되고 있는 것을 볼 수 있다. 정지용의 「유리창」을 산문으로 수용하여 감상을 적게 한 경우를 살펴보자.

【학습 대상 작품】

유리창

정지용

유리창에 차고 슬픈 것이 어른거린다.
열없이 붙어 서서 입김을 흐리우니
길들은 양 언 날개를 파닥거린다.
지우고 보고 지우고 보아도
새까만 밤이 밀려나가고 밀려와 부딪히고,
물 먹은 별이, 반짝, 보석(寶石)처럼 박힌다.
밤에 홀로 유리(琉璃)를 닦는 것은
외로운 황홀한 심사이어니,
고운 폐혈관이 찢어진 채로
아아, 늬는 산(山)ㅅ새처럼 날아갔구나!

【산문으로 수용한 감상】(학생의 글 1)

사랑하는 환성아.

잘 지내고 있니? 낯 설은 곳에서 적응은 잘하고 있는지 모르겠구나. 네가 없으면 세상이 모두 멈추는 줄 알았는데 처음부터 너란 존재는 없었던 것처럼 세상은 잘만 돌아가는구나. 처음에는 네가 이 세상에 없다고 생각하니까 세상 살기도 싫었지만 지금은 너를 위해서라도 꼭 살아야겠다는 생각이 들어. 봄에 노란 개나리 속에서도 뛰어놀고, 여름엔 개울가에서 물장구를 치며 놀고, 가을엔 단풍잎을 하나하나 모으고, 겨울에는 흰 눈 위에 흰색 옷을 입고 눈싸움하던 네 모습은 일년 열두 달 그립기만 하구나.

니가 좋아하던 여름도 널 뒤로 한 채 지나가고 어느새 가을이 왔구나. 지금 유리창 밖의 사람들은 가을 축제로 인해 많이 들떠 있어, 엄마 아빠의 손을 잡고 걸어가는 아이들을 보며 네 생각에 더욱더 가슴이 아프단다. 지금이라도 뒤에서 '엄마'라고 부르면서 금방 뛰어

올 것 같은데....

　넌 이런 엄마의 모습을 보면 뭐라고 할까? 슬픈 생각만 하는 내 모습을 보고 네가 우는 건지 유리창밖엔 주룩주룩 비가 많이 내리는구나. 비가 오는 날이면 항상 너의 생각이 예전보다 더 많이 나는구나. 비 오는 날을 유난히 좋아했던 우리 환성이였는데.... 환성아!!! 넌 왜 이렇게 내 가슴에 큰 상처를 남겨주고 먼저 간 거니? 먼 곳에서 홀로 달이 힘 들 텐데...

　너에게 도움을 줄 수 없는 엄마가 정말 민망스럽구나. 하지만 엄마는 환성이가 혼자서도 잘 지낼 거라 믿어. 그래도 아주 가끔씩 힘들거나 외로울 땐 꿈에 놀러 오렴. 엄마가 아직 너에게 주지 못한 사랑을 아낌없이 주고 싶거든.

　오늘은 유난히 환성이의 모습이 아른거리는구나. 빨리 환성이의 모습을 보고 싶어 일찍 잠자리에 든다.

　꿈에서 만날 때까지 행복하게 지내라.

　환성아.. 사랑한다.

　사랑해. 사랑해.

2002년 10월 17일

환성이를 너무너무 사랑하는 엄마가.[30]

　논문에 의하면 위와 같이 어머니가 죽은 아들에게 편지를 쓴 형식의 글을 쓴 학생들은 다음과 같은 반응을 보이고 있다.

　　'유리창'을 산문으로 표현하니 애절한 느낌이 든다.

　　'유리창'을 산문으로 써 보니 리듬이 느껴지지 않는다.

　　'유리창'을 산문으로 표현하면서 부모의 심정을 이해하게 된다.[31]

---

30) 김미희, "고등학교 서정문학 감상방법 연구", 대구대 석사논문, 2002. 66~67쪽.
31) 위 논문. 69쪽.

학습자의 이러한 반응은 몇 가지 중요한 사실을 내포하고 있다. 첫째, 시를 감상하는 데 교사가 다양한 감상의 가능성을 배제하고 있다는 것이다. 정지용이 죽은 아들을 생각하며 썼다는 하나의 관점을 제시하고 있어 위 시를 다양한 관점에서 감상할 수 있는 기회를 배제한 것이다. 그러나, 둘째 산문을 통해 시에 정서적인 반응을 수행하게 하였다는 것은 긍정적으로 보인다. 셋째, 운문과 산문의 형식적 차이를 느끼게 하였다는 것이다. 넷째, 산문적 글쓰기를 하는 과정에서 충분한 시간을 두고 자기 성찰을 할 수 있었다는 것이다. 다시 말해서 시를 통해 자신의 생활을 성찰하는 내면화 과정이 이루어졌다는 것이다. 그러나 이러한 내면화 과정에 대한 평가는 사실상 대학수학능력 시험과 같은 방식으로는 측정이 불가능하다. 수행평가는 전적으로 교사의 몫으로 보인다. 다음으로 모방시 쓰기 방식을 살펴보자.

【패러디로 수용한 감상】(학생작품 1)
　　커피 자판기

피 같은 이백 원 눈앞에 아른거린다.
하염없이 붙어 서서 폭행을 가하니
한정된 양 못 미처 움찔거린다.
흔들어보고, 기울여 보아도
새하얀 종이컵 밑바닥 보이고 아픔이 밀려와 가슴에 부딪히고
물 먹은 내 가슴 번쩍 비수처럼 꽂힌다.
밤에 홀로 벽을 끄는 것은
아까운 이백 원 잃은 안타까움이니
은빛 동그란 네 모습 보이지 않고
아아, 너는 날강도처럼 도망갔구나.[32]

　이 작품 이외도 채팅과 같이 학습자들과 밀접한 관계가 있는 생활 소재를 이용한 재구성을 하고 있다. 논문은 이러한 글쓰기 이후 학생들의 반응을 다음과 같이 보고하고 있다.

　　'유리창'과 같은 리듬을 느낄 수가 있다.
　　'유리창'에서 나타나는 표현기법을 표현하기 어려웠다.
　　글쓰기가 많이 어렵지 않다는 것을 느꼈다.[33]

　학습자가 시 쓰기에 대한 두려움을 떨쳐내는 것은 매우 주목되는 성과다. 뿐만 아니라 원 작품에서 보여준 역설적 기법에 대한 어려움의 토로는 시에 대한 이해의 첫걸음이라는 점에서 주목된다. 그러나 정지용의 「유리창」이 지닌 감성의 깊이와 표현의 매력을 학습자가 충분히 납득하고 활용한 것으로 보기는 어렵다.[34] 보고논문의 지적처럼 역설적 표현을 하는데 어려움을 느낀 것은 표현 능력의 문제이기도 하지만 역설에 담긴 정서에 대한 감응이 미약하다는 증거이기도 하다. 이 작품에 담긴 역설적인 감정이 슬픔을 참아내려는 노력과 끝내 이기지 못하는 감정을 보여주는 점에 주목할 필요가 있다. 이러한 정서를 놓친다면 이 작품의 시적 가치를 거의 놓치는 꼴이 된다.

　이런 점에서 이 작품에 대한 위의 교수법은 주제를 성급하게 의미화한 것으로 보인다. 시에 대한 이해와 감상은 의미로 고정될 때 능동

---

32) 위 논문. 70쪽.

33) 위 논문. 71쪽.

34) 김미희의 논문은 이 외에도 「유리창」을 대중가요인 조성모의 「To Heaven」과 H.O.T의 「아이야」를 활용해 노래가사를 쓰도록 하고 있으며, 또, 연극이나 시나리오 대본을 쓰도록 하고 있다. 시의 일상생활과 접목과 창의적 활동의 유도라는 점에서 긍정적으로 보인다. 그러나 한 작품에서 내면화라는 목표에 치우쳐 지나치게 많은 과제를 수행하고 있다고 볼 수 있다.

성과 다양성은 사라지게 된다. 「유리창」에서 산새는 '꿈((希望)'으로 볼 수도 있고, '건강'으로 볼 수도 있다. 여러 가능성을 차단해버린다면 다양한 감상은 불가능한 것이다. 또, 이 작품에서는 역설적 표현의 효과와 역설적인 감정을 찾아내고 그것을 표현해보는 것이 시 교육으로서 더 의미를 가질 수 있다. 친한 친구에 대한 미운 감정에는 그 친구에 대한 애정과 서운함이 들어 있게 마련이다. 이처럼 우리가 느끼는 감정이 하나의 의미로 고정되거나 하나의 감정만으로 이루어지 않는다는 것을 이해하고, 그런 감정을 성찰하는 태도를 교육한다면 자기성찰과 시적 태도를 깊이 있게 내면화 할 수 있을 것이다. 시 교육에서 내면화는 이렇듯 정서적인 측면에서 접근하는 것이 바람직해 보인다. 이런 점에서 대학수학능력시험 문제 형식으로 하나의 모델을 제시할 수 있겠다.

유리창

정지용

유리창에 차고 슬픈 것이 어른거린다.
열없이 붙어 서서 입김을 흐리우니
길들은 양 언 날개를 파닥거린다.
지우고 보고 지우고 보아도
새까만 밤이 밀려나가고 밀려와 부딪히고,
물 먹은 별이, 반짝, 보석(寶石)처럼 박힌다.
㉠ 밤에 홀로 유리(琉璃)를 닦는 것은
외로운 황홀한 심사이어니,
고운 폐혈관이 찢어진 채로
아아, 늬는 산(山)ㅅ새처럼 날아갔구나!

[문제] 위 시의 ㉠의 표현에 담긴 정서를 가장 잘 보여주는 것은?
① 너를 만날 수 없는 슬픔과 외로움을 느끼게 한다.
② 황홀하고 아름다운 너와 헤어진 외로움을 느끼게 한다.
③ 상상으로 너를 만나는 황홀한 기쁨이 더욱 슬픔을 느끼게 한다.
④ 밤늦도록 홀로 있는 외로움과 잃어버린 너에 대한 그리움을 느
   끼게 한다.
⑤ 너를 잃은 세상에 대한 원망과 아무도 그 슬픔을 모른 데서 오
   는 외로움을 느끼게 한다.

위 표본 문제는 역설적 표현에 담긴 정서를 정확하게 이해하고 감
상하고 있는가를 묻는 문제다. 물론 이 문제의 난이도와 분산도는 평
가 문제로서 신뢰도와 타당성을 갖기에는 보완이 필요할 것이다. 그럼
에도 이 문제를 표본으로 제시한 것은 시 교육에서 감상의 깊이가 매
우 중요한 문제라는 인식 때문이다. 이렇듯 감상의 깊이를 고려하면서
타당성을 갖는 대학수학능력시험 문제로 2000년 36번을 들 수 있다.

(다)
넓은 벌 동쪽 끝으로
옛이야기 지줄대는 실개천이 휘돌아 나가고
얼룩백이 황소가
해설피 금빛으로 게으른 울음을 우는 곳.

그 곳이 참하 꿈엔들 잊힐리야.

질화로에 재가 식어지면
뷔인 밤에 밤바람 소리 말을 달리고
엷은 졸음에 겨운 늙으신 아버지가
짚벼개를 돋아 고이시는 곳.

―그 곳이 참하 꿈엔들 잊힐리야.
흙에서 자란 내 마음
파아란 하늘 빛이 그립어
함부로 쏜 화살을 찾으려
풀섶 이슬에 함추름 휘적시던 곳,

―그 곳이 참하 꿈엔들 잊힐리야.

전설(傳說)바다에 춤추는 밤물결 같은
검은 귀밑머리 날리는 어린 누의와
아무렇지도 않고 예쁠 것도 없는
사철 발 벗은 안해가
따가운 해ㅅ살을 등에 지고 이삭 줏던 곳,

―그 곳이 참하 꿈엔들 잊힐리야.

하늘에는 성근 별
알 수도 없는 모래성으로 발을 옮기고.
서리 가마귀 우지짖고 지나가는 초라한 집웅,
흐릿한 불빛에 돌아 앉어 도란도란거리는 곳,

―그 곳이 참하 꿈엔들 잊힐리야.

― 정지용, 「향수(鄉愁)」

36. ㈐의 각 단계의 장면들을 그림으로 표현하려 할 때, 시적 화자
    의 시각과 거리가 먼 것은?
① 멀리서 바라본 농촌의 들판을 그리되, 평화롭고 향토적인 분위
    기가 나도록 한다.
② 시골집 방 안에 누워 계신 아버지를 그리되, 노년의 서글픔이

느껴지도록 한다.

③ 풀숲을 달리는 소년을 그리되, 동심이 꾸밈없이 드러나도록 한
   다.

④ 들판에서 이삭 줍는 여인네들을 그리되, 소박한 삶의 모습이 나
   타나도록 한다.

⑤ 불빛이 새어 나오는 초가집을 그리되, 따뜻하고 아늑한 느낌이
   들도록 한다.

이 문제는 고등학교 문학 교과서에 충실한 문제다. 한 교과서[35]에
제시된 정지용의 「향수」의 학습 과정을 살펴보면, '고향의 표상에 동
원된 구체적 소재 찾기→화자의 고향에 대한 기억에 대해 말하기→
후렴구의 반복이 주는 효과→공감각적 심상이 제시된 부분 찾기'를
설정하고 있다. 이것은 내용·형식·표현 분석하기에 해당된다. 다음
과정에서는 '정지용 시에 곡을 붙인 대중가요 「향수」를 듣고 시와 느
낌의 비교→시를 읽고 떠오르는 정경을 각 연에 맞게 5컷의 만화로
그리기'를 설정하고 있다. 이 때 만화로 그리기를 좀 더 살펴볼 필요
가 있다.

‖ 표현하기 ‖ 이 시를 읽고 떠오르는 고향의 이미지를 5컷의 그림으
   로 그려 보고자 한다. 후렴구를 제외한 각 연에 해당하는 고향
   의 이미지는 어떻게 그려져야 할지, 다음 사항을 고려하여 토의
   해 보자.
   · 계절적 배경은? (봄, 여름, 가을, 겨울)
   · 시간적 배경은? (밤, 낮)
   · 공간적 배경은? (폐쇄적 공간, 개방적 공간)

35) 김윤식 외, 앞의 책.

· 시적 화자가 회상하는 시절은? (어린 시절, 성인 시절)
· 중심 인물은? (아버지, 아내, 누이, 가족, 화자)

위의 수행활동은 수행활동이 대학수학능력시험 문제가 될 수 있다는 것을 보여주는 예이다. 이 작품을 감상하기 위해서는 각 연을 영상으로 상상해보는 데서부터 출발해야 할 것 같다. 이 때 유의점은 전체 정서의 흐름을 손상시키지 않아야 한다. 이것은 후렴구와 관련된 이해다. 그럼에도 수행활동 과정에서 학습자에 따라 시적 정서의 흐름에 벗어난 부분을 강조할 수 있다. 이것은 수행활동 과정에서 교정할 수 있을 것이다.

그런데도 문제가 되는 것은 공감각적으로 표현된 부분을 어떻게 그릴 것인가이다. 공감각적 표현들이 작품의 정서를 깊이 있게 감득할 수 있게 하기 때문이다. 그러므로 공감각적 표현을 그림 속에서 정서적으로 표현하는 것을 물을 수도 있다. 수행활동에서는 이 구절을 어떻게 정서적으로 표현할 것인가를 학습자들이 토론하게 하면 좋을 것 같다. 이러한 활동의 경우수는 대학수학능력문제로 만들어 질 수도 있다.

이상의 논의를 정리하면 시의 창의적 수용과 내면화 활동에 대한 평가는 첫째, 시의 고유한 특성인 정서적인 측면을 고려해야겠다. 시 교육에서 내면화는 일상생활과 관련된 인문학적 주제보다는 감지와 체득을 중시할 필요가 있다. 특히 서정시와 서사 장르와 차이를 분명하게 인식해야 한다. 둘째, 시 교육에서 내면화 추구는 창의적인 활동과정을 통해서 얻어진다. 그러므로 다양한 수행활동이 중요하다. 그러나 이러한 수행활동을 모두 객관화된 방법으로 평가할 수는 없다. 현장 교사의 몫이 상당히 크다. 그러나 아직까지 교사들의 시에 대한 이해 부족으로 수행활동이 형식에 치우친 감이 있다. 시에서 주제를 성급하게 일반화되거나 고정되면 감상의 능동성과 다양성이 사라진다. 이런 점에서 시는 감정 교육이라는 좌표를 분명히 할 필요가 있다.

5. 맺음말

시는 논리적 구조가 아니어서 근본적으로 측정하기 어렵다. 그럼에도 현실적으로 측정 작업이 진행되고 있다. 특히 학교 교육에서는 대학입시와 관련된 수학능력시험이 시 교육의 방향에 지대한 영향을 미치고 있다. 교육인적자원부는 이러한 문제를 개선하기 위해 7차 교육과정에서 시의 감상 과정과 활동을 중시하는 시 교육 좌표를 제시하고 있다. 하지만 아직까지 문학교과서는 전범읽기나 문학적 지식, 문학사적 체계로부터 자유롭지 못하다. 또 새롭게 제시된 수행활동에 대한 평가는 교사의 몫으로 그 구체적인 방법이 정립되었다고 하기 어렵다. 왜냐하면 교육현장에서 수행활동과 입시를 절충하지 않을 수 없기 때문이다. 이런 점에서 대학수학능력 시험 문제를 통해서 시 교육의 방향과 좌표를 새롭게 점검하고자 했다.

첫째, 수용자의 능동적 참여를 이끌어내기 위해서는 시에 대한 지식을 지나치게 강조함으로써 학습자의 활동을 위축시키지 말아야겠다. 이러한 문제의식은 적지 않게 교육현장에서 진행되고 있다는 보고가 있다. 그러나 한 작품에 대한 수행활동의 과제 수가 너무 많아서 학습목표가 분산되거나 작품에 대한 깊이 있는 감상을 진행하지 못하는 경우가 대부분이다. 이것은 문학능력 향상과 입시를 무의식적으로 결합한 데서 비롯된다. 따라서 대학수학능력시험 문제는 문학능력을 측정하는 다양한 방법을 제시할 필요가 있다.

둘째, 전범 중심의 시 교육은 다양한 수용을 제약하고 있다. 문학적 관습과 지식을 고려한 작품 선정과 작품을 인문학적 보편적 가치로 내면화하려는 시도는 공동체의 요구와 문학연구자의 이해를 반영한 것으로 학습자의 문학능력 향상을 고려한 수업을 진행하지 못하게 하고 있다. 대학수학능력 시험 문제에서 고전 작품을 외워서 쓸 수밖에 없는 문제나 작품의 의미를 고정시켜 보편적 가치와 비교하는 문제가 그 예이다. 그러나 학습자의 다양한 반응의 경우수를 예로 문학능력을 묻는 문제는 시 교육의 방향에 적절해 보이며, 학습자의 수용과정을 문제화 한 것도 수행활동을 반영한 것으로 시 교육의 적절한 좌표를 제시하고 있다. 하지만 여전히 출제된 문제가 전범 중심의 작품 선정을 하고 있는 것은 주입식 교육의 가능성을 높이고 있다 하겠다,

셋째, 해석과 감상의 창의성을 향상시키는 문제가 아직도 그 숫자가 적다. 시 작품의 감상과 창작활동을 통한 내면화의 목표를 지나치게 인문교양학적 가치와 연결하고 있기 때문이다. 서사 장르와 달리 시는 감정의 영역으로서 감지와 체득이 없으면 감상과 창작활동이 불가능하다. 이런 점에서 시의 고유성을 충분히 고려한 문제가 증대되어야겠다. 물론 다양한 작품에서 화자의 정조를 비교하는 문제와 같이 감상 능력을 측정하는 데 적절한 문제도 있으며, 수용 과정에서 수행되는 다양한 창작활동을 반영한 문제들도 있다. 그러나 시의 내면화 과정은 학습자에게 시간을 요하는 문제이므로 근본적으로 현장 교사의 몫이 크다. 그러나 아직까지 교사들의 시에 대한 이해 부족으로 수행활동이 형식에 치우친 감이 있다. 시에서 주제를 성급하게 일반화되거나 고정되면 감상의 능동성과 다양성이 사라진다. 이런 점에서 시는 감정 교육이라는 좌표를 분명히 할 필요가 있다.

Ⅲ. 시 교육에서 인접예술과 다매체 활용

1. 들어가는 말

오늘날 문학 교육 현장에서 많은 교사는 학습자가 시의 학습을 지겨워하거나 무관심하다는 데 고충을 느낀다. 시를 읽는 것이 감동이나 즐거움을 주지 못한다는 것이다.[36] 이러한 문제에 대한 진단을 토대로 고충을 해결하고자 한 노력이 7차 교육과정이다. 교육인적자원부는 문학 교육의 목표로 문학에 대한 지식, 수용자의 비판적·창의적 수용인 수행활동, 삶의 내면화와 관련된 문학에 관한 태도를 설정하고 있다. 이러한 목표 설정은 그 동안 문학 교육에서 학습자가 감동과 즐거움을 느끼지 못한 이유를 다음과 같이 진단한 데서 비롯되고 있다. 첫째 학습자가 문학에 대한 이해가 부족하였으며, 둘째 학습자가 수동적으로 작품을 감상하였으며, 셋째 작품의 감상이 학습자의 삶과 접속된 부분이 미약하였다는 것이다. 따라서 문학에 대한 지식을 넓히고, 창

---

36) 최혜숙, "7차 교육과정 개편에 따른 시 교수법 연구", 『고교에서 시 교육 어떻게 할 것인가』, 정덕준편, 한림대학교 한림과학원, 2003. 173쪽; 교과서에 나오는 시들은 대부분 재미가 없고, 무슨 뜻인지 알 수가 없어서 매우 어렵고 싫다는 의견이 대부분이었다.

작활동 영역을 구체화하였으며, 학습자의 경험과 접맥할 수 있는 영역
을 확대하였다. 이러한 인식을 바탕으로 문학교육에서 인접 예술이나
문화의 경험을 중요한 교육 영역으로 설정하고 있다.[37]

> 문학의 관점에서 인접 예술을 감상하거나 사회 현상을 분석하고,
> 문학을 다른 예술로, 또는 다른 예술을 문학으로 변환하며, 사회 현
> 상을 문학의 방식으로 해석하고 비판하는 활동을 하도록 한다.[38]

학습자가 스스로 문학의 원리를 통해 인접 예술이나 문화와 관련을
이해하고, 실제적인 수행활동을 통해 문학을 직접 체험하도록 하고 있
다. 이러한 문학교육 방향은 특히 정보화 사회의 다양한 매체 환경을
염두에 두고 편성되어 있다. 교육인적자원부는 그 구체적인 교과 과정

---

37) 시 교육에서 다매체문화에 관한 입장은 활용과 소통이란 측면에서 연구되어
왔다. 구인환 등은 교양과 흥미를 고려한 문학작품의 수용현상에서 영상매체의
적극적 활용의 필요성을 강조하고 있다. 그러나 언어와 영상매체의 차이를 이
해하여야 하며, 상상력의 한정과 작품 읽기를 꺼리는 부작용을 낳지 않도록 주
의해야 한다는 입장이다.(구인환 외, 『문학교육론』 4판, 삼지원, 2001. 435~477
쪽.) 정현선은 이러한 입장에서 다매체 문화와 문학의 상호텍스트성을 강조하
는 쪽으로 나아간다. 새로운 영상세대에 맞게 하이퍼텍스트나 피드백 과정의
교수방법과 작품을 소그룹 단위로 시뮬레이션 만들기나 뮤직비디오 만들기를
할 것을 주장한다. 이것은 영상세대가 능동적으로 시 학습에 참여하도록 하는
방법의 모색이라 할 수 있다.(정현선, "매체변용을 통한 시 교육", 『현대시 교
육의 쟁점과 전망』, 김은전 외, 월인, 2001. 245~261쪽.) 이러한 방법의 모색은
시 교육에서 시를 이야기로 바꾸기, 노래로 바꾸기 등의 매체 바꾸기와 광고나
컴퓨터 게임과 관련성까지 확대되고 있다.(윤여탁, "다매체 언어를 활용한 현대
시 교육 연구", 『문학교육의 민족성과 세계성』, 한국문학교육학회, 태학사,
2000. 293~314쪽) 이러한 다매체의 활용과 소통의 필요는 시를 문화의 하나이
며 오늘날 우리의 문화생활은 다매체가 현실적으로 강하게 작용한다는 것을
받아들이는 입장과 수용자의 창의적 활동을 돕기 위해 수용자의 주체적 문화
경험을 중시하는 구성주의적 교육관과 관련된다.
38) 교육인적자원부, 『고등학교 교육과정해설 2 국어(교육부 고시 1997-15호)』,
2001. 316쪽.

을 다음과 같이 설정하고 있다.

① 문학이 소통되는 다양한 매체 이해하기
② 문학 작품을 다른 매체로 전환하기
③ 새로운 매체를 활용하여 문학적 소통하기
④ 전자 매체와 대중 매체를 활용한 문학 소통의 특성 이해
⑤ 매체 활용한 문학에 비판적 접근하기[39)]

　이러한 지침은 그 동안 문학교육이 전범에 대한 이해 중심으로 진행된 것에 대한 비판적 시각을 보여준다. 전범 중심의 문학교육은 두 가지 문학관이 강하게 작용하고 있었다. 첫째, 작품을 이해하는 것은 작품에 제시된 작가의 의도를 읽어내는 것이라는 표현론 입장의 문학관이다. 둘째, 작품은 자족적인 유기적 구조를 가지고 있으므로 작품의 내적 구조를 이해하기 위해 문학에 관한 지식을 이해시키는 것이 중요하다는 신비평의 문학관이다. 이 두 문학관은 저자의 의도를 읽어내기 위해 작품의 내적 구조를 꼼꼼하게 해석하는 데에 문학교육을 집중하였다. 텍스트 읽기 중심의 교육으로 텍스트의 구조를 파악하기 위한 지식을 강조하였으며, 그 지식에 따른 작품의 해석을 학습자에게 전달하였던 것이다.

　7차 교육과정에서는 이처럼 해석 중심의 일방적 전달 방식의 문학교육을 반성하고 새롭게 수용자의 주체적인 활동을 중요시 하고 있다. 문학 작품은 학습자의 경험과 수준에 따라 다양하게 형성되므로 수용자가 주체가 되어 작품을 향유할 수 있도록 하는 교과과정을 편성하고 있는 것이다. 그 대표적인 변화가 작품과 학습자의 삶이 접목되는

---

39) 위와 같은 쪽.

영역의 확대와 창작원리에 따른 수행활동이라 할 수 있다.

　이러한 변화는 7차 교육과정에서 제시한 문학교육의 방향과 지침은 이전에 비해 매우 개방적이고 효율적인 학습을 가능하게 할 것처럼 보인다. 그러나 7차 교육과정의 문학교과서는 인문 교양의 성격과 학문적 성격으로부터 자유롭지 못하다. 문학 능력을 향상시키기 위한 학습자의 창작활동과 문화적 경험을 교육과정에 편성하였지만 다양한 매체활용과 창작원리 활용에 대한 인식과 지침이 뚜렷하지 못해 문학교육의 현장에서 교육적 효과를 약화시킬 소지를 안고 있다.[40] 따라서 이 글에서는 문학교육 가운데서도 특히 시 교육에서 인접예술이나 매체 문화 활용에 대한 이해를 심화시키고 기존 인식을 수정·보완하고자 한다.

2. 시 교육에서 다매체 활용방식의 수정·보완의 좌표

　시 교육에서 다매체 활용은 학습자의 문화적 경험을 토대로 수용자가 주체가 되어 문학 활동을 하도록 하고자 하는 데 있다. 교육인적자원부는 이것을 '문학의 관점에서 인접 영역의 작품이나 문화를 감상'하는 것과 '문학의 원리를 이해시키는 것'으로 설정하고 있다. 문학을 언어 예술로 전체 문화 속에 한 현상으로 규정한 기본 개념에 따른 것이다. 그러나 여기에는 몇 가지 문제를 안고 있다.

---

40) 문학의 갈래나 문학사를 염두에 둔 작품선정과 문학과 인접영역을 함께 아우르지 못한 교과과정의 편성을 지칭한 것이다. 김창원은 7차 고등학교 문학교과서에 대한 분석에서 이를 자세하게 논의하고 있다.(김창원, "문학 교과서 개발에 대한 비판적 점검: 제 7차 고등학교 「문학」 교과서를 예로 들어", 한국문학교육학회, 『문학교육학』 11호, 2003. 43~79쪽.)

첫째, 문학교육을 국어교육의 하위 범주로 설정하고 있어 **다매체 활용**에서도 이러한 인식을 벗어나지 못하고 있다.[41] 그 예로 '전자 매체와 대중 매체를 활용한 문학 소통의 특성 이해'를 위한 **수행활동**은 작문의 글쓰기와 같은 범주로 설정되어 있다. 이 때의 글쓰기는 문학 작품의 창작보다는 국어 교과목의 국어생활, 독서, 작문 등과 수평적 연계에 초점이 맞추어져 있다. 이러한 지침은 학습자의 수준을 고려한 측면이나 교과과정의 균형적인 편성이란 점에서 타당성을 가지고 있을지 모른다. 모든 학생이 전문 창작인이 될 수 없으며, 그렇게 교육할 수도 없는 것이다. 그러나 인접 예술이나 다매체 활용이 일반적인 글쓰기와 문학적 글쓰기의 차이를 보여주지 못한다면 학습자가 왜 문학을 배워야 하는지 납득할 수 없을 것이다.

타 국어 교과목과 문학의 관련을 살펴보면, 작문은 '다양한 글쓰기' 가운데 '정서 및 친교 표현을 위한 글쓰기'에서 문학작품의 창작과정과 수행활동을 제시하고 있지만 다매체 활용과는 거리가 멀다. 다음으로 국어생활은 '삶의 문학적 표현'에서 문학적 표현에 대한 이해를 제시하고 있지만 문학의 학습을 자극하기보다 국어생활의 한 측면을 설명하는 지식에 지나지 않으며, 다매체 활용과도 거리가 멀다.[42] 마지

---

41) 많은 논자들이 국어교육의 관점과 시교육의 관점을 동일한 관점에서 바라보고 있다. 물론 표현이나 활동을 강조하기는 하지만 근본적으로 국어교육의 하위범주로부터 자유롭지 못하다. 한 예를 들면 다음과 같다, "국어교육의 관점에서 시 교육을 말하면, 시는 국어 활동 즉 말하기/듣기, 쓰기/읽기의 자료이며, 자료로 제공되는 시와 시에 대한 지식이나 시의 속성은 국어 활동의 원리와 지식으로 작용해야 된다."(윤여탁, "시 교육과 사고력의 신장", 『현대시 교육의 쟁점과 전망』, 김은전 외, 월인, 2001. 37쪽.)

42) 국어생활 교과과정의 한 예를 보면 다음과 같다.
다음 표현들이 문학이 될 수 있는지 (1)-(5)의 기준에 따라 생각해보자.
(1) 글쓴이는 자신의 삶 속에서 발견한 가치 있는 체험들을 표현하고 있는가?
(2) 삶 속의 체험이 구체적인 형상으로 드러나고 있는가?

막으로 독서는 다양한 독서방법을 단원별로 제시하면서 각 단원에 신문, 광고, 시나리오, 인터넷 등의 다매체 시대의 언어를 편성하고 있다.43) 이러한 설정은 문학과 다매체 문화의 상관관계를 살피려는 것과는 거리가 멀다. 이렇게 볼 때 문학교육은 다른 교과목에 비해 인접 예술과 다매체 문화를 적극적으로 활용하고 있다고 할 수 있다. 학습자의 문화적 경험을 존중하여 학습자가 문학을 내면화 하는 과정을 염두에 둔 것이다. 그렇지만 문학교육은 여전히 학습자에게 문학 학습의 필요성을 납득시키지 못하고 있다. 문학교육에서 인접 예술과 다매체 문화를 활용하여 학습자가 문학 학습의 필요를 공감하도록 하는 목표를 설정했지만 구체적인 교과과정이 이를 뒷받침 하지 못하고 있다. 따라서 우선 문학 학습의 필요성을 설득하기 위한 교과과정의 표본을 다매체 문화와 관련하여 제시하려고 한다.

(가) 뚜껑 위 장식부분은 봉황이 여의주를 목에 끼고 날개를 활짝 펴서 날아가는 모습을 하고 있죠. 그 아래의 뚜껑에는 5명이 음악을 연주하는 모습, 크고 작은 산, 사람들, 동물, 말을 탄 사람들, 불꽃무늬 등 화려한 무늬가 조각되어 있어요. 몸통에는 연꽃, 물고기, 동물 등 여러 가지 무늬가 새겨져 있습니다. 그 밑에는 용이 살아 움직이

---

(3) 다른 글에서 볼 수 없는 참신한 표현이 있는가?
(4) 사전적 의미로만 파악할 수 없는 함축적인 표현이 들어 있는가?
(5) 표현에 일정한 타력성이 있는가?(김대행 외, 『국어 생활』, 교학사, 2002. 230쪽.)
　　아마도 국어 생활에서 문학적 표현을 구분하는 조건은 문학의 이해를 돕는 데는 도움이 되지만 각 조건을 이해시키기는 쉽지 않다. 이런 조건들을 이해시키는 것이 문학교과과정일 것이다.
43) '독서의 준비', '단어, 문장, 문단의 독해', '글 전체의 독해', '독서 과정의 인식' '비판적 독해', '감상적 독해', '독서와 학습방법' 등의 대단원 모두에 「다매체 시대의 언어 자료」라는 소단원을 두고 있다.

는 듯한 모습으로 몸통을 입으로 받들고 있고, 또 구름과 풀잎무늬가 소용돌이치는 모습으로 꾸며져 있어요. 그래서 이 향로는 백제 문화의 우수성과 독창성이 한층 돋보이는 작품으로, 동북아시아에서 출토된 향로 중에서 가장 아름다운 것이지요.

— 향로 소개하는 글

(나) 백제 금동대향로는 자유스럽고 활달한 기상이 비길 데가 들물 것 같습니다. 거기에는 우아한 품격과 사랑과 평화를 구현하고 있습니다. 변화무쌍한 조형적 구사력과 깜찍스러운 균제미와 경쾌한 공간감과 지금 살아 있고 영원토록 살아 움직일 것 같은 모습을 하고 지금 막 날고 있는 형국이었습니다. 용이 받치고 있는 <u>향로의 모체는 불꽃이고 연꽃봉오리였습니다.</u> 그것은 생명의 원초적 생동 그것이었습니다. 감각의 섬세함, 예리한 관찰력, 더하지도 덜하지도 않은 표<u>현의절도, 맺힘과 흘러감은 물 흐르듯 하고 시작도 안 보이고 끝도 안보입니다. 어른이면서 아이스럽고, 어둠을 벗겨낸 맑음과 밝음의 아침이었습니다.</u>

— 최종태, 『나의 미술, 아름다움을 향한 사색』, 열화당

위 (가)는 '백제금동용봉봉래산향로'를 소개하는 글이고 (나)는 향로를 본 느낌을 적은 글이다. 두 글을 읽고 상상할 수 있는 형상을 말하도록 해보자. (가)를 읽고 나서 학습자에게 백제문화의 우수성과 독창성, 아름다움을 상상하고 느낄 수 있는 가를 물어보거나 그려보라고 하면 그 구체적인 형상을 잡아내지 못한다. 설혹 잡아낸다하더라도 학습자 자신의 관념을 통해 구성한 형상은 상투적인 경우일 것이다. 더구나 향로의 아름다움은 알 길이 없다. 구체적인 형상이 없기 때문이다. 그런데 (나)를 읽으면 달라질 것이다. 밑줄 친 부분은 상상을 촉발할 수 있는 구절이다. 불꽃이자 연꽃인 것은 그 강렬한 기운과 아름다운 형

상을 상상할 수 있는 자극이 있다. 바로 이어지는 구절에서 그 느낌을 '원초적 생동'이라 표현하고 있다. 추상적 개념과 구체적 형상이 결합되어 있는 것이다. 다음으로 '맺힌 듯 흐르고 시작도 끝도 안 보이는 것'이란 불꽃이 공간과 시간을 꿰뚫고 뻗쳐나가 그 끝을 알 수 없는 기운을, '어둠을 벗겨낸 맑음과 밝음의 아침'이란 갑자기 눈앞이 환해지는 매력을 느끼게 한다.

이렇듯 문학적 글쓰기는 구체적인 형상으로 우리의 마음을 사로잡는 힘이 있다. 이러한 학습 후에 향로의 사진과 그림을 제시하면 학습자에게 문학의 힘을 느끼게 할 수 있다. 눈에 보이는 것과 언어로 표현하는 것에는 차이가 있을 수 있지만, 느낌을 표현한 것에서는 차이가 있을 수 없으며, 자신의 관점에서 보고 느낀 것을 언어로 표현하는 문학은 그 자체로 독자적인 매력을 지니는 것이다.

위의 왼쪽 사진은 '백제금동용봉봉래산향로'이고, 오른쪽 그림은 향로를 보고 느낀 것을 그린 최종태의 그림이다. 여기서 학습자에게 앞

의 글을 사진이나 그림과 비교하도록 할 수 있다. 특히 오른쪽 그림과 ㈘ 글의 비교는 흥미롭다. '향로의 모체는 불꽃이고 연꽃봉오리로서 원초적 생명력'이자 '어둠을 벗겨내는 맑음과 밝음의 아침'이란 표현과 관련되기 때문이다. 그림에서 아래 화분이 더 어둡다. 붉은 기운이 화분을 감싸고 있지만 붉은 꽃이 파란색 동그라미 안에 갇혀 있다. 그런데 위 화분은 화분이 밝아졌으며, 화분을 감싼 붉은 기운이 위로 올라와 녹색, 붉은색, 조금 연한 붉은 색들이 살아나고 있다. 어둠을 벗겨낸 아침을 상상할 수 있게 한다. 향로가 꽃을 피우고 있는 화분으로 변용된 것이다. 이것이 원초적 생명력으로 시작도 끝도 없는 자연의 움직임이 아닐까 싶다. 여기서 한 걸음 더 나아가 향로나 그림을 학습자 나름대로 시적으로 묘사하거나 감동을 글로 쓰라고 할 수도 있다. 이 과정에서 학습자는 문학적 표현에 대해 다시 생각하는 계기를 마련할 수 있다.

학습자의 글은 구체적인 형상을 표현하는 데 미숙하지만 부분적으로 성공을 거두는 경우가 적지 않다. 따라서 학습자가 자신의 글을 발표하고 듣는 사람에게 구체적인 형상을 상상할 수 있는 지를 말하도록 하며, 막연하고 추상적인 개념을 점점 구체적인 형상으로 바꾸어

나가는 활동을 수행하면 학습자는 문학의 형상성에 대해 이해하게 되며, 형상의 언어가 주는 재미를 느끼게 된다. 이러한 과정은 시 교육에도 적용할 수 있다.

옆의 그림을 활용한

이미지 만들기는 시의 표현에 대한 이해와 체험을 학습목표로 설정할 수 있다. 1 단계로 그림에 대한 감상문 쓰기를 하고, 2 단계로 감상문에서 이미지와 설명을 시적인 이미지로 변환하기를 할 수 있다. 이 과정에서 학습자는 설명적 글과 시적 표현의 차이를 이해하고 시적 표현이 지닌 감화력을 체험할 수 있으며, 이미지 만들기를 통해 시적 표현을 만드는 재미를 느낄 수 있다. 위 가설에 의거해 실제 수업 과정은 다음과 같았다. 1 단계 과제: 위 그림을 제시하고 학습자에게 느낀 점을 글로 적으라는 과제를 제시하였다. 이 때 그림을 묘사하면서 느낌을 적을 것을 조건으로 제시할 필요가 있다. 느낌과 이미지의 상관성을 놓치면 시적 이미지가 갖는 심리적 진실을 이해할 수 없기 때문이다.

> 삭막하기 그지없는 벌판 한가운데 소의 형상을 한 무언가가 있다. 애처로운 눈빛의 이 소는 무언가를 두려운 듯 바라보고 있다. 다리는 너무나 가늘어서 금방이라고 툭하고 부러질 것만 같다. 게다가 두개뿐이 없기 때문에 소는 더욱 위태위태한 모습이다. 진짜로 살아있다는 느낌은 없고 그냥 누군가가 만들어 놓은 장식품 같은 느낌이 든다. 그저 누군가가 시켜서 어쩔 수 없이 우유 같은 것을 몸 밖으로 내보내고 있을 뿐이다. 두려움을 느끼면서도 두개의 다리로는 도망칠 수도 없기 때문에 운명을 받아들이고 있는 것 같다. 벌판에는 날카로운 전신주가 서 있고 복잡하게 얽혀있는 전선들만 있다. 부드러운 느낌은 어느 곳에서도 찾아볼 수 없고 그저 딱딱하고 삭막하다.
>
> (학생의 글)

위 글은 의미의 중복이 심하며, 설명이 장황한 글이다. 2단계 과제: 위 글에서 중심적인 이미지들을 찾게 하였다. 대부분의 학생은 눈빛,

다리, 전신주를 찾아낸다. 그러나 글쓴이가 새롭게 제시한 '장식품'이
란 이미지는 찾아내지 못한다. 학생들 스스로 이 이미지를 찾아내지
못할 경우 교사의 도움도 필요하다. 다음에 위 글에서 필자가 해석한
의미(개념)를 찾으라고 할 수 있다. 조금 시간이 걸리지만 '도망칠 수
없는 운명'이란 구절을 찾아냈다. 마지막으로 위 학생의 글을 이미지
를 중심으로 간략하게 정리하도록 하였다. 이 때 주의 할 것은 삭막하
고 위태로운 느낌과 '운명'의 의미를 살리도록 하였다. 이러한 창작활
동 과정에서 학습자와 교사가 함께 고쳐 정선한 글은 다음과 같다.

> 벌판 가운데 무언가 두려운 듯 바라보는 눈빛
> 금방이라도 부러질 듯한 다리
> 다리 두 개가 위태위태하다
> 누가 만든 장식품일까
> 우유를 쏟아내는 소가 전선처럼 흔들린다
> 운명일게다

위 글은 시로서 완결된 것은 아니지만 학습자가 스스로 시적인 표
현을 만들면서 시적 언어의 원리를 체험하고 그 매력을 느끼게 할 수
있다. 이렇게 몇 학생의 글을 고쳐가는 과정에서 학습자는 시의 언어
가 주는 즐거움을 더욱 느끼게 되는 것이다. 이러한 학습과정을 요약
하면 다음과 같다.44)

---

44) 또 다른 예를 살펴보면 다음과 같다.
　①　-1, (학생글)
　　저 멀리 들판엔 뾰쪽뾰쪽 하늘을 찌르는 듯 고압선들이 서있다. 그리고 그
　앞엔 직육면체가 가로로 놓여져 있다. 얼핏 보면 직육면체는 사물로 보이겠지
　만 직육면체의 왼쪽 뚜껑에 있는 눈과 입을 보면 생명체라는 것을 알 수 있다.
　그 생명체의 몸통과 뿔은 각겨진 도형으로 되어있으며 있어야할 다리와 꼬리

학습 목표 : 시 학습의 필요성 인식	
수행 활동	그림의 감상문 쓰기 (개인별)
	감상문을 시적 표현으로 고치기 (집단적)
기대 효과	시적 표현의 이해
	형상 언어에 대한 흥미

연구 과제 : 시적 표현을 체험할 다양한 프로그램 계발

둘째, 문학 작품의 창작원리를 매체와 관련해 적극적으로 활용한 시도는 매우 효과적으로 보인다. 그 대표적인 예가 '문학 작품을 다른 매체와 비교하거나 전환하기'라 할 수 있다. 그러나 문학 작품을 다매체로 바꾸거나 다매체를 문학작품으로 바꾸는 교과 과정은 다매체 문화에 대한 이해 부족으로 매우 포괄적이거나 자의적인 수준에 머물러 있다. 이러한 지침은 연구자, 교과서 집필자, 교사 모두에게 그대로 드러난다.

는 없는 것이 부자연스럽고 삭막하게 느껴진다. 또한 두 눈은 그림을 보는 사람의 시선과 정반대 방향으로 피하고 있으며 입은 한일자로 굳게 닫혀있다. 한가로운 들판에 뾰족하게 솟아있는 고압선들에서도 삭막하게 느껴지지만 시선을 외면한 채 뒷다리도 없이 앞다리로만 서있고 양동이에 젖을 짜고 있는 직육면체(생명체)가 한가로이 풀을 뜯고 우리에게 순한 이미지로 와 닿는 소였다는 것이 더 삭막하게 느껴진다. 자신이 자유로이 돌아다닐 수 있는 들판을 인간들이 만들어낸 고압선에 빼앗긴 채 고압선들 속에 딱딱한 직육면체 몸통을 가지고 외로이 서 있는 소는 고압선위 여러 갈래로 날카롭게 뻗쳐있는 전선처럼 그 고독감을 인간에게 날카롭게 쏘아대고 있는 것은 아닐까?
① -2, (형상을 살려 고친 글)
　하늘을 찌르는 고압선에 갇힌 상자 하나
　눈과 입을 달고 있다
　꼬리도 없이 다리도 없이
　우유를 쏟아낸다
　빙그레 상표의 뿔 달린 소

첫째, 다매체 활용이 시의 감상보다는 의사소통 방법으로서 언어생
활에 초점이 맞추어져 있다.[45] 그 대표적인 경우가 시의 운율을 **광고**
의 문장과 비교한 경우다.

> 덥지도 않나?
> 잠ㅡ도 없나?
> 더운데 잠이 오나?
> 더워? 에어컨 없나?
> 에어컨 어디서 샀나?
> 하이마트
>
> 　　　　　　　　　　　　　　　 － 광고문장

> 길이 끝나는 곳에 산이 있었다
> 산이 끝나는 곳에 길이 있었다
> 다시 길이 끝나는 곳에 산이 있었다
> 산이 끝나는 곳에 내가 있었다
> 무릎과 무릎 사이에 얼굴을 묻고 울고 있었다
>
> 미안하다
> 너를 사랑해서 미안하다
>
> 　　　　　　　　　　　　　 － 정호승, 「미안하다」[46]

광고 문장과 시 문장 모두 맨 끝의 글자가 반복되므로 각운이라는

---

45) 국어교육에서 광고 활용법인 ① 두운·모운·각운을 통한 인지 향상 ② 화자
　의 의도 전달 방식 ③ 수사법을 통한 함축적 의미 전달 ④ 언어규범 파괴 통
　한 관심 유발 등을 시 교육에 적용하고 있다.(박인기 외, 『국어교육과 미디어
　텍스트』, 삼지원, 2000. 121~129쪽.)
46) 최혜숙, 앞의 논문. 184~185쪽.

것이다. 이것은 단순히 끝에 글자가 반복되는 경우가 각운이라는 지식을 기억하는데 도움이 될지 모른다. 그러나 시에서 운율이 어떤 효과를 가지는 가에 대해서는 어떠한 설명도 해줄 수 없다. 위 광고는 각운이 중요한 것이 아니라 대화 형식이다. 더워서 잠을 이룰 수 없는 정황을 표현한 대화 방식이 의사소통에 작용하는 핵심적인 자질이다. 각운은 의사소통에 작용하는 중요한 자질이 아니라 말 재롱으로 흥미를 유발하는 자질이다. 이것이 일정한 리듬을 주는 것은 사실이지만 시의 운율을 체험하는 데 도움을 줄 수 있느냐는 의문이다. 우리 시에서 운율은 단순한 반복으로 이루지는 것이 아니다. 운율은 이미지나 정서와 긴밀하게 결합되어 시상을 끌고 가거나 마무리하는 기능을 한다. 이런 점에서 위 교육 방법은 운율에 대한 파편적인 지식을 강화시켜줄 수 있으나 정작 시의 운율을 느끼고 활용하는 능력을 배양하는 것과는 거리가 멀어 보인다.

또, 제시된 시에서 '있었다'는 술어의 반복은 화자가 사랑을 얻고자 할 때마다 실패하는 자신의 모습을 인식한다는 의미와 긴밀하게 관련되어 있다. 여러 실패의 과정 끝에 화자는 마침내 무릎 사이에 얼굴을 묻고 울고 있는 자신을 발견한다. 그러므로 '있었다'는 사랑의 상처가 깊어지는 과정을 이끌어 가고 있다고 할 수 있다. 시의 운율은 이렇듯 시상 전개와 시적 긴장을 이끌어가는 기능을 하는데, 각운이란 점에서 운율을 광고문과 단순 비교하는 것은 학습자의 시에 대한 이해와 활동을 단순 지식으로 고정화시킬 위험이 높다.

문학 교과서도 운율에서 다매체 활용이 적절하지 못한 경우가 적지 않다. 그 한 예로 정지용의 「향수」에서 후렴구의 효과와 표현의 특징을 다매체와 관련해 교육하는 경우를 들 수 있다.[47] 이 교과서에서는 운율에 대한 이해를 도울만한 과제가 제시되지 못하고 있다. 운율과 관련된 과제는 「향수」를 가사로 만든 대중가요(김희갑 작곡, 박인수, 이동원의 노래)를 듣고, 시를 읽을 때와 노래로 들을 때의 느낌을 비교하는 것이다. 이러한 과제는 대중가요가 이 시의 운율을 잘 살린 곡이라는 전제일 때만 가능하다. 그러나 이것은 시의 운율과 노래에 대한 이해가 모두 부족한 데서 생긴 오류로 보인다. 노래에서 곡은 운율이 아니다. 곡은 정서와 의미를 표현하기 위해 독자적인 표현방법이다. 반면에 시의 운율은 언어학적인 측면에서 의미나 정서를 분화시킬 수있는 변별자질을 전제로 한다. 더구나 위 시는 정형시가 아니어서 운율과 곡조(曲調)를 비교할 수가 없다. 이런 점에서 시를 가사로 만든노래와 시의 운율을 비교하는 것은 시의 운율에 대한 이해를 혼란스럽게 할 뿐이다. 그러므로 이 경우는 노래에는 시의 운율이 있다는 막연한 생각이 다매체활용을 부적절하게 한 예라 할 수 있다.

다음으로는 시 작품을 인접 예술로 바꾸기를 시도하는 경우를 살펴볼 수 있다. 개별 작품의 수용과 창작을 위해 시를 그림으로 바꾸도록하는 경우다.

> 낙엽은 폴란드 망명 정부의 지폐
> 포화(砲火)에 이지러진
> 도룬 시의 가을 하늘을 생각하게 한다.
> 길은 한 줄기 구겨진 넥타이처럼 풀어져
> 일광(日光)의 폭포 속으로 사라지고
> 조그만 담배 연기를 내뿜으며
> 새로 두 시의 급행 열차가 들을 달린다.
> 포플라나무의 근골(筋骨) 사이로
> 공장의 지붕은 흰 이빨을 드러내인 채

---

47) 김윤식 외, 『고등학교 문학(상)』, 디딤돌, 2003. 184~187쪽.

한 가닥 구부러진 철책(鐵柵)이 바람에 나부끼고
그 위에 셀로판지로 만든 구름이 하나.
자욱한 풀벌레 소리 발길로 차며
호올로 황량(荒凉)한 생각 버릴 곳 없어
허공에 띄우는 돌팔매 하나.
기울어진 풍경의 장막(帳幕) 저쪽에
고독한 반원(半圓)을 긋고 잠기어 간다.

　　　　　　　　　김광균, 「추일서정(秋日抒情)」 전문

　이 작품의 학습은 1차 과정에서 화자가 바라보는 대상, 즉 풍경에서
느껴지는 정서와 정서를 표현하는 비유 등을 학습하도록 되어 있다.
이어서 2차 과정에서 이 시의 주제가 드러나도록 그림그리기를 설정
하고 있다. 이를 자세히 보면 다음과 같다.

　　1. 시의 주제가 잘 드러나도록 한 편의 그림으로 그려보고자 한다.
　　　다음 사항과 관련하여 어떠한 내용을 부각시켜 그릴 것인지 말
　　　해보자.
　　　(1) 계절 :
　　　(2) 시적 화자가 바라본 풍경 :
　　　(3) 시적 화자의 모습 :[48]

　위의 제시 사항은 시에 대한 지식을 지나치게 염두에 둔 것으로 보
인다. 세부 조건은 이 작품이 회화적 이미지를 표현한 모더니즘 작품
이라는 것을 염두에 두고 있다. 그러나 고등학생 정도의 학습자는 누
구나 세 항목 가운데서 시적 화자가 바라본 풍경을 부각시켜야 한다
는 것을 쉽게 알 수 있다. 이 작품을 그림으로 그릴 때 정말 문제가

---

48) 김윤식 외, 위의 책. 171쪽.

되는 것은 비유적 표현을 어떤 방식으로 그릴 것인 가다. 보조관념을 최소한 활용하여 사실적으로 그릴 것인가(①), 보조관념을 살려서 추상적인 그림을 그릴 것인가(②)를 생각해 볼 수 있다.

이 때 그림의 표현 방식은 사실적인 표현과 추상적인 표현의 차이뿐만 아니라 그림을 그리는 재료에 따라서도 달라질 수 있다.[49] 학습자는 ①, ②의 방법 중 하나를 택할 수도 있고, 두 방법을 혼합하여 사용할 수도 있으며, 재료 또한 자유롭게 선택할 수도 있다. 다만 이 작품의 구조를 이해하고 감상하게 하기 위해서 시 전체의 풍경을 염두에 두고 표현하라는 주문이 필요할 듯싶다. 그렇지만 ② 방식을 더 권하고 싶다. 왜냐하면 ②방식은 이 작품의 비유적 표현과 상상력을 공부하는 데 효과적이기 때문이다. 이처럼 한 작품을 다른 매체로 바꾸기를 할 때는 그 작품의 성격에 맞는 학습목표와 교과과정이 제시되는 것이 필요해 보인다.

그러나 현 국어교과 과정에서 시 작품의 영상 매체와 관련된 활용은 ①의 방식에 국한되고 있다. 작문 교과과정에서 시 쓰기 활동 역시 ① 방식을 활용하고 있다.[50] 이러한 협소한 시각은 인접예술에 대한 이해가 부족한 문학교육 프로그램의 한계를 보여주고 있다. 다시 말해서, 시 교육은 미술, 음악 등의 타 교과와 수평적 연계를 고려한 예술교육일 수 있다는 인식이 부족한 데서 연유한다.

「향수(鄕愁)」의 그림 그리기 프로그램 역시 같은 인식으로부터 벗어나지 못한다. 고향을 표상하기 위해 동원된 소재, 화자의 고향에 대한

---

49) 그림을 그릴 때 천이나 지폐, 셀로판지, 실 등을 활용할 수 있다.

50) 시 쓰는 과정에서 떠오른 영상의 사실적 표현 그림과 사실적 사진 제시하고 이를 시적 표현으로 쓰기를 제시한 것이 그 예이다. (이삼형 외, 『작문』, 대한교과서, 2003. 224~221쪽.)

기억, 공감각적 심상 등을 제시한 후에 설정한 수행활동 과제 역시 ①
방식으로부터 자유롭지 못하다.

> ‖표현하기‖ 이 시를 읽고 떠오르는 고향의 이미지를 5 컷의 그림
> 으로 그려 보고자 한다. 후렴구를 제외한 각 연에 해당하는 고
> 향의 이미지는 어떻게 그려져야 할지, 다음 사항을 고려하여 토
> 의해 보자.
> ° 계절적인 배경은?(봄, 여름, 가을, 겨울)
> ° 시간적 배경은?(밤, 낮)
> ° 공간적 배경은?(폐쇄적 공간, 개방적 공간)
> ° 시적 화자가 회상하는 시절은?(어린 시절, 성인시절)
> ° 중심인물은(아버지, 아내, 누이, 가족, 화자)51)

이 작품을 그림으로 옮길 때 제시된 조건을 염두에 두고 그림을 그
릴 때 부딪치는 문제가 하나 둘이 아니다. 제시된 조건이 이 작품의
형상을 상상하는 데 기본적인 사항을 될지 모르지만 작품의 미묘한
정서와 아름다움을 떠올리기에는 부족하다. 두 가지 정도가 더 필요할
듯싶다. 첫째, 1920년대 농촌의 풍경을 간접적으로나마 체험할 필요가
있다. 당시의 조선 농촌의 정황에 대한 이해가 작품의 형상을 상상하
는 데 상당한 도움을 줄 수 있을 것이다. 둘째, 공감각적 표현에 담긴
정서의 이해와 표현에 대한 고려가 있어야 하겠다. '해설피 금빛 게으
른 울음을 우는 곳', '비인 밭에 밤바람 소리 말을 타고 달리고', '함부
로 쏜 화살', '전설 바다에 춤추는 밤물결 같은' 등의 구절에 담긴 정
서를 이해하고 감상하는 차원에서 이 구절을 어떤 형상으로 표현할

---

51) 김윤식 외, 앞의 책. 187쪽.

것인가를 고려해야 한다. 공감각적 표현은 미묘한 감정을 담고 있어, 이를 다매체로 표현하는 방법을 모색한다면 예술적 감성을 증진시킬 수 있으며, 시적 표현에 대한 이해도 심화시킬 수 있다. 따라서 ②방식을 좀더 구체적으로 풀어갈 수 있는 지침을 미술교육과 수평적 연계과정에서 설정할 필요가 있겠다. 논의를 정리하면 다음과 같다.

학습 목표 : 시의 이미지의 이해와 창작활동		
감상	작품의 이미지 살피기	감상하기
수행 활동	이미지를 그림으로 상상하기	비유적 표현 이해
	공감각적 표현을 그림으로 표현하기	비유적 표현의 정서 체험
연구 과제 : 타 예술 교과와 수평적 연계 고려한 교과 편성		

셋째, 수용자 중심의 교육 방향에 대한 경도는 인접 예술이나 다매체 문화를 지나치게 시와 동일화시키는 경우가 발생하고 있다. 교육인적자원부에서 제시한 '새로운 매체를 활용하여 문학적 소통하기'라는 지침은 작품을 이해하는 데 중요한 정보나 이미지를 제공하고 학습자의 정서나 인식을 자극하여 문학적 환경을 조성하는 데 기여할 수 있다. 그러나 '문학이 소통되는 다양한 매체 이해하기'는 타 예술이나 문화에 대한 이해와 접목 방법에 대한 적절한 지침이 되지 못하고 있다. 특히 교육인적자원부의 지적처럼 개별 작품별로 그 작품의 이해와 감상을 도울 수 있도록 다매체문화를 준비해야 하지만 아직은 이에 대한 연구가 충분해 보이지 않는다. 문학교과서 조차 작품 내에 존재하는 코드와 동떨어진 다매체 문화를 제공함으로써 작품의 이해와 감상을 혼란스럽게 하거나 오히려 상투적으로 만들고 있다.

노란 숲 속에 길이 두 갈래 갈라져 있었습니다.
안타깝게도 나는 두 길을 갈 수 없는
한 사람의 나그네라 오랫동안 서서
한 길이 덤불 속으로 꺾여 내려간 데까지
바라다 볼 수 있는 데까지 멀리 보았습니다.

그리고 똑같이 아름다운 다른 길을 택했습니다.
그럴 만한 이유가 있었습니다. 거기에는
풀이 더 우거지고 사람이 걸을 자취가 적었습니다.
하지만 그 길을 걸음으로 해서
그 길도 거의 같아질 것입니다만,

그 날 아침 두 길에는 낙엽을 밟은 자취 적어
아무에게도 더럽혀지지 않은 채 묻혀 있었습니다.
아, 나는 뒷날을 위해 한 길은 남겨 두었습니다.
길은 다른 길에 이어져 끝이 없었으므로
내가 다시 여기 돌아올 것을 의심하면서.

훗날에 훗날에 나는 어디에선가
한숨을 쉬며 이 이야기를 할 것입니다.
숲 속에 두 갈래 길이 갈라져 있었다고,
나는 사람이 적게 간 길을 택하였고,
그것으로 해서 모든 것이 달라졌다라고.

프로스트의 「가지 않은 길」 전문

이 작품의 학습 과제는 고민하는 시적 화자의 모습, 화자가 선택한
'사람 걸은 자취가 적은 길'의 의미, 시적 화자의 성격, 길의 함축적
의미를 제시하고 마지막으로 다음과 같은 과제를 제시하고 있다.

다음 자료를 보고, 아래의 활동을 해보자.

(가)   (나)

(1) (가), (나)를 비교해보고, 어떠한 느낌이 드는지 돌아가면서 발표해
   보자.
(2) (가), (나)의 두 길을 인생에 비유한다면, 각각의 길을 걷는 것이
   어떤 삶이될 것인지 말해보자.52)

위 작품은 숲 속의 두 갈래 길을 인생에 비유한 것인데 숲 속의 길
과 도시의 길을 그림으로 제시한 것이 적절한 지 생각해 볼 일이다.
시의 비유와 동떨어진 사진을 제시하고 있는 것이다. 이러한 오차는
시 감상을 토대로 삶의 내면화 과정을 유도하기 위한 학습목표에서
비롯된 것이라 변명할 수 있을지 모른다. 그러나 숲과 도시의 대비에
서 인생의 길을 이끌어내는 것은 지나친 단순화다. 숲길과 도시 도로
의 대비는 자칫 도시의 길에 대한 부정적 생각을 유도할 소지가 있다.

---

52) 김윤식 외, 앞의 책. 174쪽.

오히려 독특하게 자신의 길을 가서 성공한 삶과 실패한 삶이나 평범
한 사람들의 삶을 함께 제시하는 것이 위 작품의 감상에 도움이 될
것이며, 작품의 문제의식을 내면화하는 데도 훨씬 효과적으로 보인다.

  이처럼 시 교육에서 매체활용은 그 작품의 수용과 창작에 적합하지
못하면 오히려 시 교육에 방해가 될 수 있다. 작품의 주제뿐만 아니라
시 작품의 표현과 관련해서도 마찬가지다. 개별 작품에 대한 이해를
전제로 하지 않으면 매체활용은 시에 대한 이해를 지나치게 단순화할
위험이 있다. 이러한 위험은 교과서뿐만 아니라 교사들의 현장 학습
프로그램에서도 나타나고 있다.

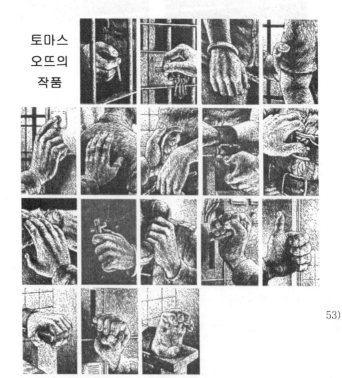

토마스
오뜨의
작품

53)

　위의 만화를 제시한 뒤, 떠오르는 손의 이미지를 정리하고, '손'이란 단어에서 떠오르는 다양한 생각을 정리한 다음에 아래의 시에서 이미지를 떠올리며 감상하는 프로그램을 살펴보자.

　　술을 많이 드시면
　　아버지는 곧잘 우신다

　　농약 먹고 죽은 동갑내기 한 분을
　　산자락에 묻고 돌아오신 그 날도
　　초상술에 많이 취해
　　집에 와 우셨다.

　　입 옹다물고
　　안방에 누워
　　나를 옆에 오라 하신 아버지는
　　말없이 내 손을 움켜쥐고
　　울기만 하셨다.

　　……
　　……
　　나 어릴 적
　　자식놈 행동거지 맘에 들지 않으시면
　　어김없이 귀싸대기 올려치던
　　손
　　나이 삼십이 넘은 오늘에서야
　　그 손의 따뜻함을 안다.

---

53) 최혜숙, 앞의 논문. 187쪽에서 재인용.

흙노동에 닳아진
세월의 무게에 고단해진
아버지의 손

조재도의 「손」

이른 아침부터
키 큰 미루나무 꼭대기
어린 아이 보채듯
매미가 운다
여름이 가려나 보다

옥수수는 즈이 엄마 등에 업혀
더운 여름날 포대기에 싸여서
이빨이 예쁘게 여물었다
봉숭아 씨앗도 저의 엄마
허리춤에 매달린 주머니 속에 안겨서
눈망울이 초롱초롱해졌다
꽈리 열매 또한 즈이 엄마
어깨쯤에 걸린 가방 속에 숨어서
두 볼이 붉어졌다

이른 아침부터
키 큰 미루나무 꼭대기
어린 아이 보채듯
매미가 운다
올해도 나는 빈손이다

나태주의 「올해도 빈손」 전문

만화 속의 '손'을 통해 학습자의 반응을 자극하고, 학습자가 주체로서 자유로운 연상에 참여하게 하여, 시 작품을 감상하는 데 학습자가 적극적으로 참여하게 하려는 의도가 돋보인 프로그램이다. 그러나 만화와 작품의 상관성은 '손'이라는 소재와 '빈손'이란 낱말에 제한되고 있다. 만화의 '손'은 「손」의 주제와 거리가 멀며, 「올해도 빈손」과는 더욱 거리가 멀다. 그러나 주제의 차이보다 더 문제가 되는 것은 시에 대한 이해의 문제다. 「손」은 아버지의 손이 소재이지만 사실은 어린 시절 이야기가 시에서 핵심적인 구조로 작용하고 있고, 「올해도 빈손」은 열매나 씨앗을 키워내는 자연과 자신의 삶을 대비시킨 것이지 '손'을 시적 대상으로 삼고 있지 않는다. 그러므로 앞의 만화는 '손'의 이미지에 대한 관심과 연상을 촉발하지만 정작 작품을 감상하는 데 적절한 매체 문화로 보기 어렵다. 이처럼 수용자의 적극적 참여라는 것 때문에 작품의 특성이나 주제와 거리가 먼 매체문화를 활용하는 것이 반드시 시에 대한 이해를 돕는 것은 아니다.

더욱 문제가 되는 것은 만화로부터 시의 이미지를 교육하는 프로그램을 이끌어내고 있는 데, 이 프로그램이 시의 '이미지'에 대한 정확한 이해를 바탕으로 이루어지지 못하고 있다. 현대시의 이미지를 감각적 형상으로 설명하면서 만화를 전혀 활용하지 못하고 단순히 문자의 배열로 형태를 만드는 형태시에서 이미지를 설명하고 있다.

山
절망의 산,
대가리를 밀어버
린, 민둥산, 벌거숭이산
분노의산, 사랑의산, 침묵의
산, 함성의산, 증인의산, 죽음의산,
부활의산, 영생하는 산, 생의산, 희생의

산, 숨가쁜 산, 치밀어오르는산, 갈망하는
산, 꿈꾸는산, 꿈의산, 그러나 현실의산, 피의산,
피투성이산, 종교적인산, 아아너무나너무나 폭발적인
산, 힘든산, 힘센산, 일어나는산, 눈뜬산, 눈뜨는산, 새벽
의산, 희망의산, 모두모두절정을이루는평등의산, 평등한산, 대
지의산, 우리를 감싸주는, 격하게, 넉넉하게, 우리를 감싸주는 어머니
황지우의 「無等」 전문

형태시가 이미지와 관련될지라도 만화와 상관성이 없다. 그런데도
시의 이미지를 설명하면서 만화와 형태시를 연결하는 것은 학습자에
게 시의 이미지를 오해하게 할 소지가 많다. 이 만화는 오히려 다음과
같은 시를 통해 이미지를 교육하는 것이 바람직해 보인다.

뭔가를
하염없이 만지작거려야 했다
손등 위로 흐르는 시간마저
볼 틈이 없었다
그것이 시금치든 봄종이든 호떡이든
붕어빵이든 고막이든 황실이든
아 그와 같은 뭣뭣이든
고무장갑을 낀 그녀들의 손은
끊임없이 움직이고 있었다
그녀들의 손은 호수의
수면 안에 감춰진 고니의 물갈퀴였다
차가운 곳 향해 무리 지어 날아가는 고니처럼
그녀들의 먹을 것도 차가운 바닥에 있었다
그녀들은
더 좋은 자리를 찾아 뜨고 싶어서

마음속엔 앰뷸런스와 불자동차를 달고
고니의 물갈퀴처럼 왕관 무늬 그리며
수면 위를 차오르고 싶었다
그녀들의 손은
먼 곳으로 떠나는 비행기 바퀴였다

김호균의 「그녀들의 손」 전문

이 작품은 손을 집중적으로 조명하고 있다. 사진으로 말하면 카메라가 손만을 따라다니면서 촬영하고 있다. 만화가 손을 집중적으로 그리듯이 이 작품도 손을 집중적으로 묘사하고 있는 것이다. 이런 점에서 시의 기법과 만화의 기법을 비교해 볼 수 있다.

그러나 만화는 매체 자체가 시각적이지만 시는 눈에 보이는 영상이 아니다. 학습자는 시의 언어를 통해 형상을 상상할 수밖에 없다. 여기서 시의 이미지를 학습할 필요가 생긴다. 우선 시 전체의 구조를 보면 '고무장갑 낀 손→고니의 물갈퀴→비행기 바퀴'로 변용되고 있다. 이것을 만화로 어떻게 그릴 수 있을까. '마음속에 앰뷸런스와 불자동차'를 달고 고니처럼 수면으로 차오르다가 '비행기 바퀴'로 변하는 극적인 순간은 마술과 같다. 마술사가 고무장갑 낀 손을 보자기에 싸더니 고니의 물갈퀴로 변하게 하고, 고니의 물갈퀴를 비행기 바퀴로 변하게 한다면 정말 경이로운 일일 것이다. 이렇듯 시에서 이미지는 마술처럼 변용이 일어나는 경우가 많다.

또, '손등 위에 흐르는 시간'은 어떻게 그릴 수 있을까. 주름살, 물기 젖은 손, 쉼 없는 움직임 등으로 상상해 볼 수 있다. 또 앰뷸런스와 불자동차를 단 마음은 자신의 감정을 달래는 것인지 간절한 바람을 표출하는 것인지 모호하다. 이중적인 의미의 자장이 펼쳐지고 있는 것이다. 이것이 이미지의 탄력성이다. 한 의미에 갇히지 않고 스스로 의미를 생성하는 탄력이 있는 것이다.

그러므로 시 교육에서 매체의 활용은 언어 예술과 다른 매체의 차이와 소통을 충분히 고려해야 하며, 또한 개별 작품에 따라 그 활용 방법이 달라 질 수 있다는 것을 인식해야 한다. 이러한 인식이 바탕이 될 때 시를 다른 매체로 바꾸거나 다른 매체를 시로 바꾸는 시 교육을 효과적으로 수행할 프로그램이 될 수 있을 것이다.

학습 목표 : 언어 예술과 영상 매체의 이해		
감상	인접예술과 타 문화 제시	표현 매체의 차이 인식
수행 활동	기법이나 주제 비교	개별 작품과 상관성
	시를 다른 매체 바꾸기	인접 예술과 문화의 이해
연구 과제 : 언어 예술과 타 표현 매체의 표현방법의 상관성		

넷째, 문학 감상과 활동을 위해 학습자의 경험을 적극적으로 확대시키려는 인식이 미약하다. 학습자의 경험과 작품 속의 정서에는 차이가 있을 수 있다. 그렇다고 학습자의 경험에만 비추어 작품을 읽어내는 것이 능사가 아니다. 학습자의 협소한 체험은 작품 감상을 제약한다. 이런 점에서 학습자의 체험을 적극적으로 확대시킬 필요가 있다. 이때 인접 예술이나 타 매체 문화는 학습자의 체험을 확장시키는 기제로 활용될 수 있다. 이것이 교육인적자원부의 '새로운 매체를 활용하여 문학적 소통하기'에 해당된다.

이화(梨花)에 월백(月白)하고 은한(銀漢)이 삼경(三更)인제
일지 춘심(一枝 春心)을 자규(子規)야 알랴마는
다정(多情)도 병(病)인 양하여 잠 못 들어 하노라
                          - 이조년의 시조

위 시조를 교육할 때 학습자는 대개 문자의 의미 해독에 집중한다.
학습자 자신의 체험이 미약하기 때문이다. 배꽃을 보지 못한 경우가 대
부분이며, 더구나 달빛에 눈부시게 환한 배꽃을 본 경험은 거의 없다.
당연히 배꽃이 언제 피는 지도 알지 못한다. 이런 상황에서는 이 작품
의 감상이 불가능하므로 적극적으로 학습자의 경험을 확대시킬 필요가
있다. 배꽃이 필 때는 엊그제까지 찬 기운에 몸을 움츠렸는데 어느 날
갑자기 밤조차 따스한 기운이 감도는 봄날이다. 이 때 인간의 몸은 천
지의 기운을 받게 마련이고, 마음도 덩달아 밝아져 밤늦도록 즐거움이
넘친다. 학습자로 하여금 이러한 체험을 떠올리게 할 뿐만 아니라 타
매체를 활용하여 그 기운을 체험하도록 할 필요가 있는 것이다.
 이 작품을 읽을 때 계절이 배꽃이 피는 때이면 학습자들로 하여금
실제로 작품의 정황을 경험하도록 하면 좋을 것이다. 그러나 대부분은
계절에 맞추어 이 작품을 읽지 않을 것이다. 그러므로 이에 대한 체험
은 사진이나 유사한 그림을 통해 제시할 수 있을 것이다. 여기서 주의
할 것은 시적 정황을 염두에 두는 것이다. 제시된 자료는 고요하고 깊
은 밤에 하얀 배꽃에 달빛이 넘쳐날 즈음 자규새 소리가 점점히 들리
는 정황을 보여주어야 한다. 그러나 이런 사진이 없다면 정황을 설명
하고 유사한 사진이나 그림을 제시할 필요가 있다. 이 때 유사한 사진
이나 그림은 정서적으로 봄기운이 넘치는 것이어야 학습자를 자극할
수 있다. 하나의 예로 고호의 그림을 들 수 있다.

봄의 화사한 기운이 넘치는 이 그림과 시를 비교하면 두 작품이 모두 봄의 설레는 기운을 보여주지만 화자가 앉은 공간이나 시선이 달라 미묘한 정서의 차이를 엿볼 수 있다. 이것은 다매체의 체험을 통해 학습자의 체험을 확대시키고, 이를 바탕으로 시를 감상하게 하는 방법이다. 그러나 시 교육에서 학습자의 체험을 확대하는 방법에 대한 인식은 거의 없는 실정이다. 앞으로 이에 대한 연구와 더불어 새로운 프로그램의 계발이 절실히 요구된다.

이러한 학습자의 체험 확대는 매체의 활용뿐만 아니라 일상생활에서 광범위하게 진행될 수 있다. 그 한 예로 식물채집을 통한 이름 찾기, 그리고 이 활동에 대한 감상문 쓰기는 정서적 체험을 유도할 수 있다. 왜냐하면 시는 자연을 이미지로 활용하는 경우가 많기 때문이다. 그러나 대부분의 학습자는 자연에 대한 체험이 빈약하다. 주변의 풀 한 포기 꽃 한 송이에 무관심하게 지내고 있다. 이런 현실에서 자연물을 활용한 비유를 심도 있게 느끼기란 불가능하다. 풀이나 꽃을 살피고 이름을 아는 데서부터 자연에 대한 관심은 생겨나기 마련이다. 따라서 학습자에게 식물을 채집하고 그 이름을 찾아보면서 느낀 점을 쓰게 하는 학습은 시를 대하는 태도를 바꾸는 데 상당한 효과가 있다.

뿐만 아니라 일상생활에서 학습자의 시적 체험의 확대는 창작활동
과 관련된 학습을 진행함으로써 문학의 내면화 과정을 수행할 수 있
다. 학습자 스스로 관찰하고 느낀 체험을 시적 표현으로 만들기를 하
면 구체적인 경험을 바탕으로 하기 때문에 시가 심리적 진실을 담고
있다는 것을 이해하고 체험할 수 있게 된다. 이런 관점에서 인접 예술
이나 매체문화의 또 다른 활용 방식을 생각해 볼 수 있다. 학습자의
체험을 그림으로 표현하고 이를 시로 표현하거나 반대로 시로 표현하
고 이를 그림으로 표현할 수 있다. 영상 표현과 언어 표현의 상호텍스
트성을 직접 체험할 수 있는 것이다. 이것은 매체를 통한 시의 이해이
자 시를 통한 매체 문화의 이해로서 학습자가 문화를 창의적으로 생
산하는 능력을 배양할 수 있을 것이다. 물론 이러한 교육은 타 예술교
과와 수평적 연계를 고려한 학습 과정을 편성해야 하는 어려움이 있
다. 그러나 앞으로 시 교육에서 추구해야할 중요한 과제인 것은 분명
하다.

학습 목표 : 시의 내면화와 창의성 증진		
수행 활동	시와 인접 예술이나 문화의 비교	학습자의 체험 확대
	새로운 체험의 시도	시적 태도 내면화
	시와 매체 문화의 창작	창의성 증진

연구 과제 : 체험 확대 방법과 타 교과와 수평적 연계 수업

3. 맺음말

시 교육에서 교육인적자원부가 제시한 학습자의 문화적 경험을 확대하기 위한 다양한 매체활용에 대한 인식과 지침이 뚜렷하지 못해 몇 가지 수정·보완이 요구되었다. 첫째, 문학교육을 국어교육의 하위 범주로 설정하고 있어 다매체 활용에서도 이러한 인식을 벗어나지 못하고 있다. 전자 매체와 대중 매체를 활용한 시 교육은 국어 교과목의 국어생활, 독서, 작문 등과 수평적 연계에 초점이 맞추어져 있다. 이러한 지침은 학습자의 수준을 고려한 측면이나 교과과정의 균형적인 편성이란 점에서 타당성을 가지고 있을지 모른다. 그러나 현실적으로 학습자가 인접 예술이나 다매체 문화에 경도되는 시대에 시의 학습이 왜 필요한 가를 납득시키는 것이 우선되어야 한다. 설명적 글쓰기와 시적 글쓰기의 차이, 시와 다매체 문화의 상호텍스트성 등을 보여주지 못한다면 학습자가 왜 시를 배워야 하는지 납득하기 어려울 것이다. 따라서 우선 시 학습의 필요성을 설득하기 위한 다양한 프로그램 개발이 절실한 형편이다.

둘째, 문학 작품의 창작원리를 다매체와 관련해 적극적으로 활용한 시도는 매우 효과적으로 보인다. 그 대표적인 예가 '문학 작품을 다른 매체와 비교하거나 전환하기'라 할 수 있다. 그러나 문학 작품을 다른 매체로 바꾸거나 다른 매체를 문학작품으로 바꾸는 교과 과정은 매체 문화에 대한 이해 부족으로 매우 포괄적이거나 자의적인 수준에 머물러 있다. 이러한 지침은 연구자, 교과서 집필자, 교사 모두에게 그대로 드러난다. 시의 운율이나 이미지에서 다매체 활용은 시의 감상보다는 의사소통 방법으로서 언어생활에 초점이 맞추어져 있다. 이것은 시의 언어와 인접예술에 대한 이해의 부족이 빚어낸 한계라 할 수 있다. 다시 말해서, 시 교육을 미술, 음악 등의 타 교과와 수평적 연계를 고려한 예술교육으로서 인식이 부족한 데서 연유한다. 따라서 시 언어에 대한 보다 섬세한 이해를 바탕으로 타 예술 교과와 수평적 연계 고려한 교과 편성을 통해 보다 예술적 감성과 창의성을 교육할 방법에 대한 연구가 절실하다.

셋째, 수용자 중심의 교육 방향에 대한 경도는 인접 예술이나 다매체 문화를 지나치게 시와 동일화시키는 경우를 발생시키고 있다. 교육인적자원부에서 제시한 '새로운 매체를 활용하여 문학적 소통하기'라는 지침은 작품을 이해하는 데 중요한 정보나 이미지를 제공하고 학습자의 정서나 인식을 자극하여 문학적 환경을 조성하는 데 기여할수 있다. 그러나 '문학이 소통되는 다양한 매체 이해하기'는 타 예술이나 문화에 대한 이해와 접목 방법에 대한 적절한 지침이 되지 못하고 있다. 시 교육에서 매체의 활용은 언어 예술과 다른 매체의 차이와소통을 충분히 고려해야 하며, 또한 개별 작품에 따라 그 활용 방법이달라 질 수 있다는 것을 인식해야 한다. 시와 다매체 언어의 차이를인식하면서 기법이나 주제 등의 상관성이 높은 작품을 선정해야 한다.이 때만이 시와 다매체 문화를 정확하게 이해하고 활용하는 창의성을기를 수 있다. 그러므로 언어 예술과 타 표현 매체의 표현방법의 차이와 상관성을 연구하고 이에 맞는 프로그램을 계발해야 할 것이다.

넷째, 시의 감상과 창작활동을 위해 학습자의 경험을 적극적으로 확대하려는 인식이 미약하다. 학습자의 경험과 작품 속의 정서 사이에는차이가 있을 수 있다. 그렇다고 학습자의 경험에만 비추어 작품을 읽는 것이 능사가 아니다. 학습자의 협소한 체험은 작품 감상에 제약을가하고 있다. 그러므로 시 교육에서 학습자의 체험을 적극적으로 확대할 필요가 있다. 인접 예술이나 타 매체 문화도 이렇듯 학습자의 체험을 확장시키는 기제로 활용될 수 있다. 이것은 교육인적자원부의 '새로운 매체를 활용하여 문학적 소통하기'에 해당된다. 그러나 시 교육에서 이처럼 학습자의 체험을 확대하는 방법에 대한 인식은 거의 없는 실정이다. 앞으로 이에 대한 연구와 더불어 새로운 프로그램의 계발이 절실히 요구된다.

뿐만 아니라 일상생활에서 학습자의 시적 체험의 확대는 창작활동과 관련된 학습을 진행함으로써 문학의 내면화 과정을 수행할 수 있다. 학습자 스스로가 관찰하고 느낀 체험을 시적 표현으로 만들면서 시가 심리적 진실을 담고 있다는 것을 이해하고 체험할 수 있는 것이다. 이런 관점에서 학습자의 일상적인 다매체문화의 체험을 시 창작활동으로 이끌 때 시적 태도의 내면화와 창의성 증진을 기대할 수 있는 것이다.

참고문헌

‖ 제1부 Ⅰ ‖

김인환, "文學과 精神分析".『인문논집』제 39호, 고려대학교 문과대학, 1994. 12.

이성복,『뒹구는 돌은 언제 잠을 깨는가』, 문학과 지성사, 1980.

Frud, Sigmund,『성욕에 관한 세편의 에세이』, 열린책들, 1997.

----------------,『꼬마 한스 도라』, 열린책들, 1997.

----------------,『꿈의 해석(상)』, 열린책들, 1997.

----------------,『꿈의 해석(하)』, 열린책들, 1997.

----------------,『농담과 무의식의 관계』, 열린책들, 1997.

----------------,『늑대인간』, 열린책들, 1997.

----------------,『히스테리 연구』, 열린책들, 1997.

----------------,『종교의 기원』, 열린책들, 1997.

----------------,『일상생활의 정신병리학』, 열린책들, 1997.

----------------,『문명 속의불만』, 열린책들, 1997.

----------------,『예술과 정신분석』, 열린책들, 1997.

밀레르, 막스,『프로이트와 문학의 이해』, 이규현 옮김, 문학과 지성사, 1997.

Laurence Sprurling Edit., *Sigmund Freud: Critical Assessments*, volume 1, New York; Routledge, 1989.

------------------------------, *Sigmund Freud: Critical Assessments*, volume 2, New York; Routledge, 1989.

------------------------------, *Sigmund Freud: Critical Assessments*, volume 3, New York; Routledge, 1989.

------------------------------, *Sigmund Freud: Critical Assessments*, volume 4, New York; Routledge, 1989.

Wright. Elizabeth,『정신분석 비평』, 권택영 옮김, 문예출판사, 1989.

‖ 제1부 Ⅱ ‖

A. 일차 자료 및 국내 논저

김수영, 『金洙暎 全集 1권(詩)』, 민음사, 1981.

김수영, 『金洙暎 全集 2권(散文)』, 민음사, 1981.

김수영, 『金洙暎의 文學』, 민음사, 1983.

김상환, "김수영과 책의 죽음-모더니즘의 책과 저자 2", 『세계의 문학』 1993. 겨울.

김형효, 『데리다의 해체철학』, 민음사, 1993.

박이문, 『시와 과학』, 일조각, 1975.

--------, "철학적 허구와 문학적 진실-텍스트 대상론", 『외국문학』 1993. 3.

송하춘, 이남호 편, 『1950년대의 시인들』, 나남, 1994.

신정현, "포스트모더니즘과 현대 미국시", 『인문논총』 25집, 1991. 2.

윤호병, "모더니즘 시학의 수용과 주체적 전개과정-50년대와 60년대의 모더니즘", 『현대시』 1994. 3.

이건제, "김수영 시의 변모양상 연구: 자아와 세계의 관계를 중심으로", 고려대 석사논문, 1990.

이기서, 『韓國現代詩意識研究: 世界喪失과 그 變移過程을 中心으로』, 고려대 민족문화연구소, 1984.

장경렬, "해체구성 그리고 미국 문학 비평계의 동향과 전망에 관한 하나의 고찰", 『人文論叢』 28집, 1992. 12.

정남영, "김수영의 시와 시론-난해성, 민중성, 현실주의", 『창작과 비평』 1993. 가을.

진형준, 『상상적인 것의 인간학-질베르 뒤랑의 신화 방법론 연구』, 문학과 지성社, 1992.

최문규, "역사철학의 현대성과 그 이념적 맥락", 『세계의 문학』 1993. 가을.

최하림, 『자유인의 초상-金洙暎 評傳』, 문학세계사, 1982.

B. 외국 논저

Norris, Christopher, *Deconstruction—Theory and Practice*, New York: Methuen, 1982.

Derrida, Jacques, *Acts of Literature*, New York: Routlge, 1992.

--------------------, *Writing and Difference*, The University of Chicago, 1978.

--------------------, of Grammatology, THe John Hopkins University Press, 1976.

Heidegger, Martin, Holz Wege, Vittorio KlosterMann Frankfurt am Main, 1950.

하이데거, 마르틴, 『藝術作品의 根源』, 경문사, 1979.

마단 사럽 외, 『데리다와 푸코 그리고 포스트 모더니즘』, 인간사랑, 1991.

지자. 오리베르.스크트릭 공저, 『문학의 상징.주제 사전』, 청하, 1989.

엔더슨, 페리, "근대성과 혁명", 『창작과 비평』 1993. 여름.

‖ 제1부 Ⅲ ‖

김명인, "지식인 문학의 위기와 새로운 민족문학 구상", 『전환기의 민족문학』, 풀
　　빛, 1987.

김사인·이남호, "80년대 문학의 쟁점과 방향", 『문예중앙』 1985년 봄호.

김장환 외 지음, 『80년대 한국노동운동사』, 조국, 1989.

김 철, "민족-민중 문학과 파시즘", 『현대 한국문학 100년』, 민음사, 1999.

김형수, "서정시의 운명을 밝히는 사실주의", 『시와 리얼리즘』, 이은봉 엮음, 공동
　　체, 1993.

--------, "찬사와 조언; 나는 박노해의 시를 이렇게 본다", 『사상문예운동』 1989년
　　11월호.

노동문학사, 『노동해방문학』 1989년 8월호.

박노해 석방대책위원회, 『최후진술』, 1991.

--------, 『노동의 새벽』, 풀빛, 1984.

--------, 『참된 시작』, 창작과 비평사, 1993.

--------, "박노해의 최초고백 이 땅의 자식으로 태어나서", 『신동아』 1990년 12월
　　호

백낙청, "2000년대 한국문학을 위한 단상", 『창작과 비평』 2000년 봄호.

백무산, 『만국의 노동자여』, 청사, 1988.

실천문학사, 『노동문학』

오성호, "시에 있어서의 리얼리즘 문제에 관한 시론", 『시와 리얼리즘』, 이은봉 엮
　　음, 공동체, 1993.

--------, "『노동의 새벽』의 비극적 성격", 『기전어문학』 10·11호, 1996.

유성호, "최근 진보적 진영 시의 변모에 관한 비판적 검토 : 박노해와 백두산의 시
　　를 중심으로", 『오늘의 문예비평』 2000년 6월호.

윤여탁, "시의 서술구조와 시적 화자의 기능", 『시와 리얼리즘』, 이은봉 엮음, 공동체, 1993.

윤지관, "80년대 노동시와 리얼리즘; 박노해와 백무산을 중심으로", 『현대시세계』 1990년 3월호.

――――, "놋쇠하늘에 맞서는 몇 가지 방법: 리얼리즘·모더니즘·민족문학", 『창작과 비평』 2002년 봄호.

――――, "해방의 서사와 세기말의 문학 : 다시 당파성을 생각하며", 『당대비평』 1997년 9월호.

이강은, "민중시의 시적 주체와 객관현실 :『노동의 새벽』과 그 이후", 『문예미학』 9호, 2002. 2.

이시영, "편집 후기", 박노해, 『참된 시작』, 창작과 비평사, 1993.

임규찬, "리얼리즘과 모더니즘을 둘러싼 세 꼭지점", 『창작과 비평』 2001년 겨울호.

임철규, "평등한 푸르른 대지; 박노해론", 『창작과 비평』 1993년 겨울호.

임헌영, "轉換期의 文學: 勞動者文學의 地坪", 『창작과 비평』 1978년 겨울호.

정남영, "박노해의 시세계", 『사상문예운동』 1991년 6월호.

정한용 편, 『민족문학 주체논쟁』, 청하, 1989.

정효구, "80년대 시인들; 박노해 論", 『현대시학』 1991년 8월호.

조정환, "『노동의 새벽』과 박노해 시의 '변모'를 둘러싼 쟁점 비판", 『노동해방문학』 1989년 9월호.

진창영, "80년대 리얼리즘시의 반성과 이후의 전망 ", 『오늘의 문예비평』 1991년 7월호.

채광석, "노동현장의 눈동자", 『노동의 새벽』, 풀빛, 1984.

――――, "민족문학과 민중문학", 『민족, 민중 그리고 문학』, 김병걸·채광석 편, 지양사, 1985.

최두석, "리얼리즘 시론", 『시와 리얼리즘』, 이은봉 엮음, 공동체, 1993.

――――, 『시와 리얼리즘』, 창작과 비평사, 1996.

최원식, "노동자와 농민", 『실천문학』 1985년 봄호.

――――, "리얼리즘과 모더니즘의 회통", 『현대 한국문학 100년』, 민음사, 1999.

――――, "이념적인 것과 현실적인 것", 『사상문예운동』 1989년 겨울호.

편집부, 『팜플렛 정치노선』, 일송정, 1988.

황정산, "'시와 현실주의' 논의의 진전을 위하여", 『시와 리얼리즘』, 이은봉 엮음,

공동체,

황종연, "모더니즘에 대한 오해에 맞서서", 『창작과 비평』 2002년 여름호.

황지우, 『새들도 세상을 뜨는구나』, 문학과 지성사, 1983.

Betrolt Brecht, "루카치에 대한 반론", 『문제는 리얼리즘이다』, 실천문학사, 1985.

‖ 제1부 Ⅳ ‖

김기림, 『金起林 全集 1』, 심설당, 1988.

────── , 『金起林 全集 2』, 심설당, 1988.

────── , 『金起林 全集 3』, 심설당, 1988.

────── , 『金起林 全集 4』, 심설당, 1988.

────── , 『金起林 全集 5』, 심설당, 1988.

강은교, "1930년대 金起林의 모더니즘 硏究", 연세대 박사논문, 1987.

권오만, "김수영의 기법론", 『한양어문연구』, 1996. 11.

김기진, "金起林 硏究", 고려대 석사논문, 1984.

김유중, 『한국모더니즘 문학의 세계관과 역사의식』, 태학사, 1996.

김인환, "과학과 시", 『상상력과 원근법』, 문학과 지성사, 1993.

김학동, 『金起林硏究』, 시문학사, 1991.

문혜원, 『한국 현대시와 모더니즘』, 신구문화사, 1996.

상허문학회 편, 『근대문학과 구인회』, 깊은샘, 1996.

서준섭, 『한국모더니즘 문학 연구』, 일지사, 1988.

오형엽, 『한국 근대시와 시론의 구조적 연구』, 태학사, 1999.

정순진, 『김기림』, 새미, 1999.

──────, 『金起林文學硏究』, 국학자료원, 1987.

조영복, 『한국 모더니즘 문학의 근대성과 일상성』, 다운샘, 1997.

Adrno, Theddor W, "강요된 화해", 『문제는 리얼리즘이다』, 실천문학사, 1985.

Berman, Mashall, *All That Is Solid Melts Into Air: The Experience of Modernity*, Penguin
        Books, 1988.

Callinescu, Matei, 『모더니티의 다섯얼굴』, 이영욱 외 옮김, 시각과 언어, 1994.

Eagleton, Terry, 『포스트모더니즘의 환상』, 김준환 옮김, 실천문학사, 2000.

Eysteinsson, Astradur, 『모더니즘 문학론』, 임옥희 옮김, 현대미학사, 1996.

Faulkner, Peter, 『모더니즘』, 황동규 역, 서울대학교 출판부, 1980.

Lukács, Georg, "문제는 리얼리즘이다", 『문제는 리얼리즘이다』, 실천문학사, 1985.

Lunn, Eugene, 『마르크시즘과 모더니즘』, 김병익 역, 문학과 지성사, 1986.

Poggioli, Renato, 『아방가르드 예술론』, 박상진 옮김, 문예출판사, 1996.

제1부 V

金春洙, 『金春洙 全集 1(詩)』, 문장사, 1982.

---------, 『金春洙 全集 2(詩論)』, 문장사, 1982.

---------, 『金春洙 全集 3(隨筆)』, 문장사, 1982.

---------, 『金春洙 全集』, 민음사, 1994.

고형곤, 『禪의 世界』, 운주사, 1995.

김두한, 『金春洙의 詩世界』, 문창사, 1992.

김춘수 연구 간행위원회, 『金春洙 硏究』, 학문사, 1982.

遠藤周作, 『예수의 生涯』, 김병걸 역, 삼사사, 1983.

Boman, Thorlief, 『히브리적 思惟와 그리스적 思惟의 比較』, 허혁 역, 분도출판사, 1975.

Denida, Jacques. *Writing and Difference*. Allan Bass trans. Chicago: The University of chicago Press, 1978.

Heidegger, Martin, 『藝術作品의 根源』, 오병남·민동원 공역, 경문사, 1979.

‖ 제2부 I ‖

교육 인적 자원부, 『고등국어 교육과정 해설 2 국어』, 대한교과서주식회사, 2001.

-----------------------, 『고등학교 국어(상)』, 두산, 2002.

-----------------------, 『고등학교 국어(하)』, 두산, 2002.

김윤식 외, 『문학 (상), 디딤돌』, 2003.

---------------, 『문학 (하), 디딤돌』, 2003.

구인환, 『문학 교수·학습 방법론』, 삼지원, 1998.

김우창, "다원시대의 문학 읽기와 교육", 『문학교육의 민족성과 세계성』, 한국문학교육학회, 태학사, 2000.

김은형, "나의 시 수업―중학교 2학년을 중심으로", 『문학교육의 새로운 구도와 실천』, 한국문학교육학회, 태학사, 2000.

노 철,『시교육 방법과 실제』, 보고사, 2002.

박인기,『문학교육과정의 구조와 이론』, 서울대학교 출판부, 1996.

우한용,『문학교육과 문화론』, 서울대학교 출판부, 1997.

이경영, "하이퍼 텍스트(Hyper text)를 이용한 소설 교수─학습 방법 연구",『교육
　　　과정평가연구』제 4권 1호, 교육과정평가원.

최지현, "인터넷에서의 청소년 문학 생활화 방안",『문학교육학』제 9호, 한국문학
　　　교육학회, 2002. 여름.

‖ 제2부 Ⅱ ‖

강승호 외 4인 공저,『현대 교육평가의 이론과 실제』, 개정판, 양서원, 1999,

강진호, "교과서·문학 교육·교사",『문학교육학』9호, 한국문학교육학회, 2002.

교육인적자원부,『국어(상)』, 두산, 2002.

────────,『고등학교 교육과정 해설 : 교육부 고시 1991 - 15호』, 대한교과서
　　　주식회사, 2001.

────────, 대학수학능력시험문제 언어영역 2000~2003년.

구인환,『문학 교수·학습 방법론』, 삼지원, 1998.

구인환·우한용·박인기·최병우,『문학교육론』4판, 삼지원, 2001.

김대행 외,『국어 생활』, 교학사, 2002,

김미희, "고등학교 서정문학 감상방법 연구", 대구대 석사논문, 2002.

김윤식 외,『고등학교 문학(상)』, 디딤돌, 2003.

김윤식 외,『고등학교 문학(하)』, 디딤돌, 2003.

김은전 외,『현대시교육론』, 월인, 1996.

──────,『현대시 교육의 쟁점과 전망』, 월인, 2001.

김창원, "문학 교과서 개발에 대한 비판적 점검: 제 7차 고등학교「문학」교과서를
　　　예로 들어",『문학교육학』11호, 한국문학교육학회, 2003.

노 철, "학교 문학교육의 현황과 과제",『새교육』2003년 4월호.

──────,『시 교육 방법과 실제』, 보고사, 2002.

박현주, "시 수행평가 방안 연구", 고려대 석사논문, 2001.

안영혜, "학습자 중심의 시교육", 연세대 석사논문, 2001.

유영희, "교과서 문학 제재의 수용 양상 및 특성",『문학교육학』11호, 한국문학교
　　　육학회, 2003.

윤여탁, 『시 교육론Ⅱ: 방법론 성찰과 전통의 문제』, 서울대학교출판부, 1998.

이삼형 외, 『작문』, 대한교과서, 2003.

이상구, 『구성주의 문학교육론』, 박이정, 2002.

이숭원, "시 연구와 시 교육의 관계", 『국어 교육』 127호, 한국국어교육연구학회, 2002.

이지호, "열린 문학교육의 논리", 『문학교육의 새로운 구도와 실천』, 한국문학교육 학회, 태학사, 2000.

진선희, "시 감상활동으로서 창작의 의의 및 그 지도 방안 탐색", 『문학수업방법』, 한국초등국어교육회, 박이정, 2000.

최미숙, "문학교육에서의 평가 연구", 『국어 교육학 연구』 11집, 국어교육학회, 2002.

최혜숙, "7차 교육과정 개편에 따른 시 교수법 연구", 『고교에서 시 교육 어떻게 할 것인가』, 정덕준편, 한린대학교 한림과학원, 2003.

한귀은, "문학교육의 교육연극론적 연구", 부산대 박사논문, 2001.

한명숙, "텍스트 바꾸어 쓰기 전략과 시 감상 지도", 『문학수업방법』, 한국초등국 어교육회, 박이정, 2000.

허왕욱, "시와 회화의 통합 교육에 관한 고찰", 『문학수업방법』, 한국초등국어교육 회, 박이정, 2000.

Bartes, Roland, 『이미지와 글쓰기』, 김인식 편역, 세계사, 1993.

Doubrovsky, S. & Todorov, T, 『문학의 교육』, 윤희원 옮김, 하우, 1996.

Mcluhan, Marshall, Understanding Media, 『미디어의 이해』, 김성기·이한우 옮김, 민음사, 2002.

Scholes, Robert, 『문학이론과 문학교육: 텍스트의 위력』, 김상욱 옮김, 하우, 1995.

‖ 第2部 Ⅲ ‖

강진호, "교과서·문학 교육·교사", 『문학교육학』 9호, 한국문학교육학회, 2002.

교육인적자원부, 『국어(상)』, 두산, 2002.

----------------------, 『고등학교 교육과정 해설: 교육부 고시 1991-15호』, 대한교과서 주식회사, 2001.

구인환, 『문학 교수·학습 방법론』, 삼지원, 1998.

구인환·우한용·박인기·최병우, 『문학교육론』 4판, 삼지원, 2001.

김대행 외,『국어 생활』, 교학사, 2002.

김우창, "다원 시대의 문학 읽기와 교육",『문학교육의 민족성과 세계성』, 한국문학교육학회 편, 태학사, 2000.

김윤식 외,『고등학교 문학(상)』, 디딤돌, 2003.

김은전 외,『현대시교육론』, 월인, 1996.

-------------,『현대시 교육의 쟁점과 전망』, 월인, 2001.

김은형, "나의 시 수업",『문학교육의 새로운 구도와 실천』, 한국문학교육학회, 태학사, 2000.

김창원, "문학 교과서 개발에 대한 비판적 점검: 제 7차 고등학교『문학』교과서를 예로 들어",『문학교육학』11호, 한국문학교육학회, 2003.

노 철, "학교 문학교육의 현황과 과제",『새교육』2003년 4월호.

--------,『시 교육 방법과 실제』, 보고사, 2002.

박인기 외,『국어교육과 미디어 텍스트』, 삼지원, 2000.

신명선, "광고 텍스트와 문화적 의미와 국어교육",『국어교육』103호, 한국국어교육연구회, 2000.

심재기 외,『고등학교 독서』, 중앙교육진흥연구소, 2003.

윤여탁, "다매체 언어를 활용한 현대시 교육 연구",『문학교육의 민족성과 세계성』, 한국문학교육학회, 태학사, 2000.

--------, "시 교육과 사고력의 신장",『현대시 교육의 쟁점과 전망』, 김은전 외, 월인, 2001.

--------,『시 교육론Ⅱ: 방법론 성찰과 전통의 문제』, 서울대학교출판부, 1998.

이남호, "전자시대의 문화와 독서",『문학교육학』10호, 한국문학교육학회, 2002.

이삼형 외,『작문』, 대한교과서, 2003.

이지호, "열린 문학교육의 논리",『문학교육의 새로운 구도와 실천』, 한국문학교육학회, 태학사, 2000.

정덕준, "다매체 시대의 문학교육 방향 연구",『한국문학이론과 비평』12호, 한국문학이론과 비평학회, 2001.

정현선, "매체변용을 통한 시 교육",『현대시 교육의 쟁점과 전망』, 김은전 외, 월인, 2001.

--------, "성찰적 문화교육으로서의 미디어 리터러시 교육",『국어교육학연구』14호, 국어교육학회, 2000.

진선희, "시 감상활동으로서 창작의 의의 및 그 지도 방안 탐색",『문학수업방법』,

한국초등국어교육회, 박이정, 2000.

최종태, 『나의 미술, 아름다움을 향한 사색』, 열화당.

최혜숙, "7차 교육과정 개편에 따른 시 교수법 연구", 『고교에서 시 교육 어떻게 할 것인가』, 정덕준편, 한림대학교 한림과학원, 2003.

한귀은, "문학교육의 교육연극론적 연구", 부산대 박사논문, 2001.

한명숙, "텍스트 바꾸어 쓰기 전략과 시 감상 지도", 『문학수업방법』, 한국초등국 어교육회, 박이정, 2000.

허왕욱, "시와 회화의 통합 교육에 관한 고찰", 『문학수업방법』, 한국초등국어교육 회, 박이정, 2000.

Bartes, Roland, 『이미지와 글쓰기』, 김인식 편역, 세계사, 1993.

Doubrovsky, S. & Todorov, T, 『문학의 교육』, 윤희원 옮김, 하우, 1996.

Mcluhan, Marshall, Understanding Media, 『미디어의 이해』, 김성기·이한우 옮김, 민 음사, 2002.

Scholes, Robert, 『문학이론과 문학교육 : 텍스트의 위력』, 김상욱 옮김, 하우, 1995.

찾아보기

노 철

고려대학교 독문과 졸업
동대학교 국문과 대학원 석·박사
현재 한림대학교 연구교수

저서 : 『현대시 창작방법 연구』
　　　『문명의 저울』
　　　『시교육의 방법과 실제』등

시 연구 방법과 시 교육론

2003년　9월 11일 인쇄
2003년　9월 20일 발행

저　자 · 노　철
발행인 · 김홍국
발행처 · 도서출판 **보고사**
등　록 · 1990년 12월(제6-0429)
주　소 · 서울시 성북구 보문동 7가 11번지
전　화 · 922-5120~1(편집), 922-2246(영업)
팩　스 · 922-6990
메　일 · kanapub3@chollian.net
www.bogosabooks.co.kr

ISBN 89-8433-196-1 (93810)
잘못된 책은 교환하여 드립니다.

정가 12,000원